KB058272

주말

DAS WOCHENENDE

by Bernhard Schlink

베른하르트 슐링크

박종대 옮김

주말

Bernhard
Schlink
Das Wochenende

시공사

차 례

금요일

Bernhard
Schlink
Das Wochenende

1

일곱 시 직전에 도착했다. 원래는 이른 시간이라 좀 더 일찍 도착할 수 있을 거라 예상했다. 하지만 도중에 공사장이 연거푸 나타나면서부터 그녀는 초조함을 감추지 못했다. 혹시 제시간에 닿지 못해, 철문을 열고 나온 동생이 그녀가 없는 것을 보고 실망하고 낙담하면 어떡하지? 백미러로 해가 떠오르는 것이 보였다. 그녀는 눈이 부셔도 좋으니 차라리 해를 마주 보고 달리고 싶었다.

그녀는 늘 주차하던 곳에 차를 세우고 지름길로 철문으로 향했다. 평소 이 길을 걸을 때처럼 서두르지 않는 걸음이었다. 그녀는 머릿속에서 자신의 삶과 관련된 것은 모두 비워놓고 동생을 위한 자리만 남겨두었다. 물론 그녀의 머릿속에는 동생의 자리가 언제나 확고하게 마련되어 있었다. 동생은 지금 뭘 하고 있을까, 혹시 건강에 이상은 없을까, 하는 생각이 잠시도 머릿속을 떠나지 않았기 때문이다. 그런데도 이번에 동생을 만나게 되면 이젠 정말 동생밖에 없을 것 같았다. 동생의 인생이 더 이상 정지되어 있지 않고 다시 앞으로 나아가게 된 지금부터는 정말 그녀의 애정과 관심이 필요했다.

낡은 사암 벽돌 건물이 햇빛에 빛나고 있었다. 이 건물을 볼 때마다 느끼는 것이지만, 끔찍한 목적으로 지은 건물이 이렇게 아름다울 수 있다는 것에 그녀는 새삼 기묘한 기분이 들었다. 봄여름에는 초록색을 띠다가 가을이면 노랑 빨강으로 물드는 야생 포도넝쿨이 담장을 타고 올라가고, 귀퉁이에는 작은 망루가, 중앙에는 교회 창문을 연상시키는 커다란 창문이 달린 대형 망루가 있었다. 굳게 닫힌 육중한 철문은 건물 안의 사람들만 가두는 게 아니라 그들에게 적의를 가진 이들도 들어오지 못하게 막는 듯했다. 그녀는 시계를 보았다. 저 건물 안에서 일하는 직원들은 사람을 잘 기다리게 했다. 두 시간 면회를 신청한 뒤에도 한참을 부르지 않아 면회 시간이 지연되는 경우가 허다했고, 면회 시간이 끝난 뒤에도 바로 데려가지 않아 삼사십 분 정도 동생과 더 있었던 일도 많았다. 물론 그래 봤자 지연된 시간을 고려하면 동생과 실제 함께했던 시간은 두 시간이 채 되지 않았다.

그런데 이번에는 달랐다. 일곱 시를 알리는 인근 교회의 종소리가 울리기 시작하자 철문이 열리면서 그가 걸어 나오더니 햇빛 속에서 눈을 끔벅거렸다. 그녀는 한달음에 거리를 건너가 동생을 와락 껴안았다. 동생이 미처 커다란 가방 두 개를 바닥에 내려놓을 틈도 주지 않고서. 그녀는 연신 "드디어, 드디어"라는 말만 되풀이했고, 그는 아무런 대꾸 없이 누나의 품에 가만히 안겨 있기만 했다.

"내가 운전할게." 두 사람이 자동차 앞에 섰을 때 그가 말했다. "감옥 안에서 운전하는 꿈을 자주 꿨어."

"괜찮겠어? 요즘은 차들이 굉장히 많아졌고 속도도 예전보다 훨씬 빨라."

그는 고집을 꺾지 않았고, 너무 긴장해서 이마에 땀방울이 맺히는데도 운전대를 놓지 않았다. 그녀는 옆자리에 긴장한 채 앉아 있었지만, 그가 시내에서 방향을 틀거나 아우토반에서 추월할 때 실수를 해도 아무 말을 하지 않았다. 그러다 휴게소 표지판이 나타나자 이윽고 그녀가 입을 열었다. "나 아침 먹어야 돼. 다섯 시에 일어나 지금까지 아무것도 안 먹었어."

그녀는 지금껏 2주마다 감옥에 있는 동생을 면회해왔다. 그런데도 그가 그녀와 함께 배식대를 따라 걸으며 쟁반에다 음식을 올려놓고 계산대 앞에 서고, 또 화장실을 다녀온 뒤 마침내 그녀 앞에 앉았을 때는 마치 오랜 시간 끝에 다시 만나는 느낌이었다. 그녀는 그사이 동생이 얼마나 변했는지 찬찬히 살펴보았다. 면회할 때 느낀 것보다, 혹은 자신이 동생한테 이야기해준 것보다 더 늙어 보였다. 물론

언뜻 보면 여전히 잘생긴 남자였다. 큰 키에 각진 얼굴, 반짝거리는 초록색 눈, 잿빛이 도는 풍성한 갈색 머리. 그러나 어떤 자세에서는 금세 얇은 팔다리에 어울리지 않는 배가 나온 것이 눈에 띄었다. 걸음걸이는 발을 질질 끄는 듯했고, 얼굴은 잿빛이었다. 이마에 어지럽게 팬 자잘한 주름과 뺨의 길고 가파른 주름은 무언가에 집중하고 있다는 것을 보여주는 것이 아니라 급작스러운 환경 변화로 인한 정신적 혼란을 보여주는 듯했다. 그 밖에도 그녀는 동생이 말을 하거나 그녀의 말에 반응할 때 보이는 굼뜨고 주저하는 태도에 깜짝 놀랐다. 그가 자신의 말을 취소하려고 할 때 순간적으로 산만한 손동작을 하는 것도 마찬가지였다. 면회를 갔을 때는 왜 이런 것들을 눈치채지 못했을까? 그의 외면과 내면에서 일어난 변화들 가운데 그녀가 아직 알아채지 못한 것이 또 뭐가 있을까?

"누나 집으로 가는 거야?"

"아니, 시골로 가. 거기서 주말을 보낼 거야. 마르가레테와 함께 브란덴부르크에 집을 한 채 샀거든. 상태는 별로야. 난방도 안 되고, 전기도 안 들어와. 물도 밖에서 펌프로 끌어올려야 하고. 하지만 제법 크고 오래된 공원이 하나 붙어 있어서 지금 같은 여름에는 굉장히 멋져."

"요리는 어떻게 해?"

그녀가 웃었다. "그게 궁금해? 가스버너가 있어. 이번 주말에 쓰려고 두 개를 더 갖다 놨어. 옛날 친구들도 초대했거든."

그녀는 동생이 기뻐해주기를 바랐다. 그러나 그는 기쁨을 나타내지 않았다. 다만 이렇게 물었다. "누구누구?"

그녀도 처음에 누구를 초대할지 깊이 고민했다. 어떤 친구를 부르는 게 동생한테 좋을까? 어떤 친구를 부르면 동생이 당황하거나 더 폐쇄적으로 변할까? 어쨌든 동생이 사람들과 어울려야 한다는 건 분명했다. 게다가 도움이 필요한 상황이었다. 옛 친구가 아니라면 누구한테 그런 도움을 기대하겠는가? 마침내 그녀는 자신의 전화를 반갑게 받으며 참석 의사를 적극적으로 보이는 사람들을 초대하는 것이 정답이라는 결론을 내렸다. 거절한 사람들 중에도 진심으로 아쉬워하고 미안해하는 마음이 느껴지는 사람이 여럿 있었다. 조금만 더 일찍 연락을 받아 다른 계획을 잡지 않았더라면 꼭 함께했을 사람들이었다. 하지만 그녀로서도 어쩔 수 없는 일이었다. 동생은 예고도 없이 갑자기 석방되었으니까.

"헤너, 일제, 울리히, 울리히의 새 아내와 딸, 카린과 그 남편, 안드레아스도 당연히 들어가고. 거기다 너, 마르가레테, 나까지 총 열한 명이야."

"마르코 한은?"

"누구?"

"누나도 알잖아, 오랫동안 나한테 편지만 쓰다가 4년 전에 처음 나를 면회 온 그 젊은 친구. 그 뒤로는 항상 잊지 않고 찾아와줬어. 누나 말고는 그 친구가⋯⋯."

"네 사면을 망칠 뻔한 그 정신 나간 인간?"

"그 친구는 그냥 내 심부름을 해준 것뿐이야. 그런 행사가 있다는 건 내가 진작 알고 있었고, 개최자들도 아는 사람이어서 축사를 쓴 거야. 그 친구를 욕할 건 전혀 없어."

"그래, 너는 네가 무슨 짓을 저지르는지 모를 수 있어. 하지만 그 사람은 달라. 그런데도 널 말리지 않고 힘든 상황으로 몰아넣었어. 그자는 널 이용한 거라고." 그녀는 그날 아침처럼 다시 분노가 폭발했다. 동생이 폭력을 옹호하는 어느 수상쩍은 좌파 회의에 불법으로 축사를 보냈는데, 거기서 자신의 무능한 판단력을 비판하고 후회했다는 기사가 신문에 실린 것이다. 그런 사람이 사면을 받을 수는 없었다.

"내가 전화해서 부를게." 그가 자리에서 일어나더니 주머니에서 동전을 찾아 공중전화 부스로 걸어갔다. 그녀도 자리에서 일어났다. 그를 쫓아가 붙잡을 생각이었지만, 이내 마음을 고쳐먹고 도로 앉았다. 그런데 동생이 통화 중에 쩔쩔매는 것을 보고는 다시 일어나 공중전화 부스로 걸어가 동생에게서 수화기를 빼앗아 들고는 상대방에게 찾아오는 길을 자세히 설명해주었다. 그런 누나의 어깨를 그가 살며시 감싸 안았고 그 편안한 느낌에 그녀는 곧 화가 풀렸다.

휴게소를 떠날 때는 그녀가 운전대를 잡았다. 얼마 뒤 그가 물었다. "내 아들은 왜 초대 안 했어?"

"전화를 했는데 그냥 끊어버렸어. 그래서 편지를 보냈어." 그녀가 어깨를 으쓱했다. "네가 그 애를 보고 싶어 할 거라는 건 알고 있었어. 하지만 그 애가 오지 않을 거라는 것도 알고 있었어. 벌써 오래전에 너와 절연하기로 마음먹은 애야."

"걔는 안 그래. 그 양반들이 그렇지."

"그게 무슨 차이가 있어? 그 애를 키운 게 그 사람들인데."

2

헤너는 이 주말 모임을 어떻게 받아들여야 할지, 거기서 자신이 무엇을 기대하는지 알 수 없었다. 크리스티아네를 비롯해 다른 옛 친구들과의 재회, 특히 외르크와의 재회를 어떻게 받아들여야 할까? 크리스티아네의 전화를 받자마자 그는 바로 가겠다고 약속했다. 그녀의 목소리에서 애원의 느낌을 받아서? 젊을 때의 우정에 대해서는 평생 변치 말아야 할 지조의 의무가 있어서? 아니면 호기심 때문에?

그는 일찍 도착했다. 미리 지도를 보고 크리스티아네의 집이 자연보호구역과 인접한 곳에 있는 것을 알아냈다. 재회 전에 좀 걷고 싶었다. 걸으면서 심호흡을 하고 긴장도 풀고 싶었다. 그는 뉴욕에서 회의에 참석했다가 수요일에야 돌아왔다. 책상 위엔 늘 할 일이 산더미처럼 쌓여 있고 책상 달력에도 일정이 빼곡히 적혀 있는 삶이었다.

그는 집의 부지가 어마어마한 것을 보고 깜짝 놀랐다. 돌담과 철문, 집 앞의 키 큰 떡갈나무, 그 뒤쪽의 공원, 수백 년 된 영주의 저택. 모든 것이 낡고 몰락한 느낌이었다. 지붕에는 녹슨 골함석이 얹혀 있었고, 집의 회칠은 떨어져 나갈 것처럼 푸석했으며, 뒤쪽 테라스에서 보면 전망이 트여 있었을 초원에는 잡목이 무성했다. 반면에 창문은 새것이었고, 집 앞의 자갈도 막 새로 깐 듯했다. 테라스에는 정원용 테이블 하나와 의자 네 개가 놓여 있었고, 또 다른 테이블과 의자들은 한쪽에 접혀 있었다. 공원으로 들어가는 길들에는 수풀이 말끔히 정리되어 있었다.

헤너는 그중 한 길을 잡아 고요한 초록빛 숲 속으로 들어갔다. 머리 위로는 햇살 가득한 나뭇잎에 가려 하늘이 보이지 않았고, 풀이 무성한 길 양쪽으로는 뚫고 지나갈 수 없을 정도로 나무와 덩굴이 울창했다. 한동안 길을 인도하듯 앞에서 폴짝폴짝 뛰어가던 새 한 마리가 어느 순간 갑자기 시야에서 사라졌다. 어디로 갔는지는 물론이고 뛰어갔는지 날아갔는지도 알 수 없었다. 헤너는 건축가가 이 공원을 넓게 보이게 하려고 일부러 길을 꼬불꼬불하게 만든 것을 알아차렸다. 그럼에도 자신이 마치 저주에 걸려 밖으로 나가는 길을 찾지 못하는 마법의 숲에 들어온 것 같은 기분이 들었다. 실제로 자신도 더 이상 밖으로 나가고 싶지 않다는 생각이 드는 순간 숲이 끝나고 제법 넓은 개울이 나타났다. 개울 건너편은 들판이었고, 그 뒤로는 교회 탑과 마을의 곡

물 저장고가 보였다. 사위는 여전히 고요했다.

문득 개울 아래쪽에 한 부인이 벤치에 앉아 있는 것이 보였다. 공책을 무릎에 올려놓고 연필로 무언가를 쓰고 있던 그녀가 고개를 들어 유심히 그를 바라보았다. 별로 눈에 띌 것이 없는, 평범하고 어설프고 불안해하는 회색 쥐 같은 여자라고 헤너는 생각했다. 그런 그녀가 다가오는 그를 보고 물었다. "날 모르겠어?"

"일제!" 아는 사람을 만나도 이름이 기억나지 않아 난처한 적이 많았던 그였는데, 이번에는 스스로도 대견할 정도로 얼굴을 보자마자 단번에 이름이 떠올랐다. 그것도 오랫동안 보지 못한 얼굴인데 말이다. 일제를 마지막으로 본 게 1970년대 언제쯤이었을 텐데, 그때만 해도 그녀는 젊고 예뻤다. 코와 턱은 약간 뾰족했고, 입은 약간 엄해 보였으며, 자세는 팬히 큰 가슴을 내밀어 남들의 시선을 받고 싶지 않아서 그랬는지 항상 앞으로 약간 구부정했다. 그런데도 흰 피부와 푸른 눈, 금발이 그녀를 빛나게 했다. 지금은 그녀가 환한 미소로 헤너와의 재회를 기뻐하고 있음에도 그런 화사함은 남아 있지 않았다. 그는 마치 과거의 기대대로 변해주지 않은 그녀가 곤혹스러운 듯 조금 어색해했다. "잘 지내?"

"땡땡이치는 중이야. 영어 수업 세 시간. 친구가 대타로 뛰어주면 좋으련만, 연락도 안 되고 연락도 안 오네." 그녀는 마치 그가 도와줄 수 있기라도 한 것처럼 그를 바라보았다. "그래서 할 수 없이 땡땡이를 치고 있어."

"어디서 교사를 하는데?"

"예전에 있던 도시. 너희가 떠난 뒤 난 임용고시를 보고 첫 학교에 부임했다가 나중에 내가 졸업한 학교로 옮겼어. 그 뒤로 쭉 거기서 교사 생활을 하고 있어. 독일어에다 영어, 미술을 가르쳐." 그녀는 기왕 말이 나온 김에 모두 말해버리려는 사람처럼 묻지도 않은 말들을 이어갔다. "아이는 없어. 결혼도 안 했고. 평야가 바라보이는 산자락 단독주택에 고양이 두 마리와 살아. 난 교사가 좋아. 물론 간혹 30년이라는 세월이 지겹다는 생각이 들 때도 있지만. 하지만 직장 생활을 하는 사람이면 다 그렇지 않겠어? 그렇게 오래 한곳에 붙어 있으면 당연히 그런 생각이 들 거야."

헤너는 이제 그녀가 자신한테 어떻게 지내냐고 물어주기를 기다렸다. 그러나 그런 질문이 나오지 않자 그가 계속 물었다. "외르크와 크리스티아네하고는 줄곧 연락을 해왔어?"

그녀가 고개를 흔들었다. "크리스티아네는 몇 년 전 우연히 프랑크푸르트 역에서 만났어. 폭설로 기차 시간이 뒤죽박죽이 되었을 때였는데, 각자 연결 기차를 기다리다가 만났지. 그 뒤로 가끔 전화 연락을 해. 크리스티아네는 나더러 외르크에게 편지를 쓰라고 했는데, 나는 차마 그럴 용기가 나지 않았어. 그러다 외르크가 사면 신청을 했을 때 마침내 편지를 쓸 수 있었지. 기억나? 외르크가 사면 신청서에 적은 내용? '나는 사면을 애걸하지 않습니다. 나는 이 국가와 싸웠고, 국가는 나와 싸웠습니다. 우리는 서로 빚진 것이 없습니다. 다만 각자의 권리에 충실할 따름입니다.' 무척 당당했지. 나는 외르크가 한순간에 내가 알던 소년으로 다시 돌아간 느낌이었어. 내가 사랑에 빠졌던 그 소년 말이야." 그녀가 엷게 웃었다. "외르크는 당시 그걸 눈치채지 못했어. 너희는 물론이고. 그때 너희는 전부……. 난 항상 너희가 무서웠어. 너희는 뭐가 옳고 그른지, 무엇을 해야 하는지 정확히 알고 있었을 뿐 아니라 언제나 단호하고 무조건적이고 타협을 모르고 두려움이 없었으니까. 너희에겐 모든 게 단순했지. 반면에 나는 모든 것을 어렵게 생각했고, 자본과 국가, 권력자 같은 것에 대해 잘 모르는 나 자신이 부끄러웠어. 너희가 권력자들을 망할 놈의 개돼지라고 욕할 때면……." 예전의 부끄러움과 공포가 다시 떠올랐는지 그녀는 고개를 흔들었다. "나는 빨리 학교를 마치고 돈을 벌어야 했어. 너희는 모두 돈이 있고 시간도 많았어. 아버지도 남부럽지 않은 사람들이었고. 외르크와 크리스티아네의 아버지는 교수였고, 너희 아버지는 변호사였고, 울리히 아버지는 유명한 치과의사, 카린의 아버지는 목사였지. 우리 아버지는 슐레지엔에 목구멍에 풀칠하기도 어려운 작은 농장이 있었지만, 그마저도 날려버리고 남의 축산 농장에서 품을 팔았어. 그래서 너희가 나를 가끔 '우리 젖 짜는 처녀'라고 부르기도 했지.

물론 무시해서 한 말이 아니라는 건 나도 알아. 하지만 내가 너희한테는 맞지 않는 사람인 건 분명했어. 너희는 나를 참아준 것뿐이야. 아마 내가 너희 곁을 떠난 건……."

헤너는 일제의 말에 상응하는 기억을 찾아내려고 애썼다. 정말 자신이 모든 것을 항상 정확히 알고 있었고, 돈도 시간도 많은 사람처럼 굴었을까? 자신이 정말 경찰과 판사, 정치인들을 개돼지라 부르고, 간혹 일제를 "우리 젖 짜는 처녀"라고 불렀을까? 모든 게 낯설고 아득했다. 다만 자욱한 담배 연기 속에서 싸구려 레드와인을 들이켜며 충혈된 눈으로 밤새 뜨겁게 토론하던 분위기는 아련히 떠올랐다. 그와 함께 무언가를 끊임없이 찾고 있다는 느낌, 올바른 분석과 올바른 작전을 찾아내야 한다는 감정, 함께 계획하고 준비하는 과정에서 느끼는 비장함, 그리고 대강의실이나 거리를 점거했을 때 가슴 벅찼던 감격과 자긍심에 대한 기억도 떠올랐다. 하지만 무엇에 대해 토론했고, 그들이 찾던 것이 무엇이었고, 대강의실과 거리를 점거한 이유가 무엇이었는지는 기억 속에 없었다. 일제가 생각하는 것과도 차이가 있는 듯했다. 그녀는 그들을 위해 담배를 갖다주고 커피를 끓여주었을까? 미술을 가르치고 있는 그녀니까 플래카드 만드는 일을 같이 했을까? "네가 외르크한테 신경을 써준 건 잘한 일이야. 나는 선고 때 면회 한 번 간 게 전부야. 물론 이야기도 제대로 못 했고. 이후로는 연락을 못 했어. 그러다가 일주일 전에 크리스티아네한테 전화를 받았지. 외르크가 많이 변했을까?"

"아, 나도 면회를 간 건 아니야, 그냥 편지만 쓴 것뿐이지. 외르크는 나보고 면회를 와달라고 말한 적이 한 번도 없었어." 그녀는 검사하듯 유심히 헤너의 얼굴을 살펴보았다. 외르크에 대한 그의 오랜 무관심을 이해하지 못하겠다는 뜻인지, 아니면 현재 그의 유일한 관심이 정말 외르크의 외모에 관한 것이냐고 묻는 것인지, 헤너는 알 수 없었다. 일제가 다시 입을 열었다. "곧 확인하게 되겠지, 안 그래?"

3

헤너가 가고 나자 일제는 공책을 펼쳐 자신이 썼던 것을 읽어보았다.

장례식은 따뜻하고 화창한 날에 거행되었다. 당장이라도 호수로 달려가 물에 풍덩 몸을 담그고, 담요를 풀밭에 펼치고, 싸갖고 간 와인과 빵, 치즈를 먹고 마시고, 고개를 들어 하늘에 지나가는 구름을 쳐다보며 자유로운 상상의 나래를 펼치고 싶은 생각이 드는 날씨였다. 죽은 자를 땅에 묻고 애도하기에는 전혀 어울리지 않은 날이었다.

교회 앞에서 기다리던 추모객들은 서로 인사를 나누고 아는 척을 하고, 모르는 사람을 서로 소개했다. 그러나 다들 당혹스러워하는 기색이 역력했다. 그들이 주고받는 말은 모두 거짓이었다. 다들 간신히 연민의 표현들을 찾아냈다. 주고받는 과거의 기억들은 색이 바랜 것들이었고, 누군가 얀이 죽은 이유를 물으면 다들 어쩔 줄 몰라 방어하기에 바빴다. 모든 말이 거짓이었다. 얀의 죽음 자체가 거짓이었기 때문이다. 그는 자살을 해선 안 되었다. 어린 세 자식을 고아로 만들고, 아내를 과부로 만들어서는 안 되었다. 아내와 자식들을 정히 견디지 못하겠으면 이혼을 해야 했다. 스스로 목숨을 끊어 아내와 자식들에게 죄책감을 남기고 도망치는 것은 결코 도덕적으로 온당한 일이 아니다.

옛 친구들이 모인 이곳에서 이런 이야기들이 오간다. 다른 누군가 고개를 흔든다. "얀은 울라가 임신을 하자 결혼했어. 게다가 첫아이를 낳고 바로 쌍둥이까지 갖게 했어. 자신이 울라를 사랑하지 않는다는 걸 울라가 눈치채지 못하게 하려고 말이야. 더구나 얀은 울라와 아이들을 위해 대학도 포기하고 변호사까지 됐어. 울라가 대학을 끝마칠 수 있도록 얀은 집에서까지 온갖 희생을 했다고. 그게 모두 그놈의 잘난 도덕 때문이야. 대체 얼마나 더 그렇게 살아야 하지? 그놈의 책임감 때문에 얼마나 더 스스로를 부정하며 살아야 하냐고? 그건 살아도 사는 게 아냐." 그때 또 다른 누군가가 그의 말을 중단시킨다. "울라가 와."

교회 안에서는 얀의 아버지가 이것이 얼마나 청천벽력 같은 일인지 이야기한다. 얀은 행방불명된 지 며칠 만에 노르망디에서 발견되었다. 몇 년 전 그가 무척 행복하게 보낸 한 마을 근처였다. 차는 바다가 보이는 곳에 세워져 있었는데, 그는 그 차 안에서 배기가스 중독으로 숨져 있었다. 얀의 아버지는 우울증의 엄청난 힘에 대해 이야기한다. 우울증이 아들을 가족과 직업으로부터 도망치게 하고 죽음으로까지 몰고 갔다는 것이다. 얀의 아버지는 슬하에 많은 자식과 손자를 둔, 머리가 허옇게 센 가장이자 은퇴한 목사이다. 우울증의 무서운 힘에 대해 이야기하는 표정과 목소리에서 권위가 느껴진다. 그전에 얀에게서 그런 우울병적 증상을 경험한 기억이 없는 친구들도 그 권위에 깊은 인상을 받는다. 친구들이 아버지보다 얀에 대해 더 몰랐던 것일까?

일제는 장례식 장면이 다시 눈앞에 생생히 떠올랐다. 지금 주말을 함께 보내려고 하는 옛 친구들을 마지막으로 본 것이 그때였다. 외르크는 그로부터 얼마 뒤 잠적했다. 장례식에서 그는 얀을 노골적으로 경멸했다. 목숨을 바쳐야 할 큰 싸움이 목전인 상황에서 그런 하찮은 부르주아적인 이유로 목숨을 버리는 것은 나약하기 그지없는 행동이라는 것이다. 그전부터 외르크가 무슨 일을 준비하고 있다는 느낌을 받았던 크리스티아네는 동생을 걱정하는 마음에서 얀에 대한 동생의 경멸적인 태도와 혁명적인 관점에 맞장구를 쳐주었다. 마치 세상에는 그런 신념을 위한 자리도 마련되어 있으니 그것 때문에 굳이 잠적할 필요는 없다는 점을 미리 일깨워주려는 것처럼. 그러나 얼마 뒤 다른 친구들도 사방으로 흩어졌다. 당시 외르크는 모종의 방식으로 그들 모두에게 과제로 남아 있던 일을 해치웠다. 마침내 자신의 인생 진로를 확정한 것이다.

옛 친구들과의 임박한 재회 때문에 갑자기 장례식 장면이 기억난 건 아니었다. 군이 말하자면, 그건 글을 쓰기 위한 자극제였을 뿐이다. 일제는 여기 오기 전에 마분지로 표지를 씌운 큰 판형의 두꺼운 공책과 심이 긴 초록색 연필을 샀다. 점원 말로는 건축기사들이 주로 사용하는 연필이라고 했는데, 그녀는 이 연필이 마음에 들었다. 일제가 출발한 건 목요일이었다. 학교가 끝나고 바로 출발해서 기차와 버스, 택시를 타고 이리로 왔다. 다음 날 아침 낯선 곳에서 글을 써보려는 마음에서였다. 익숙한 곳에서 글을 쓰는 것은 불손한 월권처럼 여겨졌다.

장례식 기억은 벌써 몇 년 전부터 시작되었다. 당시 일제는 9.11 테러를 모티브로 삼은 한 연극에 푹 빠져 있었다. 테러 당일의 영상이 그녀를 놓아주지 않았기 때문이다. 그것은 무역센터 건물로 돌진하는 비행기의 영상이 아니었다. 그렇다고 연기 나는 고층 빌딩의 영상도 아니었고, 순식간에 무너져 내리는 건물의 영상도 아니었으며, 먼지를 뒤집어쓴 사람들의 영상도 아니었다. 그녀를 놓아주지 않았던 것은 건물에서 추락하는 사람들의 모습이었다. 어떤 이는 혼자 떨어졌고, 어떤 이들은 둘이 거의 닿을 듯이 혹은 심지어 손을 잡고 뛰어내렸다. 그녀는 이런 장면이 뇌리에서 지워지지 않았다.

일제는 닥치는 대로 관련 자료를 찾아 읽었다. 추락한 사람들의 수는 자료에 따라 50명에서 200명까지 편차가 컸다. 많은 사람들이 그냥 뛰어내렸지만, 일부는 창가로 대피했다가 창문이 박살 나는 순간 남들에게 떠밀려 창문 밖으로 떨어지거나, 아니면 공기 소용돌이 현상에 의해 빨려 나가듯이 밖으로 내동댕이쳐졌다. 뛰어내린 이들 중에는 출구가 없는 상황에서 스스로 뛰어내리기로 결정한 사람도 있고, 참을 수 없는 열기 때문에 어쩔 수 없이 내몰리듯 창문 밖으로 떨어진 사람도 있었다. 화염이 덮치기 전에 550도가 넘는 열기가 먼저 그들을 덮쳤던 것이다. 추락 높이는 400미터가 넘었고, 추락 시간은 길어야 10초였다. 추락 장면의 영상은 너무 흐릿해서 얼굴을 알아볼 수 없었다. 간혹 옷을 보고 자기 가족을 확인하는 경우도 있었다. 그럴 경우 일부는 그렇게라도 가족을 확인한 것에 스스로를 위안했지만, 일부는 오히려 더욱 경악했다. 떨어져 죽은 사람들은 신원 확인이 불가능했다.

하지만 이런 정보들도 추락 장면만큼 그녀의 가슴에 깊이 와 닿지는 않았다. 추락하는 사람들은 항상 두 팔을 쫙 벌리고 있었고, 거기다 다리까지 쫙 벌리는 경우도 많았다. 일제는 마음만 먹었다면 책에서 본 이런저런 사진들 외에 실제로 떨어지는 장면을 촬영한 동영상도 찾아볼 수 있었을 것이다. 그러나 몸이 공중에서 허우적거리고 버둥대는 것을 보는 것이 두려웠다. 사진 상에서 떨어지는 몸들은 대개 바닥 위에 떠 있거나, 바다를 박차고 날아오르는 것처럼 보였다. 일제는 사람들이 마지막 순간에라도 그런 기분으로 떨어졌길 희망하면서도 동시에 절망을 느꼈다. 과연 사람이 그럴 수 있을까? 그런 상황에서 10초간이라도 공중에 떠 있거나 날기 위해 뛰어내릴 수 있을까? 고통 없이 순식간의 죽음으로 끝나게 될 그 10초의 시간을 우리가 살면서 향유하는 그런 기쁨으로 온전히 즐길 수 있을까?

그 연극에서는 원래 9월 11일 아침에 쌍둥이 빌딩 중 한 곳에서 평소처럼 일하고 있어야 할 한 남자가 등장한다. 그런데 그는 우연히 지각을 해서 참사를 면한다. 대신 세상 모든 사람들에게 자신이 죽은 것으로 가장함으로써 과거의 삶에서 벗어나 새로운 삶을 시작할 기회를 발견한다. 일제는 연극을 보지 않았고 책으로 읽지도 않았다. 그런데도 상상속에서 이렇게 추측했다. 건물에서 떨어져 공중에 떠 있거나 날아가는 사람들을 보면서 그도 거기서 도망치려는 생각을 갖게 되었을 거라고. 충분히 그럴 수 있는 일이었다. 그것이 그녀의 상상력을 자극했고, 그녀의 기억에서 얀의 장례식 장면을 불러냈다. 아울러 그가 스스로 목숨을 끊은 것이 실은 과거의 삶에서 도망쳐 새로운 삶을 시작하기 위한 시도가 아니었을까 하는 의문까지 불러일으켰다. 얀이 죽은 이후 1년 동안 울라와 그녀를 거세게 몰아붙였던 모든 것이 다시 생생히 떠올랐다. 장례식 장면에서부터 미스터리한 전화, 낯선 옷가지, 없어진 서류, 그리고 부검 소견까지.

4

헤너가 들판을 크게 우회해서 집으로 돌아왔을 때 또 다른 차가 대문 앞에 세워져 있었다. 함부르크 번호판을 단 은색 대형 벤츠였다. 집으로 들어가는 문은 열려 있었다. 헤너가 집 안으로 들어갔다. 눈이 어스름에 적응되자 왼쪽으로 위층과 복도로 연결된 계단이 보였다. 복도 양쪽 끝은 문이었다. 계단과 복도는 금속 구조물로 받쳐져 있었고, 집 내부의 벽들은 회칠이 벗겨졌으며, 바닥의 자연 석판은 군데군데 시멘트로 때워져 있었다. 하지만 모든 것이 깨끗했다. 입구 맞은편의 낡은 테이블에는 알록달록한 튤립이 가득 꽂힌 큼직한 꽃병이 하나 있었다.

위층 어느 방에선가 문이 열리고 닫혔다. 문틈으로 말소리와 웃음소리가 잠시 들려왔다. 헤너가 고개를 들었다. 한 여자가 왼손으로 난간을 잡고 무거운 걸음걸이로 천천히 계단을 내려오고 있었다. 마치 왼쪽 허리나 왼다리에 통증이 있는 사람 같았는데, 너무 뚱뚱해서 그럴 수도 있다는 생각이 들었다. 헤너보다 나이가 몇 살 적은 쉰 살 정도로 보였는데, 그렇다면 노인성 관절염을 앓기에는 너무 젊었다. 혹시 사고를 당한 것일까?

"방금 도착하셨나보네요." 헤너가 집 앞에 주차된 벤츠 쪽으로 고갯짓을 했다.

여자가 웃었다. "아니에요." 그녀도 고개를 돌려 잠시 벤츠 쪽을 가리켰다. "저건 울리히가 타고 온 차예요. 안식구와 딸과 같이 왔죠. 나는 마르가레테예요. 크리스티아네 친구죠. 이 집 주인이기도 하고요. 부엌에 가는 길인데 혹시 좀 도와줄 수 있어요?"

얼마 뒤 그는 부엌에서 감자 껍질을 깎고 있었다. 그사이 마르가레테는 감자를 얇게 썰고 오이를 네모 모양으로 자르고 대파를 다졌다. 그러면서 샐러드에 넣고 드레싱과 함께 휘저을 것들을 읊어댔다. "휘젓는 거군요, 흔드는 게 아니라." 헤너가 농을 시도했다. 그는 마르가레테의 가벼움과 태평함, 쾌활함이 당혹스러웠다. 그것은 지극히 단순한 사람의 쾌활함이자, 아무 노력도 하지 않고 세상을 제집처럼 생각하는 타고난 행운아의 태평함이었다. 헤너가 둘 다 싫어하는 성격이었다. 게다가 그녀의 몸에서 뿜어져 나오는 묘한 분위기는 그를 더욱 당혹스럽게 했다. 에로틱한 아우라였는데, 그로서는 도저히 이해할 수 없는 일이었다.

그는 뚱뚱한 여자를 좋아하지 않았고, 지금껏 사귄 여자들은 모두 모델처럼 날씬했다. 마르가레테는 또한 그의 남성적 매력에도 전혀 반응하지 않았다. 그렇다면 크리스티아네와는 단순한 친구 이상의 관계일 수도 있었다. 어쩌면 헤너 자신에 대해서도 그가 예전에 사귄 여자들이 아는 것보다 더 많이 알고 있을지도 몰랐다. 문득 수년 전 크리스티아네와 함께 보낸 밤이 떠올랐다. 그는 또다시 자신이 이용당한 느낌이 들었고 또다시 상처를 받았다. 당시 크리스티아네의 태도는 지금 생각해도, 그가 혹시 무언가 이해하지 못한 것이 있었거나 그한테 문제가 있었던 건 아닐까 하는 느낌이 들 정도로 이상했다. 그가 여기로 온 것이 그 때문일까? 크리스티아네의 전화가 당시 무슨 일이 있었는지 이젠 정말 확인해야겠다는 욕망을 일깨운 것일까?

"펀치 한 잔 할래요?" 그녀가 잔을 내밀었다. 그제야 그는 그녀의 표정에서 이것이 재차 묻는 것임을 알아차렸다. 그의 얼굴이 빨개졌다.

"아, 미안합니다." 그가 잔을 받았다. "좋죠." 하얀 복숭아로 담근 펀치였다. 한 모금 마시는 순간 어린 시절이 떠올랐다. 노란 복숭아는 없고 하얀 복숭아만 있던 시절이었다. 어머니가 정원에 복숭아나무를 두 그루 심었던 기억이 났다. 그가 마르가레테에게 빈 잔을 건넸다. "감자 샐러드는 다 끝냈어요. 또 할 게 남았나요? 내가 어느 방을 써야 하는지 아세요?"

"보여드리죠."

그때 울리히와 울리히의 아내와 딸이 그들을 향해 계단을 내려오고 있었다. 키 작은 울리히에 키 큰 아내와 키 큰 딸이 선명하게 대비되었다. 헤너가 반갑게 인사하며 울리히를 껴안았고, 그들은 함께 테라스로 나갔다. 시끄러울 정도로 활기가 넘치는 울리히의 성격은 예나 지금이나 변함이 없었다. 헤너는 예전처럼 다시 불편한 마음이 고개를 들기 시작했다. 게다가 그의 아내가 일부러 과장되게 고개를 뒤로 젖히며 웃는 것도 신경에 거슬렸고, 짧은 치마에 보기 민망한 민소매 티셔츠를 입고 긴 다리를 꼰 채 지루한 표정을 지으며 도전적인 자세로 앉아 있는 그의 딸도 거북했다.

"이거 원, 전기도 안 들어온다니, 대통령 연설을 들으려면 천상 차에 가서 들을 수밖에 없겠구먼. 뉴스를 보니 이번 일요일에 베를린 대성당에서 대통령 연설이 있을 거라 하던데. 내 장담하지, 대통령은 분명 외르크의 사면을 발표할 걸세. 멋진 작전이야. 아주 훌륭해. 외르크를 미리 내보내 은신처를 구할 시간을 준 다음에 아무 일 없었다는 듯이 사면 발표를 할 거란 말이지. 기자와 카메라를 따돌리는 데 그만큼 좋은 방법이 있겠어?" 울리히가 주변을 둘러보았다. "이 정도면 뭐 나쁜 은신처는 아니군. 쓸 만해. 하지만 영원히 여기 숨을 수는 없겠지. 혹시 외르크가 앞으로 뭘 하려고 하는지 자네는 아나? 예술과 문화 쪽이라면 외르크 같은 친구도 할 일이 있지 않을까 모르겠군. 무대 배경이나 조명 설치 같은 건 도울 수 있지 않겠나? 아니면 출판사에서 교정 일을 볼 수도 있고. 원한다면 내 덴탈랩* 가운데 한 곳에서 일할 수도 있어. 물론 폼은 안 나겠지. 내말 기분 나쁘게 생각하지 마. 내가 대학을 포기하고 치과기공사가 된 것을 두고 너희는 항상 나를 약간 경멸했잖아."

헤너는 다시 간신히 기억을 떠올렸다. 울리히는 시위 현장에 정기적으로 참여했다. 경찰들을 향해 부탄산酸 폭탄을 던질 때는, 해롭지는 않지만 냄새가 고약한 액체를 준비해 오기도 했다. 그런 울리히를 경멸했다고? 당시 직장에 다니는 울리히를 그들은 경멸하기보다 오히려 경탄했을 것이다. 헤너가 그 말을 울리히에게 했다.

"알았어, 알았어. 그건 그렇고, 가끔 자네 글을 읽는데, 아주 근사하더군.《슈테른》,《슈피겔》,《쥐트도이치》, 아무튼 자네가 기고하는 글은 다 읽어보는 편이지. 하지만 솔직히 말해서 이젠 그런 지적인 영역엔 별 관심이 없어. 눈으로 읽기는 하지만 가슴에 와 닿지를 않아. 나한테 중요한 건 경제야. 그리고 경제적인 면에선 내가 자네 지성인들을 이긴 건 확실해. 사람은 누구나 그렇게 자기 일을 하는 거야. 나도 그렇고 자네도 그렇고 외르크도 그렇고. 크리스티아네가 전화했을 때도 그 이야기를 했어. 각자 자기일을 하는 거라고. 그러니 그렇게 사는 사람들을 두고 이

*치과기공 전문 의료업체.

러쿵저러쿵 따질 필요는 없겠지. 다만 외르크는 정말 말도 안 되는 짓을 했어. 물론 지금은 대가를 치르고 풀려났지만. 어쨌든 이제부터는 자기 인생을 다시 정상으로 돌리는 것이 중요하겠지. 하지만 쉽진 않을 거야. 사람들이 어떻게 일하는지, 어떻게 남들과 관계하는지, 어떻게 세상과 평화롭게 살아가는지, 그 방법을 모르잖아. 예전에도 몰랐는데 지금이라고 알겠어? 감옥에서 그런 걸 배운다는 얘기는 못 들어봤어. 자네 생각은 어때?"

헤너는 잘 모르겠다고 대답하려 했지만 하지 못했다. 카린과 그녀의 남편이 테라스에서 나오고 있었던 것이다. 헤너는 두 사람을 보는 순간, 친숙한 얼굴을 다시 보게 된 것과 함께 또다시 이름이 즉각 떠올라 기뻤다. 카린은 작은 교구의 주교직을 맡고 있는 목사였다. 헤너와는 몇 년 전 교회와 정치에 대한 주제로 인터뷰를 한 적이 있었고, 작년에는 어느 시사 토론회에 같이 참석하기도 했다. 두 번다 짧은 만남이었지만 그는 자신이 대학 시절에 그녀를 좋아한 것이 결코 우연이 아니었음을 확인한 것이 반가웠다. 카린은 똑똑했고 그는 그것이 마음에 들었다. 이제는 목소리와 말투에 부드러움과 신중함까지 담겨 있었다. 직업의식이 배면 기자들이 거만해지는 것과 마찬가지로 목사들도 시간이 지나면 거드름을 피우기 마련이라고 생각해왔는데, 카린은 아니었다. 목사들이 직업상 남녀 간의 우정을 어떻게 생각하고, 거기에 얼마큼 스스로를 제약하고 허

34

용하는지는 몰라도 헤너는 그녀도 자신을 다시 만나고 싶어 했다는 인상을 받았다. 그녀의 남편 에버하르트는 쥐트도이치 박물관에서 학예사로 일하다가 은퇴했는데, 카린보다 훨씬 나이가 많았다. 남편은 자상하고 배려심이 깊은 사람이었고, 아내는 그런 남편에게 기대며 고마워할 줄 아는 사람이었다. 헤너는 날이 서늘해지자 에버하르트가 숄을 가져와 카린의 어깨에 둘러주고, 그녀 또한 고마움의 표시로 남편의 어깨에 얼굴을 기대는 모습을 보면서 두 사람의 사랑에 부녀간의 그리움 같은 게 담겨 있다고 생각했다. 에버하르트는 자리를 잡기도 전에 이 테이블의 상황을 간파하고는 울리히의 아내 잉게보르크와 딸 도를레 사이에 앉아 두 사람을 대화에 끌어들였다. 그러자 도전적인 자세로 앉아 지루하다는 듯 입을 샐쭉대던 딸까지도 이따금 쾌활하게 웃음을 터뜨렸다.

마르가레테는 안드레아스를 테라스로 데리고 나오면서, 외르크와 크리스티아네가 삼십 분 후에 도착한다는 소식을 전화로 알려왔다고 전했다. 또한 여섯 시쯤 테라스에서 아페리티프*를 들고 일곱 시에 살롱에서 저녁 식사를 하겠으니 앉아 있기가 지루한 사람은 저녁 전까지 이곳을 산책해도 좋다고 덧붙였다. 그녀가 여섯 시 직전에 종을 칠 테니 그때까지만 오면 되었다.

*식전에 식욕을 돋우기 위해 마시는 술.

다른 사람들은 그대로 앉아 있고 헤너만 일어났다. 안드레아스는 고등학교 시절이나 대학 첫 학기 때 만난 친구가 아니었다. 그는 외르크의 변호인이었는데, 외르크와 다른 피고인들이 그를 정치적으로 포섭하려 하는 걸 깨닫고 변호인 직을 사임했다가 몇 년 전 외르크가 자신의 조기 석방을 도와달라고 부탁하면서 다시 변호를 맡게 되었다. 헤너와도 예전에 만난 적이 있는 사이였다. 헤너는 모든 이야기가 외르크 중심으로 돌아가기 전 손님들끼리 서로 인사를 나누고 소소한 대화를 이어갈 때 자리에서 일어났다. 어차피 그는 이렇게 많은 사람들과, 이렇게 많은 시간 동안, 이렇게 좁은 공간에서 함께 있는 것을 잘 견디지 못했다.

헤너는 다시 한 번 들판을 크게 돌았다. 뻣뻣한 자세로 팔을 흔들며 천천히 성큼성큼 걸었다. 뉴욕에 있을 때는 물론이고 돌아와서도 아직 어머니에게 전화를 걸지 않았다. 아들이 마지막으로 전화한 게 언제인지 기억도 못 할 어머니라는 것을 알고 있었지만, 전화를 하는 것은 의무처럼 느껴졌다. 그는 의무감에서 비롯한 이런 식의 전화 제식이 싫었다. 전화를 걸 때마다 어머니는 좀 더 크게 이야기하라고 독촉하다가 뜻대로 되지 않으면 전화를 끊어버렸다. 그렇다보니 전화만 걸 뿐 대화는 오가지 않았다. 그는 방문 제식도 싫었다. 어머니는 아들이 찾아오는 것을 기다리면서도, 아들의 거리감을 느끼고는 항상 실망했다. 하지만 그는 그런 거리감 없이는 어머니와 어머니의 고통,

한탄, 질책을 견뎌낼 수가 없었다. 그는 상의 호주머니 속에 든 전화기를 만지작거렸다. 주머니 속에서 핸드폰의 폴더를 열었다 닫았다를 반복하다가 마침내 그냥 손을 빼고 말았다. 일요일에 전화하기로 마음먹은 것이다.

그는 여섯 시 직전에 집으로 돌아왔다. 이번에는 과일나무가 있는 초원을 가로질러 낮은 지붕 밑에 장작더미를 높이 쌓아놓은 정원 별채 쪽으로 돌아왔다. 별채 쪽에도 떡갈나무가 한 그루 서 있었는데, 번개를 맞아 부러지고 뒤틀린 모양이었다. 집으로 들어가는 문도 있었다. 헤너가 떡갈나무 밑에 서서 저녁 풍경을 바라보고 있을 때 마르가레테가 문을 열더니 앞치마에 두 손을 닦고는 문틀에 기대어 그와 마찬가지로 저녁 풍경 속으로 눈길을 주었다. 문 옆에는 종이 걸려 있었다. 마르가레테는 곧 문틀에서 몸을 일으켜 억센 손으로 짧은 밧줄을 잡고 힘껏 종을 칠 것 같았다. 헤너는 그녀가 자신을 보았는지 못 보았는지 알 수 없었다. 그녀가 몸도 돌리지 않은 채 제법 떨어진 거리임에도 충분히 알아들을 수 있는 목소리로 그에게 이렇게 물을 때까지는. "검은지빠귀의 이중창 듣고 있어요?" 그때까지 알아차리지 못하고 있던 소리가 그제야 헤너의 귀에 들어왔다. 저녁 풍경, 검은지빠귀의 이중창, 문틀에 기대선 마르가레테. 헤너는 이유를 알 수 없었지만, 문득 속에서 눈물이 북받쳤다.

5

일제는 종소리를 듣지 못한 채 헤너가 있는 곳 반대쪽 방에
앉아 글을 쓰고 있었다. 방 안에는 야전침대와 의자, 책상
이 비치되어 있었고, 책상 위에는 씻을 물을 담아놓은 항아
리와 대야, 양초, 성냥갑, 튤립 꽃다발이 놓여 있었다. 건물
모서리에 위치한 방이었다. 한쪽 창문으로 떡갈나무와 그
뒤쪽 헛간이 보였고, 다른 쪽 창문으로는 문이 보였다.

장례식 다음 날 얀의 변호사 사무실에서 같이 일하는 변호사
둘이 울라의 집을 찾아왔다. 늦은 오후 시간이었다. 아이들
은 집 안을 시끄럽게 뛰어다녔고, 울라는 저녁 식사를 준비할
시간이었다. 둘 중 나이 든 쪽이 자신을 사무실의 대표 변호
사로 소개했고, 젊은 쪽은 얀과 공동 작업을 많이 하는 동료
변호사로 자신을 소개했다. 울라도 두 사람을 알아보았다.

두 사람은 전날 장례식장에서 자신에게 조의를 표했을 뿐 아니라 젊은 변호사는 예전에 얀을 데리러 온 적도 있었다.

"프랑스 경찰과 통화를 했습니다만, 남편이 요즘 맡고 있는 사건의 서류는 자동차에서 발견되지 않았다고 합니다. 혹시 그 서류가 이 집에 있는지 여쭤어봐도 되겠습니까?"

"오늘 저녁에 확인해볼게요."

그러나 두 사람은 울라의 대답이 성에 차지 않았다. 젊은 변호사가 나서 몹시 급한 일이라고 하면서, 부인이 직접 수고할 필요 없이 자신들이 얀의 서재를 뒤져보겠다며 상대의 동의도 구하지 않고 울라 곁을 지나 서둘러 계단 위로 올라갔다. 나이든 변호사도 급히 양해를 구하며 젊은 변호사를 뒤따라갔다. 울라도 같이 가려고 했지만, 쌍둥이들이 싸우고 부엌에서 물이 끓는 바람에 그러지 못했다. 이후 그녀는 변호사들의 존재를 까맣게 잊고 있었다. 그러다 아이들과 저녁 식사를 하고 있을 때 두 변호사가 서류를 한 아름씩 들고 얀의 서재에서 내려왔다. 그러나 헛걸음이었다. 그들이 찾는 서류는 그 속에 없었다.

그날 밤 전화가 왔다. 울라는 아이들을 재운 뒤 부엌 식탁에 앉아 있었다. 아픔과 슬픔을 느끼는 것이 사치일 정도로 온몸이 파김치처럼 축 처져 있었다. 이대로 누워 잠들고 싶은 마음뿐이었다. 그리고 몇 주나 몇 달 뒤에 다시 깨어나 과거의 상처를 잊고 새로운 일상으로 돌아가고 싶었다. 그러나 일어서서 계단을 올라가 침실에 들어갈 힘조차 남아 있지 않았다. 그래서 전화벨이 울렸을 때, 전화기가 자리에서 일어나 받아야 하는 곳에 있었다면 아마 받지 않았을지 모른다. 그러나 전화기는 식탁 바로 옆에 걸려 있었고 그녀는 일어서지 않고도 수화기를 들 수 있었다. "여보세요?"

대답이 없었다. 전화기에서는 숨소리만 들렸다. 그의 숨소리였다. 그이의 숨소리가 틀림없었다. 그녀가 사랑하는 숨소리였다. 전화할 때 말부터 꺼내는 것이 아니라 먼저 숨소리를 들려줌으로써 자신을 가까이 느끼게 해주는 그 숨소리를, 그런 무언의 공백기를 그녀는 사랑했다. "얀." 그녀가 말했다.

"얀, 말해봐. 당신 어디 있어? 무슨 일이야?" 그러나 상대는 말이 없었다. "얀!" 그녀가 공포에 찬 기다림 끝에 다시 남편의 이름을 불렀을 때 그는 전화를 끊어버렸다.

울라는 마비된 사람처럼 앉아 있었다. 착각이 아니었다. 착각일 수 없었다. 하지만 그녀는 얀이 관에 누워 있는 것을 분명히 보았다. 얀이 틀림없었다.

이틀 뒤 우편으로 부검 소견서가 도착했다. 맨 위에 이름과 성별, 생년월일, 출생지, 신장과 신체 특징이 적혀 있었다. 그 밑에 절개 부위와 소견을 기술한 내용은 프랑스어로 적혀 있어서 이해하는 데 어려움이 따랐다. 울라는 사전을 가져와 독해를 시작했다. 어디를 절개했는지 읽을 때마다 가슴이 아팠다. 이윽고 독해가 끝나자 그녀는 처음부터 끝까지 다시 읽어 내려갔다. 그제야 부검 순간에 얀이 스웨터와 청바지를 입고 있었다는 사실이 눈에 띄었다. 이상했다. 그날 남편은 양복을 입고 출근했다. 경찰 조서에도 얀은 자동차 안에서 양복

차림으로 발견된 것으로 기록되어 있었다.

그녀는 부부가 함께 쓰는 옷장으로 달려갔다. 남편의 옷은 청바지든 티셔츠든 스웨터든 전부 알고 있었다. 남편 옷 중에서 없는 것은 없었다. 의혹이 점점 커졌다. 그녀는 즉시 장례업체에 전화를 걸었다. 의아한 답변이 돌아왔다. 시신을 프랑스에서 인계받았을 당시 남편은 구겨진 회색 양복을 입고 있었다는 것이다. 그러면서 일전에 그 양복을 돌려받길 원하느냐고 물어보았는데, 기억이 안 나느냐고 했다.

그날 밤 아이들이 잠들자 울라는 일제에게 전화를 걸었다. 도저히 이 상황을 혼자서 감당할 수가 없었다. 일제는 의무감을 느꼈다. 일제와 울라는 그렇게 가까운 사이가 아니었다. 하지만 울라가 외로움을 이기지 못해 필사적으로 위안을 구한다면 인간된 도리로서 최선을 다해 도와주고 싶었다.

그러나 울라가 원한 것은 위안이 아니었다. 그녀는 원래 내면의 고통에는 철갑을 두르고 드러내지 않는 사람이었다. 그녀가 원한 것은 싸움이었다. 이 일에 무언가 자신이 모르는 흑막이 숨겨져 있다고 그녀는 확신했다. 그것을 알게 된 이상 그대로 받아들일 마음은 추호도 없었다. 이 일의 배후에 누가 숨어 있을까? 그자들은 얀을 어떻게 했을까? 납치해서 살해한 것일까?

일제는 공책과 연필을 치워두고 창밖을 내다보았다. 당시 그녀와 울라는 현기증 같은 상태에 빠져들었다. 그 상태에서 온갖 추리를 하고, 단서를 찾으려고 사방으로 뛰어다녔다. 얀이 지난 몇 주 동안 집중적으로 몰두했고 이따금 음습한 인물이라고 암시까지 했던 그 의뢰인을 찾아다녔고, 없어진 서류가 그사이 집에서 발견되지나 않을까 줄곧 주위를 맴돌던 변호사 사무실 측의 감시를 따돌렸으며, 실마리를 찾으려고 노르망디까지 가보았다. 어떤 가설도 너무 터무니없게 느껴지지 않았고, 어떤 추측도 너무 허황해 보이지 않았다. 그렇게 1년이 지나자 현기증의 수위가 떨어졌고, 그와 함께 두 사람의 우정도 탈진해버렸다. 울라는 얀이 더 이상 자기 말을 믿지 않는 것에 상심했다. 얀제는 얀이 변호사 사무실이나 정체 모를 의뢰인의 부패한 흑막에 의해 죽음으로 내몰렸거나 납치 살해되었을 거라는 울라의 말에 신뢰를 보내지 않고, 그가 죽음을 가장하고 다른 곳에서 새로운 인생을 살고 있을 거라고 생각한 것이다. 그 이후로도 둘은 가끔 만나고 전화 통화를 했지만 만남과 전화의 횟수는 점점 줄어들었고, 마지막에는 양쪽 모두 상대가 더 이상 연락하지 않는 것을 홀가분하게 여기게 되었다.

얀제는 울라가 그런 현기증 상태에 몰입할 수밖에 없었던 이유를 이해할 수 있었다. 그 상태가 그녀 마음에 날렵한 돛이 되어 슬픔의 어두운 바다를 빨리 건널 수 있게 해주었던 것이다. 실제로 그 상태가 끝나자 그녀는 얀의 죽음을 극복했다. 그렇다면 얀제는 왜 그 현기증에 전염되었던 것일까? 울라와 함께 움직이면서 그녀의 가슴을 채웠던 유대감이 그리웠던 것일까? 하지만 자살이나 납치 살해 음모가 관여되어 있을 거라는 울라의 확신에는 공감하지 못했다. 단순히 모험에 대한 욕구 때문이었을까? 그저 과대망상에 불과했을까? 당시에도 그녀는 자신이 거대한 음모를 쫓고 있다는 생각은 거의 한 적이 없었다. 그렇다면 무엇 때문에? 그녀가 억눌렀던 무언가가 내면에 숨어 있던 것일까? 그녀의 내면에서 깨어나려고 했던 것은 무엇이며, 지금도 깨어나려고 하는 그것은 대체 무엇일까?

일제가 마침내 재차 울린 종소리를 들었을 때는 일곱 시였다. 방에 거울이 없었기 때문에 그녀는 창문을 열어 유리창에 자신의 모습을 비추어 보았다. 머리를 빗고 얼굴을 단장하려는 생각은 이내 포기했다. 화장하지 않은 모습이 추레해 보였지만 어차피 빗질이나 마스카라, 립스틱과는 거리가 먼 그녀였다. 하지만 그녀는 자신의 모습에서 눈을 떼지 못했다. 유리창에 비친 여자에게 연민의 감정이 들었다. 그녀는 항상 스스로를 억눌러 어디를 가든 온전히 그 자리에 동화되지 못했다. 집에 있을 때만이 예외여서 밖에 나가면 늘 집에 대한 향수를 느꼈다. 고양이와 책밖에 없는 집의 보잘것없는 행복이 창피했음에도. 그녀는 유리창에 비친 자신에게 애처로운 미소를 지어주었다. 저녁 공기가 서늘했다. 그녀는 숨을 깊이 들이쉬었다가 내쉰 다음, 온몸에 힘을 모아 아래층으로 내려갔다. 자신의 옛 친구들에게로.

6

크리스티아네는 테이블 정돈을 끝냈다. 각자의 접시 앞에
이름과 사진이 붙은 작은 카드가 놓여 있었다. 모두 옛날
사진이었다. 다들 사진을 돌려보며 탄성을 내질렀다. "이
것 좀 봐!" "이 수염은 뭐야!" "이 머리는 어떻고!" "내가
그때 이렇게 생겼단 말이야?" "많이 변했네!" "이런 사진
을 어디서 구했어?"

　일제는 마르가레테와 헤너 말고는 아직 아무하고도 인
사를 하지 않아 자리를 돌며 인사를 나누었다. 그녀가 보
기에 외르크는 자신만큼이나 어색해하는 것 같았다. 처음
엔 외르크가 자신의 포옹에 답례하지 않았을 때 그게 자기
때문이라고 생각했는데, 곧 다른 쪽으로 생각을 바꾸었다.
감옥에선 사회의 사교 형식을 접할 기회가 없어서 상대가
반갑게 포옹해 오면 어떻게 반응해야 하는지 잊었을 거라

고 말이다.

외르크의 자리는 테이블 긴 쪽의 크리스티아네와 마르가레테 사이에 마련되어 있었다. 외르크 맞은편에는 카린이 앉았고, 카린 양옆에는 안드레아스와 울리히가 앉았다. 안드레아스와 마르가레테 옆에는 울리히의 아내와 카린 남편이 서로 마주 보았고, 울리히와 크리스티아네 옆에는 일제와 헤너가 마주 보고 앉았다. 테이블 좁은 쪽에는 울리히의 딸이 일제와 헤너 사이에 앉았고, 그 건너편은 늦게 합류할 마르코 한의 자리였다. 카린이 포크로 유리잔을 두드리며 "기도합시다" 하고 말하더니, 참석자들이 내면의 아연함을 극복하고 조용해질 때까지 기다렸다가 기도를 시작했다. "주여, 저희와 함께하소서. 저녁 어스름이 깔리고 날이 저물고 있기 때문입니다."

헤너는 주위를 둘러보았다. 외르크와 안드레아스까지 모두 고개를 숙였고, 몇몇은 눈을 감고 있기도 했다. 외르크의 입술이 마치 함께 기도를 하거나 자기만의 세속적인 혁명 기도라도 하는 것처럼 달싹거렸다.

"저녁 어스름이 깔리기 때문에 주가 우리와 함께해주기를 바란다는 것은 기독교인들에겐 낮보다 밤에 신이 더 필요하다는 뜻인가요? 나는 좀 달라요. 밤보다 오히려 낮에 도움이 더 필요하거든요." 카린의 기도가 끝나자 안드레아스가 빈정거리듯이 물었다. 빈정거리는 태도는 그에게 잘 어울렸다. 특히 삐쩍 마른 몸과 뻣뻣한 동작, 대머리,

차가운 눈길에는 안성맞춤이었다. "게다가 '저녁 어스름이 깔린다'는 표현은 '날이 저문다'는 것과 똑같은 뜻 아닌가요? 그렇다면 날이 저문다는 표현을 굳이 또 쓸 필요가 있을까요?"

"역시 법률가들은 달라. 조금이라도 이상한 게 있으면 지적하고 싶어 입이 근질거리는가봐." 울리히가 웃었다. "근데 카린, 솔직히 말해서 일이 너무 힘든 적은 없어? 찬송하고 기도하고 설교하고, 또 어떤 상황, 어떤 일에서건 경건하고 지혜로운 말을 하려면 여러모로 만만치 않을 텐데. 물론 그게 직업이라는 건 알아. 하지만 나도 가끔 내 직업이 힘들다는 느낌이 들거든."

"자유의 몸으로 맞는 첫 식사야. 소감이 어때?" 크리스티아네가 친근하게 팔꿈치로 외르크를 툭 치며 물었다.

"자유의 몸으로 맞는 첫 식사이기만 한가요? 은총이 함께한 첫 식사죠." 안드레아스가 물러서지 않았다. "소감이 어떤가?"

"이게 자유의 몸으로 맞는 첫 식사는 아니네. 오늘 아침에 아우토반에서 아침을 먹고, 낮에는 베를린에서 식사를 했으니까."

"그래서 저녁에야 여기 도착한 거예요." 크리스티아네가 덧붙였다. "나는 외르크에게 도시 냄새를 맡게 해주고 싶었어요. 갑작스레 석방이 이루어지는 바람에 교도소 측에서도 외르크에게 통상적인 사회 적응 프로그램을 실시

할 시간이 없었거든요. 그저께 잠시 바깥 구경을 시켜준 게 전부래요. 규칙적인 외출 시간도 없었고, 개방형 교도 행정의 혜택도 받지 못했어요. 그건 그렇고, 뭘들 하세요, 빨리 안 들고? 음식 식어요." 크리스티아네가 감자 샐러드 그릇을 카린에게, 구운 소시지 그릇을 안드레아스에게 밀 었다.

"고마워요." 카린이 샐러드 그릇을 받았다. "아까 그 질 문에 대답할게. 대답을 빚진 기분으로 앉아 있고 싶지는 않거든. 나도 쫓기듯이 살다보면 힘들 때가 많아. 내가 원 래 느긋한 사람이어서 그런 것만은 아냐. 시간에 쫓겨 찬 송하고 기도하고 설교하게 되면 그건 더 이상 가슴에서 우 러나서 하는 일이 아니라 빨리 해치워야 할 일이 되고 말거 든. 그건 하느님 보시기에도 좋지 않을뿐더러 나한테도 맞 지 않아."

"역시 훌륭한 대답이야." 울리히가 고개를 끄덕거리며 감자 샐러드를 자기 접시에 덜었다. 그러고는 그릇을 일제 에게 넘긴 뒤 외르크에게 고개를 돌렸다. "자네한테 먼저 물어볼 수는 없었어."

외르크가 당혹스러운 표정으로 울리히를 바라보더니, 크리스티아네에게로 고개를 돌렸다가 다시 울리히에게로 돌아왔다. "뭘……?"

"자네는 가끔 힘들지 않았느냐고. 감옥에선 뭐가 제일 힘들었어? 거기서야 쫓기듯이 살 일이 없을 테니, 오히려 시간이 너무 많거나 할 일이 없는 게 힘들었나? 항상 똑같은 곳에 틀어박혀 있는 거? 아니면 다른 수감자들이? 음식? 술이 없는 거? 여자가 없는 거? 자네가 독방에서 지냈다는 이야기는 신문에서 읽었네. 노동도 하지 않았다고 하더군. 그 정도면 꽤 괜찮은 거 아닌가, 안 그래?"

외르크가 대답을 하려고 안간힘을 쓰지만 정작 말 대신 손동작만 분주해지자, 크리스티아네가 끼어들었다. "지금 이 자리에 어울리는 질문은 아닌 것 같아. 그런 질문이라면 외르크가 적응한 후 해도 늦지 않을 것 같은데."

"역시 영원한 누님이야. 내가 누님의 초대를 받았을 때 맨 처음 기억난 게 뭐였는지 압니까? 벌써 30년도 더 지난 얘기지만, 내가 두 사람을 만났을 때 누님은 항상 외르크 편을 들면서 외르크가 무엇을 하건 눈을 떼지 않았죠. 처음에 난 두 사람이 연인인 줄 알았어요. 나중에야 자상한 누님과 남동생 사이인 걸 알았죠. 외르크 이야기 좀 들어봅시다. 카린도 우리한테 주교 생활이 어떤지 이야기했고, 나도 여러분이 듣고 싶다면 덴탈랩과 관련한 내 생활을 얼마든지 이야기할 준비가 되어 있으니까. 외르크라고 감옥에서 지낸 이야기를 우리한테 못 할 이유가 어디 있겠어요?"

일제가 헤너와 얼굴을 마주 보았다. 울리히는 가벼운 어조로 이야기했다. 하지만 크리스티아네의 어조에서처럼, 그의 말투에도 날카로움이 배어 있었다. 마치 두 사람은 감정을 드러내지 않고 은밀히 싸우고 있는 것 같았다. 무엇 때문에 싸우는 것일까?

"격리 고문에 관한 이야기를 듣고 싶지는 않을 테고……
그건 여기 있는 다른 사람들도 마찬가지일 테지. 그렇다고
수면권 박탈, 강제 급식, 감옥 돌격대, 지하 징벌방에 관한
이야기를 할 수도 없고. 그래, 내가 정상적인 수감 조건을
얻어내려는 투쟁에서 승리를 거두고 나서……." 이 대목
에서 외르크는 웃음을 터뜨렸다. "그러니까 나에 대한 수
감 조건이 정상화되고 나서…… 가장 먼저 신경에 거슬렸
던 게 소음이었어. 자네는 아마 감옥이 무척 조용할 거라
고 생각하겠지만, 그렇지 않아. 시끄러워. 누가 움직일 때
마다 철문이 열렸다 닫히고, 쇠로 만든 복도와 계단도 사
람이 걸어갈 때마다 듣기 싫은 금속성 소리를 내지. 낮에
는 서로에게 고함을 지르는데, 그들은 밤에 자면서도 소리
를 질러. 라디오 소리와 바보상자 소리도 고스란히 들을
수밖에 없고. 또 누군가는 타자기를 탁탁거리고, 또 누군
가는 아령으로 철문을 두드리지." 외르크는 간혹 말을 멈
추어가며 느릿느릿 말했다. 그것도 크리스티아네가 아침
에 보면서 놀랐고, 지금도 놀라고 있는 산만한 손동작을
섞어가면서. "감옥에서 가장 힘든 게 뭔지 알고 싶다고 했
나? 내 삶이 여기가 아니라 다른 어딘가에 있다는 느낌, 내
가 그 삶에서 단절되어 썩어가고 있다는 느낌, 그리고 그
삶에 대한 기다림이 길어질수록 그 삶의 가치가 점점 줄어
든다는 느낌, 그런 거였어."

"혹시 감옥에 가게 될 거라는 예상은 했었나? 그러니까 회사 직원이 해고를 예상하거나 의사가 병균 전염을 감수하듯이 자네도 감옥을 예상하고 있었느냐는 말이지. 직업에 따르는 위험성 예측이라고 할까? 아니면 계속 그렇게 살다가 테러리스트로 은퇴하고, 그 뒤에는 젊은 테러리스트들이 자네 노후를 책임져줄 거라 생각했나? 그도 아니라면……."

"자, 다들 잔이 앞에 있죠?" 에버하르트가 말했다. 울리히의 목소리를 단숨에 눌러버리는 힘찬 목소리였다. "이 자리에선 내가 제일 연장자로 보이는데, 그럼 은퇴니 노후니 하는 건 나한테 물어봐야 하지 않겠소? 외르크는 그런 것에 답변하기엔 아직 젊어요. 외르크 앞에 자유롭고 활동적인 시간이 창창히 남아 있다는 의미로 다 같이 건배를 합시다. 외르크를 위하여!"

"외르크를 위하여!"

모두 잔을 내려놓고 누군가 다시 입을 열기까지는 잠시 시간이 걸렸다. 에버하르트는 잉게보르크에게 그녀의 끈질긴 남편에 대해 웃으면서 말했고, 안드레아스는 카린에게 반어적인 어조로, 기도의 본뜻을 잘 알면서도 잠시 귀신이 씌웠는지 괜한 트집을 잡았다며 사과했다. 크리스티아네는 외르크의 귀에다 대고 "마르가레테에게 말 좀 해!" 하고 속삭였고, 일제와 헤너는 울리히의 딸에게 학교를 졸업하면 어떤 일을 하고 싶은지 물었다.

하지만 울리히는 물러서지 않았다. "다들 외르크가 마치 말을 섞어서는 안 될 문둥병 환자인 것처럼 구는군. 외르크의 인생에 대해 물어보면 안 되는 이유가 뭐지? 그 인생은 외르크가 직접 선택한 거야. 여기 있는 다른 사람들이나 나나 각자 인생을 선택했듯이 말이야. 내가 보기에 다들 너무 오만한 것 같아."

외르크가 다시 말을 하기 시작했다. 여전히 느리고, 여전히 말을 멈추어가면서. "그래…… 나는 노년 같은 건 생각하지 않았어. 이번 작전을 어떻게 완수하느냐, 다음 작전을 어떻게 세우느냐 하는 문제 외에, 다른 것은 생각하지 않았어. 언젠가 어떤 기자가 이렇게 묻더군. 법에 어긋나게 살았던 인생이 나쁘지 않았느냐고. 그 기자는 그게 나쁘지 않다는 걸 이해하지 못했지. 나는 어떤 인생이든, 지금 살아 있고, 머릿속으로 다른 곳에 있다는 생각이 들지 않는 인생은, 다 좋다고 생각해."

울리히가 의기양양한 표정으로 사람들을 둘러보았다. 마치 '다들 들었지!' 하고 말하는 듯했다. 그 뒤로 대화는 한동안 개별적으로 이어졌다. 테이블 앞에 놓인 사진이 어디서 난 것인지 이제야 기억난 일제는 크리스티아네에게 그 기억이 맞는지 물었다. 그랬다. 그건 얀의 장례식 때 찍은 사진에서 각자의 얼굴을 오려낸 것이었다. 일제는 외르크에게 얀을 기억하는지 물었다. 그런데 그의 입에서 "그 친구는 최고지" 하는 말이 떨어지는 순간 잠깐 혼란에 빠졌다. 울리히의 딸은 헤너에게 나직이, 외르크가 감옥에서 동성애에 빠지지 않았을지 물었다. 헤너도 마찬가지로 나직이 대답했다. 그건 자신도 모른다, 다만 기숙사든 수용소든 감옥이든 그곳에 오래 머물게 되면 간혹 동성애에 빠진다는 이야기는 들었다. 하지만 그것도 그곳을 벗어나면 다시 원래대로 돌아가는 것을 보면 대체적 성격을 띤 일시적 현상일 뿐이라고. 크리스티아네는 묵묵히 식사만 하는 외르크에게 속삭였다. "마르가레테한테 이런 집을 어떻게 찾았는지 물어봐!"

하지만 외르크보다 먼저 입을 연 것은 울리히였다. "두 사람도 분명 자신이 맡은 첫 사건과 첫 설교를 아직 기억하고 있을 거야." 그는 안드레아스와 카린에게 고개를 끄덕여 보였다. "물론 일제도 첫 수업을, 헤너도 첫 기사를 잊지 못하겠지. 나도 마찬가지야. 내가 만든 첫 보철 브리지는 잊을 수 없어. 나중의 어떤 작업도 그만큼 많은 시간과 애정을 쏟은 것이 없고, 또 거기서 내 인생의 중요한 것을 배우기도 했지. 자네는 어때, 외르크? 첫 살인에 대한 감회가 있을 텐데. 거기서 어떤⋯⋯."

"그만해요, 여보, 제발 좀 그만하라고요!" 잉게보르크가 폭발했다.

울리히가 억울하다는 듯이 두 손을 들었다가 이내 체념하듯 다시 내렸다. "알았어, 알았어. 여러분 생각이 정 그렇다면⋯⋯."

헤너는 울리히가 무슨 말을 하려는지 잘 알아듣지 못했다. 우리 생각이 어떻다는 것일까? 그는 좌중을 둘러보며 다른 사람들의 얼굴에서도 자신과 똑같은 심정을 읽어낼 수 있었다. 그는 자신이 하고 싶은 말을 직선적으로 이야기하는 울리히가 경탄스러웠다. 그들의 인생이 그들 각자의 것이듯 외르크의 인생도 외르크의 것이라는 울리히의 말이 어쩌면 맞을지도 몰랐다. 어쨌든 울리히는 관심을 갖고 외르크와 적극적으로 이야기를 나누려고 했다. 반면 헤너 자신은 무의미한 말로 변죽만 울릴 뿐이었다.

디저트까지 끝나고 나자 외르크가 일어났다. "몇 년 만에, 아니, 20년도 넘는 시간 만에 오늘만큼 길고 풍성했던 하루는 없었습니다. 먼저 자러 일어나는 걸 언짢게 생각지 마십시오. 내일 아침 식사할 때 다시 봅시다. 모두 이렇게 와줘서 정말 감사합니다. 안녕히 주무십시오." 외르크는 좌중을 돌며 한 사람씩 악수를 했다. 놀랍게도 헤너에게는 이렇게 말했다. "자네가 온 건 용기 있는 행동이라고 생각해."

외르크가 나가자 크리스티아네도 따라 일어나려고 하다가 울리히의 조롱기 섞인 시선을 보고는 다시 주저앉고 말았다.

7

외르크가 작별 인사를 하고 떠나자 안드레아스도 일어났다.
"저도 이만⋯⋯."

"그러지 말아요, 제발 다들 좀 더 있어요!" 크리스티아
네는 벌떡 일어나며 양손으로 좌중을 누르는 시늉을 했다.
마치 안드레아스를 의자에 그대로 눌러 앉히는 동시에 다
른 사람들도 의자에서 일어나지 못하게 하려는 듯이. "이
제 열 시밖에 안 됐어요. 침대에 들기엔 너무 일러요. 안드
레아스, 나는 이제 드디어 당신이 우리 옛 친구들을 만나
고, 옛 친구들도 당신을 알게 돼서 얼마나 기쁜지 몰라요.
오늘 여기까지 오느라 무척 힘들었을 거라는 건 알아요.
하지만 조금만 더 있다 가요."

혜너는 크리스티아네가 마치 탈영하려는 사병을 둔 장
교 같다는 생각이 들었다. 그녀는 왜 우리가 그녀에게서

벗어나려 한다고 걱정하는 것일까?

울리히의 아내 잉게보르크는 남편과 계속 싸우고 있었다. "어떻게 외르크한테 그런 말을 할 수 있어요! 완전히 녹초가 돼버린 게 안 보여요? 감옥에서 20년도 넘게 있다가 이제 막 나온 사람이에요. 도움은 주지 못할망정 그렇게 녹초로 만들면 어떡해요?" 잉게보르크는 동의를 구하려는 것처럼 사람들을 둘러보았다.

카린이 화해를 시도하려 나섰다. "울리히가 외르크를 녹초로 만들었다고는 생각하지 않지만, 지금은 외르크의 과거를 건드리지 않고 편히 쉬게 하면서 미래에 대한 용기를 주는 것이 필요한 때라고 생각해요. 크리스티아네, 외르크한테 앞으로 무슨 계획이 있대요?"

울리히는 크리스티아네가 대답할 시간을 주지 않았다. "편히 쉬게 하자고? 외르크한테 지난 몇 년 동안 넘치는 게 있었다면 바로 편히 쉬는 거였을 거야. 여기 있는 우리도 마찬가지지만 외르크는 벌써 오십대 중반을 넘겼어. 외르크의 인생은……. 너희는 그걸 뭐라고 부르고 싶어? 은행을 습격하고, 사람을 죽이고……. 테러리즘, 혁명, 감옥, 이 모든 게 외르크가 선택한 인생이야. 그 인생이 어땠는지 물어보면 안 돼? 그러라고 옛 친구들이 만나는 거 아냐? 옛 시절을 이야기하고, 그 이후 어떻게 살았는지 서로 이야기하라고 귀한 시간 내서 만나는 거 아니냐고?"

"이게 옛 친구들 만나 회포나 풀자고 모인 자리가 아니라는 건 너도 잘 알 거야. 우리는 외르크가 앞으로의 삶을 잘 꾸려갈 수 있도록 돕기 위해 여기 왔어. 삶과 사람들이 외르크를 다시 곁에 두고 싶어 한다는 걸 보여주려고 말이야."

"카린 너한테는 그렇겠지. 아픈 영혼을 치료하는 건 네 사명이니까. 난 다만 외르크에게 직장을 구해주고 싶을 뿐이야. 이 사회 어딘가에서 직장을 찾을 수 있도록 돕고 싶다고. 옛 친구가 어려움을 겪고 있다면 누구한테라도 그렇게 할 거야. 외르크한테도 마찬가지고. 외르크가 사람을 넷이나 죽인 게…… 우정을 끊을 이유가 되지 못한다면, 외르크를 너무 민감한 사람으로 간주하면서 과잉보호하는 것도 그럴 이유가 없다고 봐."

"아픈 영혼을 치료하는 사명이라고? 아무래도 내가 너보다는 기억력이 좋은 것 같네. 사람에게 폭력은 안 된다, 폭력을 가할 일이 있어도 딱딱한 물건은 안 되고 토마토나 계란 같은 부드러운 것들만 던져야 한다, 하지만 제국주의나 식민주의에 맞서 싸우는 민족 해방 투쟁에서는 당연히 폭력과 폭탄을 써야 한다, 제국주의와 자본주의의 심장부에 사는 우리는 그 해방 투쟁에 연대해야 할 의무가 있다, 여기서 연대란 그 싸움에 동참하는 것을 의미한다. 당시 우리 모두가 그런 말을 했는데, 잊은 거야? 외르크뿐 아니라 여기 있는 우리 모두가 그랬지." 카린이 좌중을 둘러보았다. "당연히 너도 그랬고. 그래, 물론 너는 말하는 데서 그쳤지. 말로만 하는 것과 직접 총을 쏘는 것의 차이는 굳이 설명하려 하지 않아도 돼. 하지만 너도 어머니 없이 자랐다면 말로만 하고 말았을까? 네가 외르크처럼 남들로 인해 여러 어려움을 겪었더라도 그랬을까? 남들처럼 굳건하고 성실한 인생을 살아갈 기회가 없었더라도 그랬을까?"

"그래서? 테러리스트도 결국 길 잃은 우리의 형제자매다 이건가?" 울리히는 고개를 흔들며 인상을 찌푸렸다. 단순히 거부감을 넘어 혐오감을 드러내는 표정이었다. "다른 사람들도 그렇게 생각해?" 그가 좌중을 둘러보았다.

일제가 침묵을 깼다. "당시 나는 투쟁에 대해 이야기하지 않았어. 아니, 다른 이야기들도 전혀 하지 않았어. 나는 다른 여자애들과 함께 커피를 끓이고, 삐라를 쓰고 등사만 했어. 카린, 너는 안 그랬고, 크리스티아네도 안 그랬어. 나는 그러는 너희가 놀랍고 부러웠어. 외르크를 비롯해서 투쟁에 나선 다른 사람들이 정말 감탄스러웠다고. 그래, 그 투쟁은 사실 말도 안 되는 짓거리였어. 하지만 그 시절엔 말이 안 되는 것 천지였어. 냉전도 그랬고, 정보부도 그랬고, 군비경쟁, 아시아와 아프리카에서의 치열한 전쟁들이 다 그랬지. 지금 돌이켜보면 모두 미친 짓처럼 느껴져." 일제가 웃었다. "물론 그때보다 특별히 나아진 건 없어. 그 이후로도 테러, 봉기, 전쟁들이 숱하게 일어났으니까. 다만 난 그렇게 살았던 사람들을 미쳤다고 생각할 뿐이야. 외르크는 그런 삶을 살았어. 중요한 건 그게 아닐까?"

"카린, 네가 선의로 그런 말을 했다는 건 알아. 하지만 외르크가 사랑을 받지 못해서 그랬다는 건 맞지 않아. 외르크는……."

문득 크리스티아네가 말을 멈추더니 바깥으로 귀를 기울였다. 자갈 밟는 발소리가 들렸다. 누군가 현관문을 열고 복도를 지나오더니 살롱 문을 열었다. "문 밑으로 불빛이 새어 나오는 것을 보고 다들 여기 모인 것 같아서…… 저는 마르코 한이라고 합니다."

크리스티아네는 일어나 그를 맞이하고 친구들에게 소개시킨 뒤 약간의 음식을 내오기 위해 부엌으로 사라졌다. 그녀는 이 모든 행동을 신속하고 무심하게, 사무적인 일처럼 처리했다. 소개를 통해 마르코 한이라는 이름은 알았지만 그가 누구고, 외르크와 어떤 관계인지 모르는 친구들은 약간 당황했다. 하지만 다른 한편으론 새로운 손님의 출현으로 불편한 대화가 끊어진 것에 대해서 다들 안도하는 눈치였다. 그들은 일어나 정원 쪽으로 난 문과 창문을 열고, 그릇들을 치우고, 재떨이를 비우고, 물과 와인을 새로 가져오고, 양초를 갈았다. "저녁 공기가 차네." 카린의 남편이 말했다. 마르가레테는 열린 문으로 나가 하늘을 힐끗 올려다보더니, 바람에 휘는 나뭇가지들을 보며 폭우가 쏟아질 것을 예상했다. 일제가 마르가레테 곁으로 다가가 그녀의 어깨를 감싸 안았다. 왜 그랬는지 자신도 몰랐다. 마르가레테 역시 따뜻한 미소를 지으며 일제의 어깨를 감싸 안고 자기 쪽으로 끌어당겼다.

불현듯 안드레아스의 머릿속으로 마르코 한이 누군지 떠올랐다. "이제야 알겠군, 당신이 누군지. 당신 때문에 무척 애를 먹었지. 화를 돋우는 건 그걸로 충분하다는 걸 명심해요. 만일 여기서 있었던 일을 한마디라도 언론에 흘리면 나한테서 감당하기 힘든 고소를 당하게 될 거요." 안드레아스는 쏜살같이 말을 내뱉고는, 무언가 대꾸를 하려는 마르코를 세워둔 채 헤너에게로 고개를 돌려 그를 쏘아보았다. "당신한테도 해당되는 얘깁니다. 여기서 있었던 일을 한마디라도 언론에 공개해서는 안 돼요. 만일 외르크가 자유의 몸으로 맞은 첫 며칠 동안 무슨 말을 했고 무엇을 했는지 이러쿵저러쿵 신문에 떠들었다가는 내가 절대 가만있지 않을 겁니다."

"당신 말이 맞네요." 에버하르트가 마르가레테에게 말했다. "날씨가 급변하고 있어요."

마르코가 안드레아스의 팔을 꽉 붙잡았다. "우린 외르크 선생님의 누님과 당신이 외르크 선생님을 감금해두려는 것을 절대 용납하지 않을 겁니다. 외르크 선생님은 그러려고 감옥에서 나온 게 아니고, 그러려고 그 긴 세월을 버텨낸 게 아니란 말입니다. 투쟁은 계속될 것이고, 선생님은 거기서 합당한 자리를 맡게 될 겁니다. 우린 지금까지 충분히 기다려왔어요."

"내 몸에서 손 떼!" 안드레아스가 두 번째로 이 말을 할 때는 거의 비명처럼 들렸다. "손 떼라고!"

"그러고 있지 말고 일 좀 거들어줘요. 비오기 전에 정원에 있는 물건들을 안으로 들여놓아야 한다고요." 다시 카린이 평화 중재자로 나섰다. 그러나 안드레아스와 마르코는 함께 밖으로 나가 테라스에 있는 테이블과 의자를 접어 안으로 옮기면서도 감정을 누그러뜨리지 않았다. 안드레아스는 사면에 대해, 사면 조건에 대해, 그리고 그 조건을 어겼을 경우 다시 구금될 위험에 대해 이야기했고, 마르코는 반드시 싸워서 승리해야 하고, 외르크의 인생 전부이기도 한 투쟁에 대해 이야기했다. 마침내 카린은 공원에 펼쳐놓은 비치 의자를 가져오라며 안드레아스는 이 방향으로, 마르코는 저 방향으로 보냈다.

곧 빗방울이 떨어졌다. 카린은 두 싸움닭을 찾아 두리번거렸다. 하지만 자기가 나서지 않아도 둘 다 집으로 돌아오는 길을 알 거라고 생각하면서 이내 집 안으로 들어갔다. 그녀는 남편과 함께 침대에 들고 싶은 마음이 간절했다. 남편의 팔베개를 하고 누워, 남편의 가슴에 팔을 올려놓은 채 창문을 열어놓고 빗소리를 듣고 싶었다. 그러나 사람들을 평안하게 하고 화해시키고 치료해야 하는 사명이 그녀를 붙잡았다. 도망칠 수 없는 사명이었다. 문득 울리히가 이 사명에 대해 자신에게 했던 말이 맞을 것 같다는 생각이 들었다. 그와 함께 크리스티아네가 떠올랐다. 어린 나이에 벌써 자기보다 더 큰 사명을 떠안아야 했던 사람이었다. 그녀의 어머니가 세상을 떠났을 때 크리스티아네는 아홉 살이었다. 이후 그녀는 세 살 어린 동생을 사랑하고 벌주고 위로하고 이끌고 격려하고 훈계하면서 어머니 역할을 대신하려 애썼다. 카린은 자신의 경솔함에 화가 났다. 외르크가 어머니 없이 자란 이야기는 하는 게 아니었다. 크리스티아네가 마음의 상처를 입은 건 분명해 보였다. 용서를 구해야 할 것 같았다. 그러면 크리스티아네도 마음을 풀고 솔직한 대화에 응할지 몰랐다.

곧이어 소리가 들렸다. 모두의 귀에, 비명 소리가.

8

울리히와 그의 아내는 이것이 딸의 목소리라는 것을 바로 알아차렸다. 어디서 나는 소리일까? 그들은 불안하게 주위를 두리번거렸다. 어쩔 줄 몰라 하는 울리히 부부를 보면서 다른 사람들도 그제야 울리히의 딸이 한참 전부터 보이지 않았다는 것을 깨달았다. "언제 없어진 거야?" "소리가 어디서 나는 거지?" "공원에서?" "집 안에서?"

이어 현관 복도에서 째지는 듯한 목소리가 들렸다. 울리히가 문을 홱 열고 나가자 그의 아내와 다른 사람들도 그 뒤를 따랐다. 2층 복도에 딸이 서 있었다. 실오라기 하나 걸치지 않은 채로. 그 앞에 하얀 잠옷을 입은 외르크가 서 있었다.

"겁쟁이 쪼다 같은 인간! 섹스도 투쟁이다, 그게 당신들 구호 아니었어요? 아님, 투쟁이 섹스였나? 가질 것도 아니면서 내 젖가슴은 왜 그렇게 뚫어져라 봐요? 당신은 남자도 아니에요. 아주 웃기는 인간이에요! 아마 테러리스트로도 웃기는 테러리스트였을 거야. 사람들이 당신을 가둔 것도 여자들 가슴만 뚫어져라 못 보게 하려고 그랬을 거예요. 당신은 변태예요. 그것도 웃기는 변태!" 도를레의 목소리에는 자기가 할 수 있는 최대한의 거부감과 경멸, 역겨움이 담겨 있었다. 그러나 더 깊은 곳에서 우러나는 것은 혐오감이 아니라 좌절감이었다. 이윽고 도를레가 울기 시작했다.

"난 당신 가슴을 보지 않았어요. 뭘 어쩌자는 건 하나도 없어요. 날 좀 내버려둬요. 제발 날 좀 내버려둬."

헤너는 참으로 기이한 광경이라는 생각이 들었다. 복도에는 촛불만 희미하게 밝혀져 있었고, 벽에는 사람 그림자가 어른거렸다. 도를레와 외르크의 얼굴은 또렷이 보이지 않았다. 반면에 도를레의 알몸과 외르크의 잠옷은 훨씬 실존감 있게 다가왔다. 두 사람은 더 이상 말이 없었지만, 여전히 얼굴은 상대를 향하고 있었다. 거부감을 물씬 풍기면서. 마치 모든 관객이 고개를 빼고 지켜보는, 수수께끼 같고 우스꽝스러운 무언극의 한 장면 같았다.

크리스티아네가 울리히를 향해 날카롭게 소리 질렀다. "당장 가서 당신 딸 떼어놓지 않고 뭐 해!"

"그렇게 요란 떨지 마쇼! 그럴 일도 아닌데." 그러면서도 울리히는 계단을 올라가, 양복저고리를 벗어 딸의 어깨에 둘러주고는 복도 끝의 문으로 데려갔다.

외르크는 방금 꿈에서 깬 사람처럼 두리번거리더니 셔츠 차림의 남자와 양복저고리를 걸친 알몸의 아가씨가 걸어가는 것을 지켜보았다. 마치 그들이 누군지 모르겠다는 듯이 생경한 표정으로. 곧이어 외르크는 아래쪽 현관 복도와 어색한 표정을 짓고 있는 손님들을 내려다보았다. 그는 말없이 고개를 젓더니, 아침에 크리스티아네를 놀라게 했던 그 끄는 듯한 걸음걸이로, 천천히 복도 반대편 문을 향해 걸어갔다. 이로써 무대는 텅 비어버렸다.

크리스티아네와 잉게보르크는 당장이라도 동생과 딸에게로 뛰어 올라갈 것처럼 보였다. 카린은 그리 되면 일이 더 힘들게 꼬일 수 있다는 느낌이 들어, 얼른 두 사람의 어깨를 감싸고는 방 안의 테이블로 끌고 들어갔다. "오늘 저녁은 이걸로 충분해요. 우리를 위해서도 그렇지만, 외르크와 도를레를 위해서도 그게 좋겠어요. 내일이 되면 지금보다 훨씬 좋아질 거예요."

"우린 오늘 밤에 떠나겠어요."

"그러지 말아요, 잉게보르크. 오늘은 그냥 자게 내버려둬요. 도를레도 이대로는 떠나고 싶지 않을 거예요. 뭔가 정리를 하고 떠나려 하지 않겠어요? 도를레는 강한 아이예요."

마르코는 도를레가 색을 밝히는 아가씨라고 생각하면서 팔꿈치로 안드레아스의 옆구리를 툭 쳤다. "외르크 선생님이 왜 저러신 거죠? 왜 저런 아가씨를 침대에서 내치셨을까요? 설마 무슬림의 순교자처럼, 지상에서는 투쟁과 기도만 외치다가 하늘에 올라가서야 여자를, 그것도 끝없이 처녀를 품겠다는 생각은 아니겠죠?" 마르코가 고개를 흔들었다. "설마 아직 한 번도 여자를⋯⋯."

안드레아스는 말없이 등을 돌리고 계단을 올라가려 했다. 그때 외르크가 맞은편에서 걸어왔다. 잠옷을 벗고 청바지와 셔츠로 갈아입은 상태였다. "고약한 상황이 있었어. 오늘 모임을 이렇게 끝나게 하고 싶지는 않아." 외르크는 안드레아스와 눈을 마주치는 것이 무척 힘든 듯했다. 그의 시선은 이리저리 떠돈 후에야 어쩔 수 없이 안드레아스의 눈으로 돌아오곤 했다. 곧이어 외르크는 대화를 나누고 있던 헤너와 카린의 남편에게 다가가 안드레아스에게 했던 말을 반복했다. 안드레아스가 뒤따라왔고, 마르코도 합류해서 그 말을 들었다. 이제 그들은 외르크 맞은편에 서서 다음 말을 기다렸다. 그러나 외르크는 이 말밖에 준비하지 않은 듯했다. 그들이 그것을 알아차렸을 때 외르크도 그제야 자신의 설명이 부족했다는 것을 깨달았다. "난⋯⋯ 그런 모습을 보여주고 싶지 않았어요. 옛날에 입었던, 무릎까지 내려오는 잠옷 셔츠를 입고 싶다고 하니까 누님이 자유의 첫날을 위해 직접 만들어줬어요. 요즘은 그런 걸 안 판다고 하면서. 그걸 내가 입었어요. 그런 모습을 여기 있는 사람들한테 보여주게 될 줄은 꿈에도 생각 못 했어요." 이것만으로도 설명이 부족했다. 외르크도 그것을 알아차렸다. "나하고 그 아가씨는…… 우린 오해를 했어요. 그냥 오해일 뿐이에요." 이젠 된 것 같았다. 일어난 일에 대해 미안해했고, 고약한 모습을 보인 것을 인정했으며, 도를레와의 일도 오해에서 비롯되었다고 설명했기 때문이다. 그는 의무를 다했다. 더 이상 해명할 것이 없었다. 그렇다면 이제 다른 사람들도 그를 조용히 내버려두어야 했다. 그가 그런 뜻으로 모두를 바라보았다. "아무래도 난 와인을 한 잔 더 해야 할 것 같습니다."

9

울리히는 딸아이의 침대에 앉아 있었다. 도를레는 이불을 턱까지 끌어올린 채 고개를 돌렸다. 아버지는 딸아이가 울고 있는 것을 눈이 아니라 소리로 알았다. 그는 이불에 올려놓은 손으로 딸아이의 어깨를 느끼며, 위로와 진정 어린 토닥거림이 전달되기를 기대했다. 딸아이가 눈물을 그치자 그는 한동안 기다렸다가 마침내 입을 열었다. "비참한 기분 느낄 필요 없어. 그 친구가 이상한 인간이야."

도를레가 눈물범벅이 된 얼굴을 아버지에게 돌렸다. "그 사람이 나를 때렸어. 세게는 아니지만 때렸다고. 비명을 질렀던 것도 그래서야."

"그 친구한테는 네가 감당이 안 돼서 그래. 널 아프게 하려고 했던 게 아니라 그냥 널 떼어놓으려고 했던 거야."

"왜? 나는 좋은 뜻으로 그랬는데."

그는 고개를 끄덕였다. 그랬다. 딸아이는 정말 외르크에게 좋은 뜻으로 접근했다고 생각했을 것이다. 하지만 그게 딸아이의 진짜 목표는 아니었다. 외르크를 즐겁게 해주려고 그의 목에 매달린 것이 아니라는 말이다. 아니면 갑자기 사랑에라도 빠진 것일까? 아니다. 도를레는 유명한 테러리스트와 자고 싶었을 뿐이다. 나중에 친구들에게 유명 테러리스트와 잤다고 자랑하고 싶어서. 그런데도 스스로한테는 감옥에서 20년 이상 썩은 사람에게 적선을 베푼다고 말했을 것이다.

울리히는 예전의 자기 모습이 떠올랐다. 그는 유명 남자들에 대한 수집욕이 있었다. 처음 시작은 두치케*였다. 당시 울리히는 고등학생이었는데, 학교를 빼먹고 무작정 베를린으로 가서 끈질기게 기다린 끝에 두치케를 만나 고등학생 신분으로 학교에서 투쟁할 수 있는 방법에 대해 몇 마디 주고받았다. 그 이야기를 들은 친구들은 울리히를 무척 진보적인 학생으로 생각했고, 울리히는 그런 남들의 평가를 은근히 즐겼으며, 가끔은 스스로도 진보적이라 믿었다. 물론 실제로 그렇지 않다는 것은 그 자신이 더 잘 알고 있었다. 그가 유명 인사들을 찾아다닌 것은 그저 그런 사람들을 개인적으로 알고 싶었을 뿐이다. 어쨌든 그렇게 해서 만난 사람이 두치케를 비롯해서 마르쿠제, 하버마스, 미처

*1960년대 독일 학생운동의 대표적 지도자인 루디 두치케.

리히, 마지막엔 사르트르에까지 이르렀다. 그는 사르트르를 만난 것에 대해 특히 뿌듯해했다. 울리히는 사르트르를 만나러 무작정 떠났다. 이번에는 기차를 타지 않고 자동차를 탔다. 이틀을 사르트르의 집 앞에서 기다린 끝에 사흘째 되던 날 사르트르에게 말을 걸었고, 그와 몇 분간 카페에 앉아 에스프레소를 마시며 대화를 나누었다. 잠시 후 한 여자가 테이블로 왔고, 사르트르는 그 여자와 함께 나갔다. 울리히는 지금 생각해도 시몬 드 보부아르를 알아보지 못한 것에 화가 났다. 그때 알아보았더라면 두 사람에게 우아하게 몇 마디를 던진 뒤 정중하게 인사를 하고 물러날 수도 있었는데 말이다. 당시 그는 프랑스어도 잘 구사했다.

울리히는 이 모든 게 유전자에 숨어 있다는 것이 놀라웠다. 이제껏 딸아이에게 자신의 수집욕에 대해 이야기한 적이 없는데도 그와 비슷한 성향이 딸아이에게 나타난다면 그것은 보고 배운 것이 아니라 유전자로 물려받은 거라고 볼 수밖에 없었다. 몇 년 전 도를레가 운동화 끈을 묶는 것을 본 기억이 났다. 딸아이는 운동화 끈을 교차시키는 과정에서, 왼쪽 신발에서는 항상 오른쪽으로 돌아가는 끈이 왼쪽 끈 위에, 오른쪽 신발에서는 왼쪽으로 돌아가는 끈이 오른쪽 끈 위에 놓이게 묶어서 마지막에는 양쪽 신발이 거울에 비친 것처럼 정확하게 대칭을 이루었다. 울리히 자신도 정확히 그런 식으로 운동화 끈을 묶었는데, 지금껏 그렇게 묶으라고 가르쳐준 적도, 딸아이가 보는 데서 그렇게 묶었던 적도 없었다.

"아빠, 창문 좀 열어줘."

울리히는 일어나 날개식 창문을 열었다. 후드득 빗방울 떨어지는 소리와 함께 서늘하고 축축한 공기가 방 안으로 밀려 들어왔다. 그는 다시 침대로 가 앉았다.

딸아이는 아버지의 표정에서 자신이 아직 던지지 않은 질문에 대한 답을 읽어내려는 듯 아버지를 묵묵히 바라보더니, 얼마 후 속에 있던 질문을 꺼냈다. "내일 새벽에 바로 떠나도 되지? 다른 사람들하고 마주치는 거 싫어."

"그건 내일 일어나서 기분이 어떤지 보고 판단하자."

"그럼 일어나서 내가 다른 사람들 만나고 싶지 않다고 하면 바로 떠나는 거야. 약속하는 거지?"

울리히가 딸아이의 청을 뿌리친 것이 언제가 마지막이었을까? 기억이 나지 않았다. 게다가 딸아이가 어딘가로 도망치고 싶어서 빨리 떠나자고 부탁한 것도 이번이 처음이었다. 도를레는 언제나 가지고 싶어 하는 아이였다. 옷이든 장신구든 말이든 여행이든. 울리히는 딸아이의 이런 청들을 삶에 대한 허기로 이해했다. 딸아이는 삶이 제공하는 것을 아무리 받아도 여전히 허기지고, 성에 차지 않는 듯했다. 삶의 허기와 삶의 의욕, 이 둘은 결국 똑같은 말이 아닐까? 딸아이는 항상 도전할 것을 찾았다. 일곱 살 때 말을 사달라고 했을 때도 대담하게 말을 잘 타던 딸아이를 위해 울리히는 기꺼이 말을 사주었고, 열여섯 살 때 친구와 둘이 그레이하운드 버스를 타고 미국을 탐사해보겠다고 했을 때도 흔쾌히 보내주었다.

"아빠는 항상 너의 용기를 경이롭게 생각해." 그가 웃었다. "넌 아주 되바라진 녀석이야. 하지만 겁쟁이가 아니라는 건 이 아빠도 알지."

딸아이는 더 이상 울리히의 말을 듣고 있지 않았다. 잠이 든 것이다. 부어 있던 입이 사라지고, 대신 사랑스럽고 평화로운 아이의 표정이 나타났다. 나의 천사, 울리히는 생각했다. 곱슬거리는 금발에 도톰한 입술, 커다란 가슴을 가진 나의 천사. 울리히는 사춘기 이전의 딸에게 성적으로 끌리는 아버지들을 도저히 이해하지 못했고, 롤리타를 여자가 아닌 아이로 사랑한 험버트 험버트도 이해하지 못했다. 그러나 딸이나 여학생의 성적 매력에 압도당한 아버지와 선생들의 심정은 공감할 수 있었다. 아니, 단순히 공감만 하는 것이 아니라 자신이 그런 아버지들 가운데 한 명이었다. 딸아이가 그에게 이야기를 할 때면 그는 딸아이의 입술이 아닌 말에 집중하기 위해 몇 번이고 정신을 차려야 했다. 또한 딸아이가 계단을 내려올 때는 흔들리는 가슴을 보지 않기 위해, 올라갈 때는 엉덩이를 보지 않기 위해 애써야 했다. 여름날 얇은 블라우스나 티셔츠만 입고 걸을 때 그 위로 보이는 춤추는 가슴뿐 아니라 가슴 살갗이 자잘한 물결처럼 떨리는 것을 보는 것은, 한마디로 고통이었다. 달콤하고 뿌듯한 고통. 하지만 고통은 고통이었다.

그렇다면 외르크는 눈이 삔 게 아닐까? 아니면 이데올로기적으로 완벽하게 일치하는 여성 혁명가에게만 성적 매력을 느낄 만큼 고지식한 인간이었나? 아니면 감옥에서 호모라도 된 것일까? 아예 성생활 습관을 끊은 것일까? 하지만 그게 끊는다고 끊어지는 것인가? 이런 의문들에도 불구하고 울리히는 딸아이와 외르크 사이에 아무 일도 없었던 것이 기뻤다. 그는 딸아이의 성경험에 대해서 아는 것이 거의 없었다. 다만 딸아이가 사랑으로 상처받지 않고 행복을 얻었으면 하고 바랄 뿐이었다. 딸아이가 외르크에게서 사랑과 행복을 찾는 것은 상상할 수 없었다. 하지만 둘 사이에 아무 일 없었던 것을 기뻐하고 있음에도 그는 딸아이가 외르크에게 거부당한 것이 자존심 상했다. 이 일로 외르크에게 복수할 마음을 품는 것은 정말 어리석은 짓이라는 것을 그도 잘 알았지만, 어쩔 수가 없었다. 게다가 외르크와 크리스티아네는 예전부터 그를 무시해왔고, 그래서 울리히도 그런 그들을 미워해왔다. 다만 지금까지는 그 미움을 어떤 식으로 풀어야 할지 몰랐을 뿐이다.

그는 귀를 기울였다. 딸아이는 낮게 코를 골고 있었다. 나뭇잎과 집 앞 자갈 위에 비가 추적추적 내렸다. 이따금 빗물이 홈통 속으로 꾸르륵대며 빠지는 소리가 들렸다. 누군가 색소폰을 연주하고 있었는데, 마치 멀리서 다가오는 슬픈 멜로디처럼 들렸다. 울리히는 피곤한 몸을 버티고 일어나 창문 날개 한쪽을 닫고 다른 쪽은 적당히 열어놓은 뒤 발꿈치를 들고 조용히 문을 빠져나왔다. 색소폰 소리가 더욱 또렷해졌다. 아래층에서 들려오는 소리였다. 그도 아는 멜로디였지만, 이 곡조를 뭐라고 불렀으며 누가 연주했었는지는 기억나지 않았다. 당시 그들이 정해놓은 그들만의 신호. 옛날, 그 시절에는 그랬다. 울리히는 옛 친구들과 함께 있는 시간이 길어질수록, 그들이 과거에 무엇을 원했고 무엇을 했는지 점점 또렷이 기억날수록 과거가 더욱 낯설게 느껴졌다.

한 사람의 인생이 이렇게 달라질 수도 있는 것이다. 그는 어린 시절과 학창 시절, 첫 결혼을 떠올려보았다. 당시의 모습과 사건, 분위기가 기억났다. 그래, 그때는 그런 모습이었어, 그래, 그때는 그런 일이 있었어, 그래, 그때는 그런 느낌이었지. 이 모든 것이 한 편의 영화처럼 머릿속을 지나갔고, 그는 스스로를 속이고 있다는 느낌이 들었다. 화가 치밀었다. 왜 내가 과거 따위를 헤집고 있어야 하지? 전에는 이러지 않았어. 나는 실용적인 인간이야. 내게 중요한 것은 오늘과 내일뿐이라고.

울리히는 이튿날에도 자신이 떠나지 않을 것임을 알고 있었다.

10

색소폰 연주가 끝나고 크리스티아네가 색소폰 마우스피스를 휴대용 작은 케이스에 집어넣자 대부분의 사람들이 자리에서 일어나 작별 인사를 했다. "잘 자요." "안녕히 주무세요." "내일 아침에 봐."

일제는 자신이 남아 있는 것을 외르크와 마르코가 달가워하지 않는 걸 알았지만, 그래도 자리를 떠나지 않았다. 마르코는 크리스티아네도 일어나주었으면 하고 바라는 눈치였으나 그녀는 그럴 생각이 전혀 없는 듯했다. 외르크는 마르코와 크리스티아네에게 번갈아 한 번씩 눈길을 주더니, 크리스티아네의 잔에도 와인을 채워주었다. 세 사람 사이에 흐르는 긴장감이 너무도 강렬해서 일제는 마치 전기에 감전된 것처럼 짜릿한 느낌마저 들었다. 어서 자리를 뜨라고 재촉하는 자신의 소심한 마음속 외침에도 결코 굴복하지 않았다.

처음에 일제는 세 사람의 대화에 유심히 귀를 기울였다. 그리고 얼마 지나지 않아 세 사람이 의미 없는 말만 늘어놓고 있음을 깨달았다. 외르크와 크리스티아네, 마르코가 주고받는 말은 길거리 싸움에서 잡히는 대로 던지는 돌멩이와 비슷했다. 세 사람의 싸움은 말이 아니라 목소리와 표정, 몸짓에서 드러났다. 크리스티아네의 태도는 상대방을 찌를 듯 날카로웠고, 마르코는 줄곧 비아냥거렸다. 마르코는 갈수록 승리를 확신하는 것 같았고, 크리스티아네는 갈수록 절망적인 듯했다. 외르크도 두 사람보다 말수가 적거나 목소리가 작지는 않았다. 하지만 일제는 그가 이 싸움에 직접 참여하고 있지 않다는 것을 곧 알아차렸다. 싸우는 쪽은 나머지 두 사람이었다. 그들은 외르크의 마음을 사려고 싸웠다.

그리고 외르크는 그것을 즐기고 있었다. 혀가 풀리고, 얼굴이 달아오르고, 몸짓이 자유로워진 것은 와인 때문만이 아니었다. 주름이 부드러워진 것도 따뜻한 촛불 때문만이 아니었다. 그에게 생기를 불어넣은 것은 자신이 이 자리의 중심에 있고, 자신이 크리스티아네와 마르코에게 얼마나 중요하고 소중한 사람인지 느끼고 있다는 사실이었다. 그것이 그를 젊게 했다. 그래서 그는 두 사람을 말리는 대신 오히려 그의 마음을 얻기 위한 이 싸움이 멈추지 않도록 계속 자극했다.

크리스티아네가 폭력을 조장하는 회의에 축하 메시지를 전달하는 바람에 하마터면 동생의 사면을 망칠 뻔했다고 마르코를 비난하면 외르크는 "이 친구는 아직 어린애"라는 말로 누나를 달랬고, 또 크리스티아네가 회의 주동자들을 만나지 않았으면 좋겠다고 말할 때는 자기를 "판단 능력도 없는 어린애" 취급을 한다며 비난했다. 그럴 때마다 나머지 두 사람은 열렬히 스스로를 변호하며 외르크에게 구애의 손길을 내밀었다. 이를테면 마르코는 자기가 아직 젊지만 깨어 있는 혁명가로서 외르크 선생을 모실 총체적 권한이 있는 사람이라고 내세웠고, 크리스티아네는 자신이 동생을 얼마나 신중하고 뛰어난 사람으로 생각하는지 몇 번이나 다짐하고 또 다짐했다.

마르코는 여전히 물러서지 않았다. "선생님이 모든 것에 관여해주길 바라는 게 아닙니다. 저희한테는 선생님이 필요할 뿐입니다. 저희는 이 시스템에 맞서 어떻게 싸워야 할지 모르겠습니다. 그래서 그 문제를 두고 끊임없이 논쟁하고 또 논쟁하고 있습니다. 간혹 저희 중 몇 명이 작전을 벌이기도 해서, 연방검찰청에 불을 내거나 기차역을 뒤집어놓거나 기차를 연착시키기도 합니다만, 그런 건 모두 어린애 장난입니다. 저희는 이슬람 동지들과의 연대도 심각하게 고민하고 있습니다. 그 사람들의 조직력에다 우리가 알고 있는 이 나라의 정보를 합치면 정말 저쪽에 큰 타격을 입힐 수도 있다고 생각합니다. 하지만 이슬람 세력과 연대해서는 안 된다고 강력히 주장하는 사람들도 있습니다. 우파와의 연합도 마찬가지라서 어떤 이들은 우파와 힘을 합칠 수 있다고 주장하지만, 어떤 이들은 그들과 함께해서는 안 될 명백한 이유들을 거론하며 반대하고 있습니다. 그렇게 되면 선생님도 예전에 겪으신 옛 논쟁으로 다시 넘어가는 겁니다. 사람에 대한 폭력이냐, 사물에 대한 폭력이냐, 아니면 폭력은 결코 써서는 안 되느냐 하는 논쟁 말입니다. 저희는 권위 있는 사람이 필요합니다. 적군파*에 몸담았던 다른 사람들은 변절하고 무릎 꿇고 후회하고 사죄했지만, 선생님은 아닙니다. 선생님은 당신이 우리 젊은 사람들에게 얼마나 큰 권위가 있는지 모르실 겁니다."

외르크는 고개를 흔들었다. 마르코의 말에 대한 부정이라기보다 이야기를 더 듣고 싶다는 뜻인 듯했다. 예컨대 감옥에서 지켜낸 자신의 의연함에 대해, 젊은 혁명가들의 경탄에 대해, 자신의 권위에 대해, 그리고 그의 책임에 대해. 실제로 마르코는 그의 권위에서 책임이 나온다는 사실을 분명히 했다. 즉 그처럼 권위가 있는 사람이라면 결코 젊은 혁명가들을 포기해서는 안 된다는 것이다.

크리스티아네는 그에 대해 뭐라고 받아쳐야 할까? 그녀는 기껏 외르크에게 좀 더 시간을 두고 생각해보라는 말밖

*1970년부터 1998년까지 활동한 서독의 극좌파 무장단체. 반제국주의와 반자본주의를 표방하며 서독 정부의 공공시설을 파괴하고, 정부와 정계 관계자 등 주요 인물들을 암살했다.

에 하지 못했다. "외르크, 감옥에서 나온 지 이제 스물네 시간도 안 지났어. 그러니까……."

"시간을 두고 생각해보라고요?" 마르코가 비웃었다. "감옥에서 23년이나 보냈으면 그걸로 충분하지 않나요? 선생님은 그 23년을 버텨냈기에 지금 저희들에게 우상이 되신 겁니다. 설마 우리의 넬슨 만델라 같은 분을 어디 알프스 지역으로 여름휴가라도 보내실 생각인 건가요?"

넬슨 만델라라고? 일제는 외르크를 바라보았다. 그는 약간 어색하게 웃기만 할 뿐 부인하지 않았다. 인정받고 싶은 욕구가 저리도 컸던 것일까? 내가 감옥에서 23년을 보내고 나온다면 얼마나 굶주려 있을까? 나 역시 마르코의 말을 부인할 수 있을까? 마르코의 말은 빈말 같지 않았다. 그가 파란 눈을 들어 진솔한 표정으로 외르크를 바라볼 때면 당장이라도 무한한 신뢰감으로 자신의 젊음을 그에게 바칠 듯했다. 외르크가 시스템에 대한 혁신적 투쟁이니 알카에다와의 연계니, 우상으로서의 역할이니 하는 말을 믿는지 어떤지는 알 수 없었다. 다만 마르코의 경탄과 그 경탄이 혼자만의 것이 아니라는 것은 분명히 믿는 듯했다.

"네가 얼마나 자연을 그리워했는지 기억나지 않니? 숲과 초원, 봄철의 푸릇푸릇한 신록과 가을의 단풍, 막 벤 풀 냄새와 썩어가는 낙엽 냄새, 이런 것들이 너무 그립다고 했잖아. 참, 바다에도 가고 싶다고 했지. 석방되면 오랫동안 해변을 거닐며 네 마음속에서도 파도의 평정심이 생길 때까지 밀려오는 파도를 바라보고 싶다고 했어. 가끔은 과일나무가 있는 큰 정원을 꿈꾸기도 했고. 봄이면 그 나무들 밑에 비치 의자를 펴놓고 춥지 않게 담요를 두른 채로 누워 있고 싶다고 했어. 그런 꿈을 다 잊은 거야?"

외르크는 마르코가 있는 자리에서 예전의 그리움과 꿈 이야기를 하는 것이 불편했다. "누나, 그때는 절망적인 상황이었어. 난 내게 두 가지 책임이 있다는 걸 지금에야 좀 더 분명히 깨닫고 있어. 나 자신뿐 아니라 나를 믿는 사람들에 대한 책임 말이야. 하지만 지금은 비가 그쳤고, 누나랑 같이 숲과 초원을 좀 걷고 싶은데." 그가 미소를 지었다. "같이 갈 거지?"

이것으로 크리스티아네는 다시 동생과 화해했다. 그녀는 너무 예민해 있었다. 동생이 자신과 공유하고 있는 자연에 대한 그리움을 지금껏 마르코에게는 털어놓지 않았다는 것을 이제야 안 것이다. 그녀는 외르크보다 먼저 일어났다. 뒤이어 동생도 일어나자 그녀는 연인처럼 매달리듯 팔짱을 끼었다.

"손전등이라도 있어야 하지 않을까?"

"아냐, 여기 길은 내가 다 알아."

"우리가 돌아올 때쯤이면 두 사람도 자러 가고 없겠지? 이 병은 다 비우게. 그리고 미리 인사하지. 잘들 자." 외르크가 왼손을 흔들며 오른손으로 크리스티아네의 허리를 감았다. 둘은 정원으로 이어진 날개문을 열고 테라스로 나갔고, 곧 밤의 어둠 속으로 사라졌다.

"자, 그럼." 마르코가 일제의 잔에다 와인을 따르고, 남은 것은 자기 잔에 마저 따랐다. "한 대 하시겠어요?" 그가 일제에게 담배를 내밀었다.

"아뇨, 괜찮아요."

마르코는 천천히 담배에 불을 붙이며 시간을 끌었다. "당신은 저녁 내내 나를 지켜보더군요. 내가 하는 말들을 스스로 믿고 하는 말인지 궁금하다는 듯이 말이지요. 믿어도 됩니다, 난 아주 말짱해요. 내 말은 모두 신념에서 나온 말입니다. 근데 거꾸로 이런 의문이 들더군요. 당신과 당신 친구분들은 지금 돌아가는 이 세상을 어떻게 생각하는지 말입니다. 당신은 아마 9.11이 몇몇 정신 나간 이슬람 세력의 짓거리라고 생각할 겁니다. 하지만 아니지요. 9.11이 없었다면 지난 몇 년간 세계에서 일어난 긍정적인 움직임들도 없었을 겁니다. 그 사건으로 팔레스타인인들에 대해 새로운 관심이 생겼고, 중동 지역의 평화에 대한 열쇠가 마련되었으며, 세계 인구의 4분의 1을 차지하면서도 늘 뒷전으로 몰렸던 이슬람 세계를 새로 바라보게 되었고, 경제 영역에서 생태 영역까지 세계의 새로운 위협에 대한 경각심이 일어났고, 착취는 반드시 대가를 치르고 그 대가는 날이 갈수록 점점 가혹해진다는 사실을 전 세계가 깨닫게 된 거죠. 세계도 정신을 차리려면 가끔 충격이 필요합니다. 개인들처럼요. 제 아버지는 심근경색이 온 뒤에야 제

대로 살고 있습니다. 그전까지는 아무리 조심하라고 이야
기해도 소용이 없었죠. 물론 한 번의 충격으로는 안 돼서
두 번 세 번 충격을 받아야 정신을 차리는 사람들도 많죠."

"어떤 사람은 심근경색으로 바로 죽기도 해요."

마르코는 반쯤 피운 담배를 눌러 끄고 잔까지 마저 비운
뒤 자리에서 일어났다. "이름이 일제라고 하셨죠? 그래요,
일제. 분명히 말씀드리죠. 오늘 심근경색으로 죽는 사람은
자기 책임입니다. 안녕히 주무세요."

11

일제는 자기 방에서 한동안 어둠 속에 앉아 있다가, 마침내 촛불을 켜고 공책을 펼쳤다.

 얀을 보고 "그 친구는 최고지"라고 했던 외르크의 말이 머릿속에서 떠나지 않았다. 혹시 다른 얀을 말하는 것일까? 그게 아니라 우리 모두가 아는 얀을 지칭한 것이라면 '그 친구는 최고였지'라고 말하는 게 어법이나 상황에 맞았다. 물론 그렇게 말하는 것조차 장례식 때 보인, 얀에 대한 외르크의 부정적인 태도에 비추어보면 전혀 맞아떨어지지 않았다. 우리가 아는 얀이 그때 죽지 않았다는 것일까? 그가 예전의 인생에서 도망쳐 새로운 삶, 그것도 오늘날까지 무사히 버틴 테러리스트의 삶을 살고 있다는 뜻일까? 그렇다면 당시 외르크가 장례식장에서 보인 것은 속임수였고, 오늘의 경탄이 진짜였다. 그게 사실이라면 얀은 충분히 경탄받을 만했다. 아직도 붙잡히지 않은 현실 속 테러리스트이니까.

일제는 당시에 자신이 조사한 내용들을 상기하며 얀이 그들 모두를 속인 과정을 추측해보았다. 얀은 장례업체를 매수하거나 협박한 게 분명했다. 그의 시신을 프랑스에서 독일로 운반해 와 관에 넣고 땅에 묻은 게 장례업체였으니까. 프랑스 법의관이 부검했다는 시체 역시 가짜였을 것이다. 다만 그 과정에서 프랑스 측에 청바지와 스웨터를 입은 시체를 제공한 것이 실수였다. 어쩌면 얀이 양복을 한 벌 더 준비하는 걸 깜박했는지 모른다. 어쨌든 얀을 도와준 사람이 있는 것은 분명했다. 의사든 간호사든.

프랑스 경찰은 당시 익명의 제보 전화를 받았다. 시각은 새벽 여섯 시. 차가운 밤이 지난, 화창한 봄날의 아침이었다. 제보를 받은 경찰은 오토바이로 가파른 해안을 달려 제보자가 말한 지점에서 주차된 차를 발견했다. 차는 시트로앵의 되슈보였다. 얀은 같은 변호사 사무실 동료들이 타고 다니는 벤츠 대신 이 차를 타고 다녔다. 지난 시절에 대한 그리움과 고상한 척하는 속물근성이 만들어낸 선택이었다. 계속 시동을 켜두었는지 연료는 바닥이 났고 엔진도 꺼져 있었다. 유리창은 선팅이 되어 있지 않아 안이 들여다보였다. 경찰관의 눈에 얀의 모습이 뚜렷이 보였다. 얀은 차창에 기대 있었다. 눈을 뜨고 입을 벌린 채 양손은 무릎 위에 놓여 있었다. 경찰관은 무슨 일이 일어났는지 금방 알아차렸다. 배기장치와 연결된 호스가 세심하게 밀폐된 차창을 지나 조수석에 들어가 있었다. 경찰관이 문을 열었다. 얀이 밖으로 미끄러져 내렸다. 죽은 것처럼 보였다. 죽은 사람에게서 나타나는 명백한 신호들이 한눈에 들어왔다. 몸은 차가웠고, 색깔은 푸르뎅뎅했으며, 숨은 쉬지 않았다. 경찰관은 즉시 본부에 보고하고 구급차를 불렀다. 그러고는 차가 도착할 때까지 사진을 찍었다. 자동차에서부터 배기장치에 연결된 호스, 차창 틈으로 지나가는 호스, 액셀러레이터 위에 놓인 큼직한 돌멩이, 그리고 차 앞바닥에 쓰러진 얀까지 꼼꼼히 찍었다. 특히 얼굴은 위에서, 앞에서, 옆에서 여러 장 찍었다.

일제와 울라는 그 사진들을 보고 또 보았다. 노르망디에 직접 갔을 때는 현장을 처음 목격한 경찰관을 만나 많은 이야기를 청해 들었다. 세 아이를 둔 자크 보므라는 이름의 경관은 동정심이 많은 사람이어서 자신이 아는 대로 상세히 이야기했을 뿐 아니라 어떤 질문에도 끈기 있게 대답해주었다. 혹시 제보자가 익명으로 전화를 건 것이 의심스럽지 않나요? 그렇지 않습니다, 그날이 일요일인 점을 감안하면 제보자가 괜히 목격자로 나서 시간을 허비하고 싶지 않은 마음을 충분히 이해할 수 있습니다. 구급차가 오고 나서 또 다른 구급차가 온 건 무슨 이유죠? 그쪽 사람들은 모두 경찰 주파수에 맞추어놓고 일을 하기 때문에 남의 일을 뺏으려고 경쟁적으로 달려오는 경우가 드물지 않습니다. 자크 보므 경관은 처음엔 경찰서에서 대화를 나누다가 나중엔 카페로 자리를 옮겨가면서까지 일제와 울라가 궁금해하는 것들에 대답을 해주었다.

이제 일제는 사건 전후에 무슨 일이 벌어졌는지 추리해 보았다.

얀은 자동차에 기댄 채 연료가 바닥날 때까지 기다린다. 캄캄한 밤이다. 별과 달은 구름에 가려 지상으로 불빛 한 점 내려보내지 않는다. 사방을 둘러봐도 사람이 사는 도시는 없다. 저 멀리 등대 불빛만 보인다. 그것도 환한 별보다 밝지 않다. 등대에서 나온 광선이 허공에 어른거리는가 싶더니 금세 지나가버린다.

목사의 아들로 태어나 미션스쿨에 다녔고, 대학 때는 철학에 관심을 보였던 얀은 평생 자신이 속한 세계에 의무를 다한 사람이다. 그의 머릿속에서는 지금 온갖 생각이 스쳐 지나간다. 그가 보지 못한 천상의 세계에서부터 그가 느끼지 못한 도덕법칙을 거쳐 그가 내딛게 될 새로운 세계까지. 이제 그는 아내와 아이들을 떠날 생각이다. 이 생각에 몰두했던 지난 몇 주처럼 지금도 그들이 결코 자신의 행위를 모르게 될 거라는 사실에 마음이 놓인다. 그들은 그가 죽었다고 생각할 것이다. 죽은 사람에게는 오로지 애도만 주어진다. 스스로 목숨을 끊은 사람도 한탄의 대상이 아니라 연민의 대상이 될 뿐이다. 그가 남은 사람들에게 가한 아픔은 '버림받음'의 아픔이 아니라 누군가를 빼앗긴 상실의 아픔이다. 살아 있는 사람이 아닌 죽음이 야기한 아픔이자, 우리가 저항하라고 배우지 않고 받아들이라고 배운 그런 아픔이다. 그는 새로운 삶을 생각하고, 그 삶 속에서 얻게 될 힘을 생각한다. 아무도 정체를 모르고, 어디에도 흔적이 남지 않는 유령의 힘이다. 그런 만큼 그의 행동은 더더욱 대담해질 것이다. 역사에도 그의 이름이 기록될 것이다. 처음엔 익명이겠지만, 나중엔 이 시스템을 무릎 꿇린 것이 누구이고, 이 시스템에 정의를 불어넣은 것이 누구인지 자기 입으로 밝히면 그의 실명이 역사에 기록될 것이다. 게다가 이미 백만 마르크라는 큰돈까지 마련해두었다. 변호사 사무실에서 그에게 억지로 맡긴 그 수상쩍은 기업체를 잘 구슬려 돈을 받아낸 뒤 서류를 없애버린 것이다.

얀은 추위를 느낀다. 바르르 떨면서 나직이 웽웽거리는 차의 엔진에서 열기가 전해져오지만 별 도움이 되지 않는다. 하지만 조금 더 있으면 지금보다 훨씬 더 추워질 거라는 것을 알고 있다.

엔진이 기침을 하듯 쿨럭거리더니 멈추어 선다. 그러나 밤은 고요해지지 않는다. 바다에서 파도가 쏴아 소리를 내며 밀어닥치더니 철썩 바위를 덮치며 부서진다. 모래와 자갈을 끌고 바다로 내려갈 때는 쏴르르 긁는 소리가 난다. 이따금 갈매기도 운다. 얀은 시계를 본다. 세 시다. 오기로 한 사람들이 올 시간이 됐다. 여럿이 아니라 한 사람만 올까?

이윽고 차 소리가 들린다. 차가 언덕 위를 달릴 때는 소리가 더 크게 들린다. 이따금 약하게 밝힌 전조등 불빛이 보인다. 차가 낮은 곳을 달릴 때는 소리도 가라앉는다. 국도에서 갈라져 나온 들길이 가파른 해안으로 이어지는 곳에서 차가 멈춘다. 차 문 닫히는 소리가 한 번 들린다. 한 명만 온 모양이다.

프랑스 동지들이 보낸 사람은 여자였다. 상냥하고 일처리가 깔끔하고, 군더더기가 없는 간명한 사람이다. "일이 잘못되면 죽을 수도 있다는 건 아시죠?"

"알아요." 얀은 죽지 않을 것이다. 스스로 그렇게 굳게 믿는다.

"정맥을 찾게 팔을 걷어요."

얀은 양복저고리를 벗어 차 지붕 위에 올려놓고 와이셔츠 소매 단추를 풀어 소매를 걷는다. 여자가 손전등을 건네며 받으라는 제스처를 한다. 얀은 덜덜 떨리는 이를 앙다물며 여자에게 손전등을 비춘다. 여자가 주사기 꼭지를 밀어 올린다. "먼저 발륨*이에요." 얀은 여자가 정맥을 찌르는 순간 고개를 돌린다. 그러나 주사액 주입이 끝나기 전에 다시 주사기로 눈을 돌린다. 주사기가 무척 크다. 얼마 뒤 주사를 끝낸 여자가 얀에게 주삿바늘을 찌른 곳에 소독 솜을 누르게 한다. "이젠 카르디오그린." 사전에 없던 이야기였다. 그러나 두 번째 주사는 빠르게 진행된다.

*안정제의 일종.

얀은 셔츠 소매의 단추를 채우고 양복저고리를 입은 뒤 차에 탄다. 여자가 손전등으로 바닥을 샅샅이 훑는다. 솜도 주사기 포장지도, 주사액 용기도 바닥에 떨어지지 않은 것을 확인하고는 열린 차 문 사이에 서서 얀에게 앞으로의 진행 과정을 설명한다. "십오 분 후에 잠이 들 겁니다. 여섯 시경에는 몸이 차가워지고, 숨을 아주 얕게 쉬게 될 겁니다. 겉으로는 숨을 쉬는지 모를 정도로요. 지나치게 꼼꼼한 경찰이 아니라면 당신은 죽은 사람으로 간주될 겁니다. 경찰 중에는 그렇게 꼼꼼한 사람이 없습니다. 그럴 필요가 없으니까요. 경찰은 겉으로 시체를 확인하고 바로 구급차를 부를 겁니다." 그녀가 웃었다. "카르디오그린은 내 아이디어예요. 살아 있는 사람을 아주 아름다운 시체로 만들어주는 약물이죠." 여자는 점점 무거워지는 얀의 눈꺼풀을 밀어 올려 손전등으로 눈동자를 비추어보더니 얀의 볼을 가볍게 토닥거렸다. "여섯 시반이나 여섯 시 사십오 분쯤 우리 쪽에서 보낸 구급차가 와서 당신을 싣고 갈 겁니다. 행운을 빌어요!" 여자가 차 문을 닫고 떠난다.

불현듯 공포가 밀려온다. 불현듯 죽음이 어떤 모습일지, 실제로 죽는 것이 어떤 것일지 느껴진다. 그의 삶이 끝을 향해 달려간다. 그 이후에 오는 것은 더 이상 그의 삶이 아니라 다른 사람의 삶이다. 그런데 그 삶이 정말 올까? 혹시 이대로 죽는 것은 아닐까? 죽음은 갖고 노는 장난감이 아니다. 죽음은 마음대로 갖고 장난칠 수 있는 것이 아니다. 죽음은……

얀은 죽음의 공포에 잠긴 상태로 의식을 잃는다.

일제는 공책을 덮었다. 와인을 한 잔 더 마시고 싶었지만, 조용하고 캄캄한 이 집이 무서워 부엌으로 내려갈 엄두가 나지 않았다. 침대에 누워보았지만 이젠 잠드는 것조차 두려웠다. 잠이 들면 그녀도 마치 죽음의 콧잔등에서 춤을 출 것 같았기 때문이다. 아니면 우리 모두는 잠들 때마다 실제로 죽음의 춤을 추는 것은 아닐까? 삶과의 작별은 어떻게 이루어질까? 우리가 다른 사람을 대신해 죽으려고 하면서 동시에 계속 살려고 하면 어떻게 될까?

이런 생각 속에서 그녀도 잠이 들었다.

12

조용하고 캄캄한 집에 대한 일제의 두려움은 공연한 걱정
이었다. 크리스티아네가 부엌에 촛불을 켜놓고 앉아 있었
다. 그녀는 스스로 마지막 잔이라고 생각한 잔을 비워놓고
도 거기다 한 잔을 더 따랐다. 그러고는 다가올 날을 지나
간 날보다 한층 훌륭하게 꾸미고, 사람들을 결속시킬 방법
이 없을지 고민했다. 오늘은 계획대로 된 것이 없었다. 외
르크가 사람들로부터 인정을 받고 싶어 하는 것은 당연했
다. 인정받지 못하고 산 기나긴 세월을 생각하면 충분히
이해할 수 있었다. 그러나 마르코에게는 아니었다. 그녀는
늘 그쪽 지지자 집단과는 거리를 두었을 뿐 아니라 외르크
와 그들 사이에 접촉이 이루어지지 않도록 자신이 할 수 있
는 모든 것을 동원해서 남몰래 방해했다. 외르크가 맨 먼
저 인정을 받아야 할 사람은 옛 친구들이었다. 그다음엔

강연과 인터뷰, 방송 시사 토론을 거쳐 마지막에 명망 있는 출판사에서 자서전을 출간함으로써 대중으로부터 인정받는 것이 올바른 순서였다. 동생에겐 그럴 능력이 있었고, 그건 누구보다 그녀 자신이 잘 알고 있었다. 게다가 그녀는 대중의 심리도 잘 알았다. 대중은 지옥의 세계를 경험했음에도 깊은 사색을 통해 거기서 깊은 깨달음을 얻은 사람을 좋아했다. 만일 외르크가 마르코와 관계를 맺게 된다면 새로운 인생에서 주어질 절호의 기회를 스스로 박탈하는 셈이었다. 그리고 동생은 왜 마르가레테에게 관심을 안 보이는 것일까? 쾌활하고 인정 많은 마르가레테는 동생에게 정말 필요한 사람이었다. 마르가레테를 만난 게 9년 전인데, 이후 그녀를 알아갈수록 외르크에게 딱 맞는 사람이라는 생각이 들었다. 마르가레테도 시간이 지나면서 외르크에 대해 많은 것을 알게 되었고, 감옥에 같이 면회 가려는 생각까지 내비쳤다. 그럼에도 크리스티아네는 그녀를 외르크에게 데려가지 않았다. 감옥에 갇힌 몸이 아니라 자유의 몸이 된 외르크를 보여주고 싶었다. 그렇다면 동생이 석방된 지금은 미루어둔 모든 것을 시작할 수 있었다. 그러나 아무것도 제대로 된 것이 없었다. 그리고 그 잠옷. 잠옷이 외르크를 행복하게 만들어줄 거라고 생각했는데 웃음거리로 만들고 말았다. 동생이 그 일로 자기를 미워할 것 같았다.

잠이 오지 않는 밤에는 할 수 있는 일이 별로 없다. 낮이라면 맑은 정신으로 내쳐버렸을 어리석은 생각으로 가슴을 쥐어뜯고, 낮이라면 깨끗이 빨래를 하거나 단번에 주차를 성공시키거나 친구들의 위로를 받거나 하는 일상적 기쁨으로 극복했을 절망감에 몸부림치고, 낮이라면 테니스나 달리기, 역도 같은 육체적 혹사를 통해 억지로라도 이겨냈을 슬픔에 무방비 상태로 내맡겨진다. 이런 밤이면 사람들은 텔레비전을 켜거나 책을 집어 들지만, 그런다고 잠이 오지는 않는다. 화면과 활자로 눈만 피로할 뿐 다시 어리석은 생각과 절망감, 슬픔에 점령당하고 만다. 크리스티아네는 텔레비전을 켜거나 책을 펼치지 않는다. 대신 와인을 마신다. 물론 그것도 도움이 되지 않기는 마찬가지지만. 내일 일은 잘 꾸려나가야 했다. 오늘처럼 엉망이 되어서는 곤란했다. 그러나 방법이 떠오르지 않았다.

하지만 어떻게든 해내야 했다. 외르크를 위해 하루 정도도 괜찮게 꾸며주지 못할 거라면 앞으로 어떻게 새 인생을 설계해줄 수 있겠는가? 아직 한 번도 삶 속에 뛰어들어보지 못했고, 아직 한 번도 제대로 된 삶 속에서 일과 동료, 고정된 거처를 갖고 살아보지 못한 동생이었다. 그의 삶은 항상 출정의 삶이었다. 늘 자신이 방금 존재했던 곳과 다른 어딘가로 떠나야 했고, 자신이 방금 했던 것과 다른 무언가를 하고자 하는 삶이었다. 이제 크리스티아네는 동생에게 현실 속에서 살아가는 법을 가르쳐야 했다.

예전에 그녀는 동생이 그렇게 떠나도록 격려하지 말았

어야 했다. 하지만 당시에는 다른 시대와 다른 세계를 세밀한 모습으로 꿈꾸고, 그런 세계들에 대해 생동감 있게 이야기하는 동생이 정말 자랑스러웠다. 동생이 자신의 환상 속에서 펼치는 고결한 행위들도 감동을 받기에 충분했다. 동생은 상상 속에서 팔크 폰 슈타우프와 손잡고 마리엔부르크 요새를 구하고, T. E. 로런스와 힘을 합쳐 아랍 해방 전쟁에 나서고, 로자 파크스와 손잡고 인종차별에 맞서 싸웠다. 이것만 보면 동생은 착한 학생이었다. 하지만 거기까지여야 했다. 더 이상 나아가지 말았어야 했다. 하지만 그 뒤로 동생의 상상은 현재와 미래로 향했고, 곧 '나라면 그렇게 했을 텐데'가 '나라면 그렇게 할 수 있었을 텐데'와 '그 상황에서는 그렇게 했어야 해'로 바뀌었다. 이 점에 대해서도 크리스티아네는 동생의 생각에 동의했다. 동생이 세상의 추악함을 받아들이지 않고, 정의를 위해 싸우고, 착취하고 억압하는 자들에 정면으로 맞서고, 굴욕과 수모를 받으며 사는 사람들을 돕고자 하는데 어떻게 동의하지 않을 수 있겠는가? 하지만 그러지 말았어야 했다. 게다가 동생이 위대한 영웅이 되기를 바랐던 자신의 마음도 동생에게 들키지 말았어야 했다.

그녀도 어머니들의 과도한 기대가 아들들을 망칠 수 있다는 것을 잘 알고 있었다. 그러나 그녀는 외르크의 어머니가 아니었다. 기대할 것이 전혀 없는 자신의 인생을 포기하고 아들에게 모든 희망을 거는 그런 어머니는 더더욱 아니었다. 그녀는 동생이 위대한 행위를 하건 하지 못하건 상관없이 동생을 사랑했다. 자신의 기대가 외르크의 미래에 나쁜 영향을 끼쳤을 리 없었다. 하지만 그게 아니라면?

혹시 동생을 돌보지 않고 자신의 인생에만 너무 치중한 것이 문제였을까? 외르크가 사춘기에 접어들었을 때 자신은 막 의학 공부로 정신이 없었는데, 그때 의학 공부를 포기했어야 했을까? 나중에 대학에서 동생의 방황이 시작되었을 때는 자신이 전공의 과정을 밟고 있어서 또다시 동생에게 신경 쓸 여력이 없었다. 그러는 사이 동생의 계획은 물밑에서 무르익고 있었고, 그녀도 오래지 않아 그것을 알아챘다. 그러나 이미 너무 늦은 뒤였다.

크리스티아네는 과거를 털어내려는 듯 고개를 흔들었다. 중요한 건 미래였다. 외르크에게 어떤 미래를 마련해줄 수 있을까? 동생이 받은 최상의 제안은 한 출판사의 수습직이었다. 보수도 괜찮았다. 하지만 그게 그녀의 마음에 들지 않았다. 수습직원이라면 빠듯한 보수를 받는 게 정상이었다. 그러니까 출판사 사장은 외르크를 고용함으로써 자신의 낭만적 혁명주의나 낭만적 테러리즘에 대한 관념적 욕구를 충족하고자 했던 것이다. 그에게는 외르크라는 장식품에 돈을 쓰는 것은 얼마든지 상관 없었고, 당연히 그가 출판사에서 할 일에 대해서도 관심이 없었다. 헤너라면 신문사에서 외르크가 할 만한 일을 알고 있을까? 카린의 교회라면? 울리히의 덴탈랩은? 하지만 외르크는 하얀 가운을 걸치고 의치 만드는 일을 하려고 하지 않을 것이다. 나중에 시사 토론에 출연한다고 하더라도 동생은 자신이 가진 카드를 어떻게 써야 대중의 호응을 얻을 수 있을지 모를 것이다. 그에게는 코치가 필요했다. 하지만 동생이 그런 코치를 받으려고 할까?

그녀는 앞으로 몇 주가 두려웠다. 그녀가 일하러 가고 나면 동생은 무엇을 할까? 밖으로 나가 사람들 틈에 끼일 용기를 내지 못하고 집에만 틀어박혀 있지 않을까? 혹은 그 반대로 세상과 삶에 대한 갈증을 채우려 서두르는 바람에 바보 같은 짓만 되풀이하지 않을까? 크리스티아네는 외르크에게 컴퓨터와 인터넷을 가르칠 사람을 미리 구해두었다. 이웃집 아들이었다. 손님방과 외르크 방에는 동생이 30년 전에 썼던 석사논문 원고와 참고 도서들을 놓아두었다. 감옥에서는 석사논문을 계속 쓰려고 하지 않았지만, 자유의 몸이 된 지금은 생각이 바뀌었을지도 모른다는 기대 때문이었다. 그러나 그것은 막연한 희망이었을 뿐이다. 동생이 논문을 쓰지 않을 거라는 건 그녀 자신이 잘 알고 있었다. 그녀는 벌써부터 동생이 반짝거리는 합성섬유 조깅복을 입고 발을 끌며 거리를 돌아다니는 모습이 떠올랐다. 담배에다 맥주캔을 든 채 개를 끌고 다니는 노숙자들 사이로 불안한 듯 눈알을 굴리며 무작정 돌아다니는 동생의 모습은 그 자체로 공포였다.

이젠 정말 잠자리에 들 시간이었다. 피곤한 데다 숙취까지 있는 상태로 일어나면 새날을 제대로 꾸려나갈 수 없을 것이다. 어쨌든 모든 일을 계획하고 조직하는 건 그녀 몫이었다. 그녀는 일어나 주위를 둘러보았다. 싱크대 위에 설거지 그릇이 쌓여 있었다. 가스레인지 위에도 찌꺼기가 눌어붙은 프라이팬과 냄비들이 있었다. 크리스티아네의 입에서 한숨이 새어 나왔다. 피곤한 몸으로 엄청난 양의 설거지를 해야 한다는 생각에 절로 힘이 빠졌다. 하지만 한편으로는 외르크 문제를 떠나 다른 할 일이 생겼다는 것이 반갑기도 했다. 그녀는 촛불을 몇 개 더 켜고, 가스 불에 물을 올리고, 개수대에 3분의 1정도 찬물을 받은 뒤 주방세제를 풀었다. 그러고는 접시에 남은 소시지와 샐러드 찌꺼기를 긁어내고 그릇을 하나씩 개숫물에 담갔다. 물이 끓자 개수대에 붓고 다시 새 물을 불에 올렸다. 그런 다음 유리잔과 접시, 양푼, 나이프, 포크, 냄비, 프라이팬을 차례로 씻었다. 손놀림이 가벼웠다. 머릿속이 맑아지고, 심장도 다시 안정을 되찾았다.

그렇게 얼마가 지났을까, 크리스티아네는 문득 누군가 자신을 지켜보는 느낌이 들어 고개를 들었다. 헤너가 문에 기대서 있었다. 청바지에 티셔츠를 입고, 양손을 바지 뒷주머니에 찔러 넣은 채.

13

"언제부터 그러고 있었어?" 크리스티아네는 이렇게 말하고는 씻다 만 프라이팬으로 다시 고개를 숙였다.

"냄비 두 개를 씻을 때부터."

그녀는 고개를 끄덕이며 설거지를 계속했다. 헤너는 여전히 문에 기댄 채 그녀를 지켜보았다. 그녀는 속으로 그의 시선을 어떤 모습으로 견디고 싶어 하는지 스스로에게 물었다. 그는 당시 자신이 좋아하던 여자의 모습을 지금 그녀에게서 다시 발견했을까? 다시 만난 그녀를 어떻게 생각하고 있을까? 경탄? 연민? 아니면 경악?

"일할 때 새끼손가락을 펴서 귀 뒤로 머리를 넘기는 건 그때나 지금이나 여전하군. 남들은 왼쪽이나 오른쪽으로 반걸음 정도 떼서 물건을 집는 것을 단번에 몸을 움직여 집는 것도 똑같고. 남의 눈치 안 보고 간결하고 진지하게 자기 할 말만 하는 것도 여전하고." 내가 양심에 찔리도록. 헤너는 생각했다. 그래, 당신은 변하지 않았어. 당신의 행동에 반응하는 나도 변하지 않았고.

그는 크리스티아네의 갈색 머리가 희끗희끗한 것을 보았다. 눈 밑의 눈물주머니, 콧부리 위의 깊은 주름, 콧방울에서 입꼬리로 이어지는 부분의 주름도 보았다. 손등에는 검버섯이 피었고, 주근깨는 예전보다 선명하지 못했다. 크리스티아네는 전혀 몸매를 가꾸지 않은 듯했다. 운동도 체조도 요가도 하지 않은 몸매였다. 그런데도 그는 실망감이 들지 않았다. 당시엔 그녀가 그보다 몇 살이 더 많다는 사실이 그를 도발했다. 지금은 당시에 그렇게 도발했다는 사실이 그녀를 몇 살 더 젊어 보이게 했다.

"그땐 왜 그랬지?"

그녀는 손놀림을 멈추었지만 고개를 들지는 않았다. "무슨 얘길 하는 거야?"

헤너는 이것이 정말 몰라서 되묻는 말이라고는 믿고 싶지 않았다. 그의 대답이 없자 얼마 뒤 그녀가 재차 물었다. 눈을 들지 않고 계속 설거지를 하면서. "뭘 알고 싶어?"

그는 한숨을 내쉬며 생수 상자 위로 몸을 숙여 생수병 하나를 집어 들고는 몸을 돌렸다. "잘 자, 크리스티아네."

설거지를 끝낸 그녀는 가스레인지를 닦고, 식탁을 훔치고, 개수대 물을 뺐다. 그런 다음 마른 행주로 개수대를 닦았다. 그냥 두면 저절로 마를 텐데도. 이어 그녀는 아침 식탁을 차렸다. 그러고는 의자에 앉아 와인을 한 잔 더 따랐다. 설거지를 하고 개수대를 닦고·아침 식탁을 차리는 것도 별 도움이 되지 않았다. 헤너와 이야기를 했어야 했다. 그는 언론인으로서 상당히 힘이 있었고, 외르크의 미래에도 중요한 역할을 해줄 수 있었다. 그렇다면 공연히 그를 자극할 필요가 없었다. 그의 질문에 대답해야 했다. 하지만 무슨 말을 하라고? 진실을?

크리스티아네는 촛불을 끈 뒤 계단을 올라가 헤너의 방문 앞에 섰다. 문 밑으로 불빛이 새어 나왔다. 그녀는 노크도 하지 않고 나직이 문을 열고 들어갔다. 헤너는 촛불을 켜놓고 침대에 누워 머리를 벽에 기댄 채 책을 읽고 있었다. 그가 고개를 들었다. 예전과 똑같았다. 무슨 이야기든 들어줄 준비가 되어 있는 차분한 태도였다. 과거에 그녀는 자신의 소망과 생각, 변덕까지 받아줄 준비가 되어 있던 그의 차분하고 포용적인 태도를 좋아했다. 그것은 모든 사람에게 개방된 공기와 비슷한 느낌이었다. 아니, 그것은 어쩌면 그녀만의 불안한 느낌일지 몰랐다. 어쨌든 그녀는 그의 얼굴과 주의 깊은 눈, 얇은 입술, 단단한 턱에서 그런 포용성과 차분함을 다시 발견했다.

"촛불을 켜놓고 책을 읽으면 눈이 나빠져."

그가 책을 들고 있던 손을 내렸다. "세간에 잘못 알려진 대표적인 오해 중의 하나지. 화상에는 기름을 발라야 하고, 설사에는 숯이 좋다는 말처럼."

"무슨 책이야?"

"소설. 남자 기자와 여자 기자 사이의 경쟁과 사랑, 이별에 관한 이야기지." 그가 촛불을 켜놓은 침대 옆 의자에 책을 내려놓고 싱긋 웃었다. "한때 사귀었던 여류 작가인데, 그 사람이 내 의견을 묻기 전에 내가 먼저 궁금해서 물었어. 내 이야기도 거기 썼느냐고."

"썼대?"

"응. 하지만 나 말고는 아무도 몰라."

크리스티아네는 잠시 머뭇거리더니 이렇게 물었다. "발치에 앉아도 돼? 벽에 좀 기대고 싶어."

헤너가 고개를 끄덕이고 다리를 오므려주었다. "앉아." 그러고는 말없이 그녀에게 의미심장한 눈길을 던졌다.

"아까는 진심이었어. 당신이 뭘 알고 싶어 하는지 정말 몰라서 한 말이야."

그가 어이없는 표정으로 그녀를 바라보았다. "크리스티아네!"

그녀 역시 지지 않고 그의 시선을 받아냈다. "그때는 정말 많은 일들이 있었잖아."

그는 그녀의 말을 믿을 수가 없었다. 그해 여름을 어떻게 다른 일과 비교할 수 있을까? 그녀는 그때 일을 그와는 다르게 경험한 것일까? 그에겐 뜨거운 사랑의 여름이었는데, 그녀에겐 아니었다는 말일까?

헤너는 외르크와 친구가 된 후 크리스티아네를 알게 되

면서 그녀에게 푹 빠졌다. 뭐라 표현해야 할까? 아름답지만 다루기 쉽지 않은 누님? 적당한 말이 없었다. 그녀는 항상 그에게 다정했지만 그를 남자가 아닌 동생 친구로서만 생각하는 듯했다. 그해 여름까지는. 그때부터 그녀는 그를 진지하게 생각했다. 왜 그런 변화가 생겼는지는 그도 몰랐다. 당시 그는 그녀를 차로 집에 바래다주는 길이었는데, 차가 십오 분쯤 달리다가 고장이 나는 바람에 둘은 남은 밤을 함께 보내게 되었다. 이후 모든 것이 달라졌다. 그들은 함께 마르쿠제와 두치케를 찾아갔고, 딥 퍼플과 호세 펠리치아노의 공연장을 찾았으며, 영화관과 수영장에서 서로를 애무했고, 무정부 상태의 바르셀로나에서 2주간을 어떻게 보낼지 계획도 세웠다. 그런 다음 둘이 같이 잤다. 그런데 밤중에 그녀가 갑자기 그를 떼어놓더니 급히 일어나 옷을 집어 들고 방을 나가버렸다. 그 후 몇 주 동안 그는 그녀를 찾아 이야기를 나누려 했지만, 연락이 닿지 않았다.

그랬다, 그해 여름엔 많은 일들이 있었다. 그러나 30년 넘게 지난 뒤에도 여전히 그에게 똑같은 질문을 던지게 한 일은 단 하나뿐이었다. 그녀는 그렇게 생각하지 않는 것일까? 좋다, 그렇다면. "우리가 사랑을 나누던 날 왜 갑자기 일어나 가버렸지?"

크리스티아네는 눈을 감았다. 거짓말이라도 있으면 해주고 싶은 마음이 간절했다. 자신을 나쁜 여자로 만들고, 자신의 마음을 아프게 하는 거짓말이라도. 그러나 거짓말은 떠오르지 않았다. 그녀는 진실을 말할 수밖에 없었다. 그가 이해하지 못하리라는 것을 알면서도. "거긴 우리 집이었어. 기억나? 내 방 내 침대였지. 나는 외르크가 주말에 들어오지 않을 걸로 알고 있었어. 그런데 토요일에 들어와 갑자기 우리 방 문틈에 서 있었어. 당신은 눈치채지 못했지만 나는 또렷이 봤어. 동생의 얼굴과, 동생이 상황을 짐작하고 한 걸음 뒤로 물러나 문을 닫는 것까지."

헤너는 한동안 기다려주었다. "그래서?"

"그래서라고? 그래, 당신은 이해하지 못하리라는 걸 알고 있었어. 이런 말도 당신에겐 별 도움이 안 되겠지. 외르크와 난……. 외르크는 한동안 얼토당토않은 노래를 부르며 날 도발했어. '내 사랑 누이, 근친상간은 어떨까? 내 사랑 누이, 근친상간은 어떨까?' 말도 안 되는 소리였지. 결국 난 동생에게 나와 당신 사이를 털어놓았어……." 크리스티아네가 눈을 뜨고 헤너의 표정을 살폈다. "당신은 전혀 이해를 못 하고 있어, 그렇지? 그래, 어머니와 아들 사이처럼 나한테 동생밖에 없다는 게 이해가 안 되겠지. 물론 어머니들한테는 남편도 있어. 하지만 남편은 아들과 달라. 남편은 과거의 사람이고, 아들은 오늘의 사람이야. 내게 동생밖에 없다는 사실이 동생에게는 세상을 지탱하는 힘이었어. 그래서 내가 당신 때문에 동생을 배신했을 때 동생은 세상 밖으로 떨어져버렸어. 내가 달려갔지만, 더 이상 동생을 붙잡지 못했어. 너무 늦어버린 거지. 이후 난 내가 저지른 것을 다시 만회할 수 없었어."

헤너는 그녀를 똑바로 바라보았다. 그녀의 얼굴에 그에게서 이해받지 못하는 것에 대한 슬픔이 어려 있고, 그 사이로 그가 어쩌면 조금이라도 이해해줄지 모른다는 희망이 어른거렸다. 그는 헛된 고생으로 인한 삶의 고단함도 엿보았다. 동생을 위해 희생에 희생을 거듭했지만 영향을 끼친 것도 없고, 막은 것도 없고, 키워준 것도 없는 인생이었다. 그럼에도 그녀의 얼굴에는 여전히 고집이 묻어났다. 지금도 동생을 붙잡을 수 있을 거라고 말하거나, 적시에 동생의 일에 개입하기 위해 달리고 또 달리겠다고 할 때를 보면. "그러니까 당신은 외르크 때문에…… 하지만 남자들과 관계는 가졌을 거 아냐? 아닌가? 결혼은? 혹시 이혼했어?"

그녀는 고개를 흔들었다. "난 항상 젊은 남자들이 따랐어. 병원에서 일하는 직장 동료나 세미나에서 만난 사람들이지. 그런데 남자들은 자신들이 찾는 걸 내게서는 구할 수 없다는 것을 곧 깨달았어. 그렇다고 내가 마음을 바꿀 수는 없었어. 이후엔 종종 내가 먼저 남자들을 떠나보냈어. 당신도 알다시피 젊은 남자들은 너무 약해서 혼자 결정을 내리지 못하거든. 나를 따르던 남자들 중에는 유약한 사람들이 많았고, 그냥 여기저기 떠도는 사람도 가끔 있었어. 몇몇 남자는 몇 년 뒤 젊은 부인들과 같이 만난 적이 있는데, 모두 간호사나 의료기술직 여직원이 낚아챘더군. 남자들은 어색해하면서 자기 아이들 사진을 보여줬어." 크리스티아네는 헤너에게 미안하다는 듯이 미소를 지어 보였다. "당신과 함께했던 시간이 좋지 않았다거나, 내가 당신을 좋아하지 않았을 거라고 생각하지는 말아줘. 문제는 그게 아니었으니까. 절대 아니었어. 이제껏 당신 이상으로 좋아한 남자는 없었어."

외르크만 빼고, 헤너는 속으로 말했다. 그리고 그녀가 위안 삼아 해준 말 때문에 더 슬퍼졌다. 차라리 다른 남자를 만나 한 번이라도 제대로 사랑을 했더라면! 그러나 그는 아무 말도 않고 고개만 끄덕거렸다.

그녀가 몸을 숙여 그의 입에다 키스를 하고 일어섰다. "잘 자."

"외르크는 왜 내가 여기 온 게 용기 있는 행동이라고 했을까?"

"그런 말을 했어?"

"응."

그녀는 침대 옆에 서서 생각에 잠긴 표정으로 헤너를 바라보았다. "그건 나도 모르겠는데. 다른 사람들한테도 그런 말을 했을지 모르지. 아니면 적당한 말이 안 떠올랐거나. 신경 쓰지 마."

14

하지만 그녀의 머릿속에서는 헤너의 말이 떠나지 않았다.
외르크가 모두에게 그런 말을 하지 않았고 좋은 뜻으로 한
말이 아니라는 것을 그녀는 알고 있었다. 그 말 속에는 도
발과 위협이 담겨 있었다. 벌써부터 다음 날이 순탄치 않
으리라는 예감이 밀어닥쳤다.

크리스티아네는 복도 벽에 기대어 서 있었다. 이대로 잠
이 들고 싶을 만큼 피곤했다. 헤너와의 대화는 예상보다
그녀를 더 힘들게 했다. 이해받지 못하는 것이 이토록 사
람을 지치게 할 줄이야. 그러나 그렇게 말하는 수밖에 다
른 방법이 없었다. 그리고 이제는 외르크와 이야기할 차례
였다.

외르크의 방에서는 불빛이 새어 나오지 않았다. 하지만
자는 것은 아니었다. 그녀가 살짝 문을 여는 순간 침대에

서 불신과 거부감의 목소리가 튀어 올랐다. "누구야?"

그녀가 방 안으로 들어오면서 말했다. "나야."

"무슨 일이야?" 외르크는 성냥을 찾아 의자를 더듬거리다가 성냥을 바닥에 떨어뜨렸다. 그는 나직이 욕을 하면서 계속 바닥을 더듬었다.

"불은 없어도 돼. 네가 헤너한테 한 말 뜻이 궁금해서 온 것뿐이니까. 헤너가 온 게 용기 있는 행동이라고 했다면서?"

"설명을 하려면 불이 필요해." 외르크는 마침내 성냥을 찾아 초에 불을 붙이고는 침대 가장자리에 앉았다. "나를 감옥에 처넣은 장본인이 내 석방을 축하해주려고 오려면 용기가 필요하지 않겠어?"

"헤너가……."

"그래, 나를 감옥에 넣은 건 헤너야. 오덴발트 숲 속에 있던 우리 아지트 '어머니의 오두막'을 알고 있던 사람은 다그마와 볼프 말고는 헤너뿐이니까. 다그마와 볼프는 내가 잡힌 지 한참 뒤에 체포되었어. 그렇다면 누구겠어? 내가 돈과 무기를 가지러 어머니의 오두막에 갔을 때는 벌써 짭새들이 기다리고 있었어."

"다그마와 볼프가 이야기했을 수도 있잖아."

외르크는 눈살을 찌푸리며, 마치 어른이 아이의 터무니없는 반박에 반응할 때처럼 인내심을 발휘해가며 말했다. "그 둘은 아무한테도 얘기 안 했어. 그건 내가 잘 알아. 됐지?"

"그래서 어쩌려고?"

"어쩌려는 건 없어. 다만 그때 어떤 기분이었는지 묻고 싶어. 모두들 나한테 묻고 있잖아. 감옥에 있을 때는 어땠고, 여기 나와서는 어떤 기분이냐고. 이젠 내가 그걸 알아야 할 차례야."

"울리히만 그랬지, 딴 사람들은 그런 말 하지 않았어. 헤너는 거의 아무 말도 안 했고."

"그럼 내 질문에 답하면서 입을 열면 되겠네." 외르크는 자신의 누이를 적의에 찬 시선으로 노려보았다. "나를 누르려고 하지 마. 아까 울리히와 마르코와 있을 때도 그러더니, 이젠 헤너 문제에서도 나를 누르려고 하고 있어. 난 남들의 바보 같은 질문을 다 받아줬어. 사람들이 궁금해하는 이유를 알기 때문이지. 하지만 이제는 그들이 그런 질문을 받아봐야 해. 헤너를 어찌할 생각은 전혀 없어. 비난도 안 해. 그땐 전쟁이었고, 어떤 편에 설지는 자신이 결정하는 거야. 그 친구는 자신의 결정에 따라 행동했어. 내가 보기에 그 친구는 모든 것을 이해하면서도 자기 손에는 더러운 것을 묻히려고 하지 않는 선한 사람이야. 하지만 쓸모 있는 바보도 바보는 바보지. 난 헤너와 싸울 마음이 없어. 다만 그때 기분이 어땠는지 알고 싶을 뿐이야."

"그러면서 싸움이 되는 거야."

그가 깔보듯이 웃었다. "난 안 싸워, 티아. 그럴 맘 없어." 그러고는 일어나 살짝 잠옷을 걷어 올리며 비아냥거리듯이 절을 했다. "왕비마마께서는 염려를 거두어주십시오. 소인은 마마의 심기를 어지럽힐 어떤 짓도 하지 않을 것이옵니다. 특히 그자가 지금도 마마의 보호를 받고 있는데 제가 어찌 그런 마음을 품겠사옵니까? 마마는 저의 보물이옵니다." 그가 그녀를 끌어안았다.

그녀는 동생의 가슴에 얼굴을 묻었다. "헤너와 좋게 지냈으면 좋겠어. 헤너는 영향력이 있는 사람이야. 너한테 선의도 있고. 너를 도와줄 거야. 30년 전에 있었던 일은 잊어. 이젠 미래를 봐야지, 과거가 아니라." 크리스티아네는 동생이 자신을 '티아'라고 불렀던 것처럼 자신도 예전처럼 동생을 '고집쟁이'라 부르려고 했다. 어릴 때 어머니가 동생에게 붙인 별명이었다. 그러나 그녀는 동생이 자신의 말을 듣는 동안 벌써 그녀에게서 등을 돌린 것을 느꼈다.

동생은 여전히 그녀를 안고 있었지만, 마음은 떠나 있었다. 이윽고 외르크가 그녀의 등을 어루만졌다. "나를 누르려고 하지 마, 크리스티아네. 난 아무도 필요 없어. 헤너도 카린도 울리히도. 나는 많은 것 없이도 잘 살 수 있어. 감옥에서 배운 게 그거야. 자, 이제 내가 꿈꾸는 걸 이야기할게. 난 휴가를 꿈꿔. 내가 정부에서 받을 생활보조금으로는 감당이 안 되는 휴가를. 누나가 나를 데려가줄 거지?" 외르크는 얼굴을 보려고 크리스티아네를 품에서 떼어놓았다.

그녀는 울고 있었다.

108

15

모두가 잠들어 있는 동안 마르가레테가 잠에서 깨어났다. 외르크가 식사 자리에서 먼저 일어났을 때 그녀도 같이 일어나 혼자 쓰는 정원 별채로 가 침대에 누웠다가 왼쪽 허리 통증으로 잠이 깬 것이다. 오래전 사고에 대한 기억이 새삼 떠올랐다. 매일 밤 반복되는 일이었다.

그녀는 몸을 옆으로 돌려 다리로 바닥을 디디고 일어나 앉았다. 앉아도 허리가 누워 있을 때만큼 아팠다. 그러나 통증이 왼쪽 몸과 왼쪽 다리로는 더 이상 퍼지지 않았다. 이럴 때는 허리와 다리 스트레칭을 하고, 잠들기 전에 깜박 잊은 약도 꺼내 먹어야 한다는 것을 그녀는 잘 알고 있었다.

그러나 대신 마르가레테는 창밖을 내다보았다. 비는 그쳤고, 하늘은 맑았으며, 공원으로 달빛이 쏟아졌다. 그녀의 발등에도 달빛이 내려앉았다. 어두운 바닥 위에서 그녀의 발이 하얗게 빛나고 있었다. 그녀는 이것을 계단을 내려가 문을 열고 나가라는 요구로 받아들였다. 걸음을 뗄 때마다 몸이 무거웠다. 허리 때문만은 아니었다. 의사가 코티손을 처방한 뒤로 그녀는 살이 쪘다. 살을 빼려면 상당한 극기력이 필요했지만, 그녀는 그 정도의 극기력도 없었고 그러고 싶지도 않았다.

집과 인근 마을이 어둠에 싸여 있었다. 빛나는 것은 달과 별뿐이었다. 별자리는 아찔할 정도로 밝고 선명했다. 은하가 무한히 넓은 강처럼 하늘을 흘러갔고, 달은 느긋하게 자족의 미소를 띠고 있었다. 마르가레테의 머릿속으로 남유럽에서 보낸 휴가가 떠올랐다. 인공 불빛으로 환한 도시의 밤하늘만 보고 자란 그녀가 별이 보석처럼 총총히 박힌 밤하늘을 본 건 그때가 처음이었다. 이제는 멀리 갈 필요가 없었다. 여기에 모든 것이 있었다.

그녀는 느긋하고도 조심스럽게 발을 내밀었다. 유리조각이나 못에 찔릴 염려는 하지 않았다. 길을 청소하고 집 주변의 쓰레기나 뾰쪽한 조각을 치우는 사람이 늘 그녀 자신이었기 때문이다. 그러나 맨발로 걷는 것은 익숙하지 않았고, 다음 발걸음에선 발바닥에 무엇이 와 닿을지 몰라 불안하기는 했다. 하지만 그 시간이 지나자 불안감은 호기심으로 바뀌었다. 돌처럼 단단한 흙이 느껴질까, 매끈하면서도 탄력적인 흙이 느껴질까? 아니면 따끔하면서도 간질거리는 자갈이? 밟으면 부러지는 마른 나뭇가지가?
마르가레테는 공원길 중에서 풀로 덮인 길을 가장 좋아했
다. 벌써부터 발밑에서 전해져 올 풀 다발의 촉감에 설레
기 시작했다.

집의 본채를 지나갔다. 2년 전 크리스티아네와 함께 이
집과 부지를 발견했을 때 그녀는 처음부터 정원 별채를 자
신의 거처로 점찍어두었다. 본채가 습하고 곰팡이가 슬었
기 때문이 아니었다. 사실 당시에는 그것도 몰랐다. 마르
가레테의 느낌에, 본채는 사연이 너무 많았고 거쳐 간 해
묵은 삶도 너무 많았다. 나중에야 안 것이지만, 본채가 습
하고 곰팡이가 슨 것은 여기에 너무 많은 사람의 체취가 배
어 썩고 있었기 때문이다. 마르가레테는 지금 본채를 지나
면서도 이곳에 묵고 있는 손님들의 체취가 느껴졌다. 마
치 집에서 그런 냄새가 분비되기라도 하듯. 손님들의 좋은
의도, 형식적인 예의, 대화에 뛰어들었다가 금방 발을 빼
는 태도, 서로에게뿐 아니라 자신에게도 천연덕스레 내놓
는 거짓말들, 숨길 수 없는 어색함과 당혹감, 그리고 난감
해하는 모습이 그 체취에 고스란히 배어 있었다. 마르가레
테는 손님들 중 누구도 무시하지 않았다. 과거에 외르크와
가깝게 지냈던 사람들이 외르크에게 보인 천차만별의 반
응은 자기 친구인 크리스티아네에게서 수년 동안 들어서
알고 있었다. 마르가레테는 이렇게 스스로 물었다. 혹시
내가 손님들을 제대로 못 본 것이 아닐까? 혹은 그들에게

서 아직 드러나지 않은 면을 내가 벌써 본 것일까? 어쨌든 내일이 되면 알게 되겠지.

마르가레테가 크리스티아네를 만났을 때 외르크에 대한 소송은 벌써 몇 년 전에 끝난 뒤였다. 처음에 크리스티아네는 자신이 정기적으로 2주에 한 번씩 하루 종일 집을 비우는 이유를 설명하지 않았다. 눈치로 보아하니, 무언가 돌보고 보살피고 처리해야 할 일이 있는 것 같았다. 두 여자가 단순히 좋은 친구 사이를 넘어 그 이상이 될 수도 있을 거라는 느낌이 든 몇 개월의 시간이 있었다. 그 시절에 마르가레테는 크리스티아네가 새벽 다섯 시에 일어나 떠나고 나면 침대에 혼자 남겨진 자신이 늘 불안하고 슬프게 느껴졌다. 나중에야 두 사람의 사랑이 실수였고, 그럼에도 같은 집에서 지내기로 결정했을 때 크리스티아네는 오랜 망설임 끝에 외르크와 자신의 이야기를 털어놓았다. "외르크가 내 동생이지 연인이 아니라는 건 나도 알아. 하지만 그때는 동생의 동의를 구한 뒤에야 너한테도 솔직해질 수 있다고 생각했어. 그런데 그러질 못했어. 내가 너와 같이 지낸다는 이야기를 외르크에게 하지 못했고, 또 그런 동생이 있다는 걸 너한테도 말하지 못했어. 참 바보 같지?" 크리스티아네는 어색하게 웃었다. 가끔 외르크를 면회 갔다가도 이런 어색한 웃음을 지으며 돌아오던 그녀였다. 이번에도 교도소 바깥에서의 자기 삶을 동생에게 고백하지 못한 것이다. 바깥에서도 다르지 않았다. 자신의 생각과 감

112

정이 온통 동생에게 향하고 있다는 것을 마르가레테에게 털어놓지 못했다. 어떤 때는 동생을 의무적으로만 대하고 있다는 느낌 때문에 딱딱하게 굳은 채 돌아오기도 했다. 그녀는 이제 거짓말에 신물이 났지만, 다양한 진실에 뿌리를 둔 자신의 다양한 삶을 설명하려다보면 거짓말이 꼬리에 꼬리를 물 수밖에 없었다. 그렇게 거짓말을 한 날이면 외르크와 감옥, 국가, 자신의 상황에 대한 속수무책의 감정으로 괴로워했다. 쳇바퀴를 돌리는 다람쥐처럼 죽을힘을 다해 살고 있음에도 말이다. 마르가레테는 손님들 중 누구도 무시하지 않았다. 그들은 외르크에게 다가가는 걸 어려워할 뿐이었다. 하지만 그녀는 이 집이 다시 텅 비고 혼자 남게 될 일요일이 벌써 기다려졌다.

발밑에 와 닿는 풀줄기의 촉감은 상상 이상으로 좋았다. 풀은 축축하고 미끄럽고 나긋나긋해서, 절로 살짝 미끄러지고 싶은 유혹이 들 정도였다. 마르가레테는 그런 기분에 들떠서 걸음을 크게 한 발 내디뎠고 그 순간 균형을 잃고 뒤로 나자빠졌다. 순간적으로 숨도 쉬기 어려울 정도로 몸의 왼쪽 측면이 아팠다. 그녀는 누운 채로 웃음을 터뜨렸다. 신이 난 발걸음 때문이기도 했고, 넘어지기 전의 오만함 때문이기도 했다. 자신은 아니라고 했지만 속으로는 손님들을 무시하고 있던 건 아닐까? 그녀는 혼자 있기를 좋아했고, 혼자 있는 시간이 많았다. 사람들을 만나면 무척 낯설게 느껴질 때가 많았다. 사람들의 행동은 이해가 되지 않았고, 스스로에 대한 확고한 믿음은 섬뜩하기까지 했다. 마르가레테가 생경함의 거리감으로 느꼈던 것이 실은 오만함의 거리감이 아니었을까? 그녀의 눈길이 나뭇가지를 지나 하늘로 향했다. 바람에 나뭇잎이 떨었고, 별 하나가 천천히 움직였다. 가만히 보니 비행기였다. 어디선가 까마귀 소리가 들렸다. 아주 가까운 곳에서 무척 크게 들렸다. 적을 발견하고 쫓아내려는 것일까? 아니면 서로 싸움질을 하는 것일까? 까마귀들은 밤에 자다가도 일어나 저렇게 싸우는 것일까? 저렇게 오래 울면 온 집 안 사람들을 깨울 것 같았다.

마르가레테는 일어나 계속 걸었다. 일제가 앉아서 글을 썼던 벤치가 나타났다. 마르가레테는 벤치에 앉았다. 여기에 벤치를 놓은 건 자신이었다. 그녀는 오랫동안 호숫가나 강가에 집을 짓고 사는 꿈을 키워왔다. 이제 개울가의 이 벤치가 물가에서 살고 싶은 그녀의 꿈을 대신해주었다. 이 정도면 충분했다. 호수와 강은 가지지 못했지만, 개울은 곁에 둘 수 있었다.

간혹 그녀는 자신이 얼마나 은둔 생활을 갈구하는지를 알고 당혹스러워했다. 그녀에겐 혼자 사는 것이 그 자체로 완전하고 가벼웠다. 그러나 독일 통일 2년 전에 갑자기 주어진 기회를 이용해서 서독으로 탈출하기 전까지는 그렇지 않았다. 사람들과 어울리길 좋아했고, 사람이 없으면 일부러 찾아나서는 사교적인 삶이었다. 그런데 서독은 집처럼 편안히 느껴지지 않았고, 나중에 자유롭게 드나들 수 있게 된 동독도 이미 그녀에겐 낯선 곳으로 변해 있었다. 프리랜서 번역가로 생활하는 그녀는 일 문제로 몇 주에 한 번씩 출판사 편집부와 미팅을 가졌고, 국립도서관에도 몇 주에 한 번씩 들렀다. 인터넷에서 구하지 못한 자료를 도서관에서 찾기 위해서였다. 그럴 때면 이따금 다른 이용자와 대화를 나누고, 같이 커피를 마시기도 했다. 이것이 그녀가 만나는 사람들의 전부였다. 도시에 크리스티아네와 함께 사는 집이 있었지만, 시골에 공동의 집을 장만한 뒤로는 혼자 몇 주씩 내려가 정원 별채에서 지내는 경우가 많았다.

이렇게 은둔에 가까운 생활을 하면서부터 남들과 공감하는 능력이 없어진 걸까? 그녀는 외르크에 대한 크리스티아네의 걱정을 이해하고자 노력했고, 또 그녀 자신이 외르크를 좋아하고 도와줄 마음까지 먹었다. 그러나 몇날 며칠 밤의 긴 이야기 끝에 크리스티아네 남매의 관계를 이해했음에도 그녀가 느낀 것은 하나였다. 둘의 관계는 병적이었다. 사람들이 보통 '병'이라고 말하는 그런 병들 가운데 하나였다. 그녀가 보기엔 외르크도 병든 인간이었다. 병들지 않았다면 격정과 절망이 아니라 어떻게 멀쩡한 정신과 냉혹한 가슴으로 사람을 죽일 수 있겠는가? 건강한 사람이라면 당연히 다른 행동을 찾았어야 하지 않을까? 마르가레테는 적군파와 독일의 가을, 그리고 크리스티아네와 그 친구들이 추진한 테러리스트 사면에 대한 대화도 화제 자체가 병들었다는 느낌을 받았다. 당시의 테러리스트들뿐 아니라 지금 그들에 대해 말하는 사람들도 여전히 걸려 있는 병이었다. 어떻게 건강한 정신으로 그런 생각을 할 수 있을까? 살인으로 더 나은 세상을 만들 수 있다고? 살인자들에 대한 사면으로 더 나은 사회가 만들어진다고? 이 모든 것이 추악하고 역겨운 병에 너무 많은 명예를 안겨주었다. 마르가레테가 이들에 대해 가질 수 있는 감정은 병 걸린 사람들에게 느낄 수 있는 연민뿐이었다. 너무 박한 감정일까?

새벽 공기가 서늘했다. 마르가레테는 의자 위에 다리를 세우고 앉아 잠옷을 발끝까지 끌어내리고는 두 팔로 무릎을 감쌌다. 곧 아침이 밝을 것이다. 첫 햇살이 비치면 별채로 돌아가 다시 침대에 누워 잠을 청할 것이다. 그래, 크리스티아네 남매와 다른 손님들에게 그녀가 느끼는 연민은 결코 너무 박한 감정이 아니었다. 그것은 던져주고 나서 바로 가버리는 자선의 연민과는 달랐다. 그녀는 다시 혼자만 있는 시간이 기다려졌다. 그러나 지금은 다른 사람들이 있었고, 병든 사람들의 병이 더 깊어지지 않도록 애쓰는 것이 자신이 할 수 있는 최선이었다. 마르가레테는 이렇게 스스로를 다독이면서 고개를 꾸벅거리기 시작하더니 이내 무릎 위에 고개를 살며시 내려놓았다. 추위와 통증으로 다시 깼을 때는 동쪽 하늘이 환해져 있었다.

토요일

Bernhard
Schlink
Das Wochenende

1

먼저 집 앞의 떡갈나무 우듬지가 햇빛의 바다에 잠긴다. 거기 살면서 벌써 지저귀기 시작하는 새들의 노랫소리는 동이 트면서 더욱 커진다. 쉼 없이 이어지는 검은지빠귀의 힘찬 노랫소리 때문에 구석방에서 자는 사람은 더 이상 잠들지 못하고 깨고 만다. 햇빛이 도로 쪽으로 향한 집의 외벽을 더듬더니 집 뒤 다른 떡갈나무와 정원 별채, 과일나무, 그리고 개울에까지 이른다. 별채 북쪽에 붙은 작은 공간에도 햇빛이 비친다. 마르가레테가 닭장으로 만들고 싶어 하는 공간이다. 아침마다 닭 울음소리를 들으며 일어나고 싶었던 것이다.

새들만 빼면 아침은 고요하다. 마을 교회 종소리가 일곱 시를 알린다. 국도는 멀리 떨어져 있고, 철도는 그보다 더 뒤에 있다. 동독 시절에는 이 시간쯤이면 농업협동조합 소속의 차량들이 일터로 달려갔고, 협동조합 축사에 있는 소들의 울음소리가 바람결에 실려 여기까지 들려왔다. 그러나 지금은 농업협동조합이 없다. 그곳의 축사와 창고들도 비어 있다. 농장 토지는 인근 마을의 한 농가에서 임대해 농사를 짓는다. 마을 주민 중에는 직장에 다니는 사람들도 있지만, 이 지역에 있는 직장은 아니다. 그들은 일요일 저녁에 타지로 떠나 금요일 저녁에 돌아온다. 그들에게 토요일 아침과 일요일 아침은 늘어지게 자는 시간이다.

아침은 고요하다. 그리고 멜랑콜리하다. 점심과 저녁, 오전과 오후처럼. 아침은 가을과 겨울뿐 아니라 봄과 여름에도 멜랑콜리하다. 그것은 높은 하늘과 넓고 휑한 대지의 멜랑콜리다. 나무와 교회 탑, 전봇대의 전깃줄, 전신줄에는 시선을 붙잡을 만한 게 없다. 사방을 둘러봐도 산은 없고, 근처에 도시도 없다. 경계를 그어 공간을 만들 만한 것도 보이지 않는다. 시선은 사라진다. 눈으로 풍경을 훑던 외부 손님은 그 시선과 함께 사라진다. 그것이 그를 슬프게 하는 동시에 그 풍경 속으로 들어가려는 그리움을 일깨운다. 그냥 사라지고 싶은 그리움이다.

여기서 나고 자란 사람들은 직장을 구하고 가정을 꾸릴 나이가 되면 결정을 내려야 한다. 여기에 남을지, 아니면 떠날지. 이 좁고 휑한 시골에서 소소하게 살지, 아니면 객지 생활이라는 대가를 치르면서 큰 도시에서 살지. 명쾌하게 결정을 내리지 못하는 사람도 자신이 고향에 남으면 삶을 제대로 시작도 해보기 전에 작은 공간에 갇히고, 떠나가면 고향뿐 아니라 고향의 삶과도 멀어지게 된다는 것을 어렴풋이 느낀다. 소박하지만 아름다움으로 가득 찬 삶이다. 외부에서 온 손님들이 재차 이곳을 찾고, 이곳의 집이나 농장을 구입하고, 주말이면 어디론가 사라지고 싶은 그리움에 굴복하고 마는 것도 그 때문이다. 이곳의 삶에 추한 모습이 가득 담겨 있는 것도 별로 개의치 않는다. 그들은 삶의 단조로움으로 괴로워하지 않고, 어떤 일을 하면서 그 일을 언제든 그만둘 수 있다는 경험도 하지 않으며, 나태해지지 않고, 사악해지지 않고, 알코올에 빠지지도 않는다.

언제나 그래왔다. 남는 사람도 있고 떠나는 사람도 있고, 대도시와 시골을 번갈아가며 사는 사람도 있다. 중요한 건 항상 이곳 삶에 순응하느냐, 아니면 떠나느냐 하는 것이다. 여유가 있는 일부 사람들은 이곳 지방의 멜랑콜리에 매몰되지 않고 시골 생활을 향유했다. 마르가레테는 사람들이 대도시와 바다 사이의 이 넓고 휑한 지방의 몰락에 대해 이러쿵저러쿵 이야기하는 것에 화가 났다. 그녀 생각으로는 사회주의 체제에서건 그 이전의 융커 지배하에서건 예전에 이곳의 형편이 더 나았던 것 같지는 않았다. 정치적 경제적 시스템은 중요하지 않았다. 중요한 건 멜랑콜리였다. 그것이 다른 무엇보다 이곳 땅과 사람들에게 고유의 색깔을 불어넣었다.

인근 소도시에서 자란 마르가레테는 영영 돌아오지 않

을 생각으로 베를린으로 떠났다. 거기서 외국어를 공부하고, 고향에서 멀리 떨어진 곳으로 여행하고, 머나먼 타지에서 머물기 위해서였다. 그러나 결국엔 끌리듯 다시 이곳으로 돌아왔다. 처음엔 주말에만 왔다가 나중에는 한 번 오면 몇 달씩 묵었다. 뒤늦게 이곳의 삶에 순응한 것이다. 물론 아직 전적으로는 아니었다. 도시에 크리스티아네와 함께 사는 집이 있었기 때문이다. 정원 별채와 개울가 벤치, 산책, 번역, 그리고 혼자 있는 시간들, 이 모든 것은 그녀가 그렇게 떠나고 싶어 했던 이곳 삶의 한 소소한 단면이었다. 그녀도 그것을 알고 있었다. 그녀는 우울증으로 바뀌는 멜랑콜리를 싫어했다. 하지만 나머지 대부분의 멜랑콜리는 사랑했다. 심지어 남을 치료하고 싶은 마음이 들게 하는 것도 그 멜랑콜리였다. 높은 하늘과 넓고 휑한 대지에 빠진 사람은 자신의 고통과 괴로움을 잊는다. 처음에 마르가레테는 옛 친구들과의 이 만남이 좋은 아이디어였는지 의문을 품었다. 그러나 지금은 크리스티아네가 석방된 동생을 이리로 먼저 데려온 것이 적절한 결정이었다는 생각이 들었다. 어쩌면 외르크와 다른 친구들의 병도 여기서 없어질지 모를 일이었다.

2

외르크는 다른 사람들보다 먼저 깼다. 몸도 마음도, 새날도 모두 이상이 없다는 느낌과 함께 눈을 떴다. 그러고는 곧 흠칫 놀랐다. 감방 안의 네온등과 연두색 벽, 세면대, 변기, 작고 높은 창문을 보고 항상 놀라던 그 느낌이었다. 그런데 지금은 벽이 하얗고, 낮은 서랍장 위에는 세숫대야와 물 항아리가, 책상 위에는 튤립이 놓여 있었고, 큼직한 창문으로는 맑은 공기가 들어오고 있었다. 그러니까 그는 습관적으로 놀랐을 뿐이다. 외르크는 안도하며 머리 뒤로 팔짱을 끼고는 오늘 하루의 계획을 세우려 했다. 감옥에서도 이후의 시간에 대한 계획으로 하루를 시작하길 좋아했다. 그런데 단순히 계획만 세우는 것에 그치지 않고 그것을 실행에 옮길 수 있게 된 지금 그는 갑자기 아득해지는 느낌이었다. 헤너에게 배신 행위에 대해 물어보기로 한 것은 어제 벌써 계획한 일이었다. 그런데 그것까지였다. 그 밖에 다른 계획은 전혀 떠오르지 않았다. 왜 이럴까? 어쩌면 크리스티아네와 마르코의 계획을 들을 수도 있었고, 자신에 대한 카린과 울리히의 계획을 들을 수도 있었다. 하지만 정작 그의 머릿속에서는 왜 아무 계획이 떠오르지 않는 것일까?

일제는 검은지빠귀의 요란한 노랫소리로 인해 잠에서 깼을 때 자신이 지금 무엇을 원하는지 즉시 알아차렸다. 침대에서 일어난 그녀는 공책과 연필을 들고 발끝으로 살금살금 복도와 계단을 지나 집 밖으로 나갔다. 그녀가 향한 곳은 개울가 벤치였다. 그녀는 공책을 펼쳐 들고 자신이 쓴 것을 읽어보았다. 순서가 틀리고 느슨하게 연결된 짧은 세 장章이었다. 각 장을 다시 부드럽게 연결시켜야 할까? 프랑스 동지들이 얀을 구급차로 옮기고 독일로 수송하는 과정을 적을 수도 있었고, 얀이 두 번째로 가사 상태에 빠져 관에 들어가고, 열린 관 속에서 문상객들을 맞는 장면을 직접 눈으로 보듯이 서술할 수도 있었다. 혹은 해안에서 얀이 프랑스 동지들을 기다리는 과정을 수정해야 하지 않을까? 예를 들어 얀이 이 빌어먹을 사회 시스템이나 정계와 경제계의 머저리들, 혹은 찰거머리 같은 짭새들을 욕하는 장면을 넣어야 하지 않을까? 그러나 그런 건 쓰고 싶지 않았다. 얀이 테러리스트에 어울리게 말하는 대목을 넣어야 그가 테러리스트로 살기 위해 죽음까지 가장했다는 가정이 더욱 설득력을 얻을 테지만 말이다.

일제가 아무리 살금살금 걸어도 복도 나무판이 삐걱거리는 소리는 카린의 꿈속까지 파고들었다. 꿈속에서 그녀는 예배 시간에 늦어 신도들이 기다리는 교회 안으로 살짝 들어가려고 했다. 하지만 복도를 울리는 발소리는 숨길 수가 없었고, 결국 모든 사람의 시선이 일제히 그녀에게 쏠렸다. 순간 그녀는 잠에서 깼다. 남편은 아직 자고 있었다. 깨우고 싶었지만 그냥 두었다. 그녀는 기도를 했다. 아니, 어쩌면 기도라기보다 명상이기도 하고 진실의 순간이기도 했다. 지난 저녁에 그녀가 한 말이 사실일까? 정말 그녀는 테러리스트를 길 잃은 형제자매로 생각했던 것일까? 외르크에게 형제의 감정을 갖고 있을까? 그러고 싶은 것일까, 아니면 의무적으로 그래야 한다고 생각하는 것일까?

잉게보르크도 삐걱거리는 소리에 잠이 깼다. 잦아드는 일제의 발소리를 가만히 듣고 있다가 혹시 다른 사람들의 발소리도 뒤이어 들리지 않는지 기다렸다. 잠잠했다. 그녀는 시계를 보고 남편을 흔들어 깨웠다. "가요, 우리. 사람들이 깨기 전에."

그는 고개를 흔들었다. 아내가 깨운 것에도 화가 났고, 도망치듯이 사라지자고 하는 것에도 화가 났다. 아내는 아름다운 여자였다. 하지만 어려운 문제만 생기면 도망치려고 했다. 그는 아내를 물끄러미 바라보았다. 잠이 덜 깬 얼굴은 아름답지 않았다.

잉게보르크가 계속 재촉했다. "남들 앞에서 웃음거리가 되기 싫어요. 나도 그렇고 우리 딸도 그렇고."

"그럴 일은 없을 거야. 저 사람들이 얼마나 배려심이 많고 신사적인지 당신은 상상도 못 할걸. 그리고 도를레는 당신 딸이자 내 딸이기도 해. 그러면 정면으로 맞서지 도망칠 리가 없어."

"그러다 또 싸움이라도 일어나면요?"

"일어나면 일어나는 거지."

한편, 정면으로 맞서느냐 도망을 치느냐 하는 문제는 울리히 부부에게나 중요할 뿐 도를레 자신은 별 관심이 없었다. 지난밤은 참 어이가 없었다. 그런데도 잘 잤고, 지금은 아침이었다. 그랬다. 남자들과는 잘되는 날도 있고 그렇지 않은 날도 있었다. 인생은 그렇게 흘러가는 것이다. 이따금 어제는 잘 안 됐던 남자랑 오늘은 잘되는 일도 있었다. 그렇다면 그녀 앞에서 공황 상태를 보인 그 위대한 테러리스트에게 기회를 한 번 더 줘볼까 하는 생각도 들었다. 어쨌든 남자가 그녀 앞에서 그렇게 공황 상태를 보인 것은 이제껏 없던 일이니까!

외르크의 공황 상태에 대해 열심히 생각한 사람은 또 있었다. 마르코였다. 그는 머리를 갸웃거렸다. 벌거벗은 아가씨 앞에서도 공황 상태에 빠지는 사람에게 무슨 정치적 힘을 기대할 수 있을까? 테러리스트로서 적군파를 배신하지 않은 외르크를 새로운 테러리즘의 정신적 스승으로 모실 준비를 해온 것이 벌써 4년 전이었다. 마르코는 외르크가 석방 후 떠들썩한 방식으로 정치 복귀를 선언해주길 기대했다. 인터뷰든 기자회견이든 상관없었다. 합법적 방식으로 세상에 충격의 폭탄만 던지면 충분했다. 그는 자유의 몸이 된 외르크를 무수한 계획으로 넘쳐나고 행동에 굶주린 모습으로 상상해왔다. 그러나 그가 본 것은 공황 상태에 빠진 지친 인간뿐이었다. 4년간의 노력이 허사가 되는 것일까?

안드레아스는 마르코의 눈에 처음엔 적임자였다. 직업이 변호사인 까닭에 외르크가 떠들썩하게 정계 복귀를 선언할 때 합법성의 경계를 넘지 않도록 세세하게 조언해줄 걸로 판단했다. 그런데 두 사람은 첫 대면에서부터 싸웠다. 물론 외르크가 원하는 일이라면 그의 변호사도 결코 뿌리치지 못할 거라는 기대감은 있었다. 그러나 안드레아스의 생각은 달랐다. 그는 외르크의 어리석은 정치적 행위에 대해서 전혀 공감하지 못했다. 만일 예전의 축사 사건 같은 일이 또 벌어지면 외르크의 변호인 직을 그만두겠다고 위협까지 했다. 외르크가 석방 후 떠들썩한 방식으로 정계 복귀를 선언하면 안드레아스는 더 이상 외르크를 상대하지 않을 것이다. 안드레아스는 어제 저녁으로 자신의 역할을 충분히 했다고 생각하고 있었다. 그랬다, 침대에서 바라보는 하늘은 아름다웠고, 아침 식사를 할 때는 화해의 뜻으로 여주교의 팔을 살며시 잡아줄 수도 있었고, 식사

후에는 산책을 하며 나무를 구경할 수도 있었다. 이 정도면 충분했다. 일요일까지 있을 필요는 없었다.

헤너도 여기서 견뎌내야 할 이틀의 시간을 두려워하고 있었다. 아침에 일어나자 크리스티아네와 주고받았던 말이 떠올라 다시 슬픔에 빠졌다. 참으로 기구한 그녀의 인생이었다! 그런데 그 인생을 생각하면 그 한 발짝 옆에 자신의 인생이 붙어 있었다. 자신의 삶은 더 나을까? 물론 직장에서는 성공한 언론인으로 인정받았다. 흥미진진한 현장 기사를 쓸 때면 여전히 예전처럼 스릴감이 밀려들기도 했다. 하지만 여자관계는 이상하게 잘 풀리지 않았다. 그가 먼저 시작하거나 먼저 끝내는 관계가 아니라 항상 휘말려 들어갔다가 슬쩍 도망쳐버리는 관계였고, 여자도 그가 원하는 게 아니라 여자들이 그를 원했다. 다른 형태의 관계를 동경했음에도 그는 다른 식으로 여자를 만날 능력도, 정말 자신이 원하는 여자를 찾을 능력도 없었다. 오직 맞지 않는 여자에게 자신을 맡길 뿐이었다. 그게 어머니와 관련이 있다는 것을 알고 있었지만, 그렇다고 문제 해결에 도움이 되지는 않았다. 간혹 어머니가 죽으면 자신도 자유로워질 거라 생각했지만, 그런 예상은 이내 정말 그렇게 될까 하는 의구심으로 바뀌었다. 직장에서의 바쁜 일상이 이 문제를 해결해주지는 못했지만 도움은 되었다. 하지만 직장 일도 더 이상 예전처럼 큰 도움이 되지 못했다. 게다가 이번 주말에는 그런 일조차 없었다.

그가 부엌으로 내려갔을 때 크리스티아네와 마르가레테는 아침을 준비하고 있었다. "내가 선착인가보네." 마르가레테가 고개를 끄덕하더니 그의 손에 커피 원두와 커피 분쇄기를 안겨주었다. 크리스티아네는 계란을 풀고 양파와 햄을 자르고 버섯과 토마토를 잘게 썰었다. 그러면서 그에게 살짝 미소를 지어주었다. 마르가레테는 쟁반 위에 그릇과 포크 세트를 올려놓고 테라스로 날랐다. 아무도 입을 열지 않았다. 커피 가는 일을 마친 헤너는 호숫가 작은 도시로 차를 타고 나가 브뢰첸 빵을 사 왔다. 그가 돌아왔을 때 다른 두 사람은 테라스에 앉아 커피와 프로세코 와인을 마시고 있었다. 그가 자리에 합류했다. 크리스티아네가 그에게 다시 살짝 미소를 지어주었다. 이제야 그는 이것이 불안에 떠는 미소라는 것을 알아차렸다. 헤너는 그녀에게 무슨 걱정이 있는지, 잠은 잘 잤는지 묻고 싶었지만 마르가레테가 크리스티아네의 팔에 손을 올려놓는 순간 쓸데없는 질문이라는 것을 느꼈다. 그들은 그렇게 각자의 생각에 빠진 채 말없이 앉아 공원만 바라보았다.

3

열 시가 되자 비로소 모두들 식탁에 모였다. 제일 늦게 온 사람은 도를레였다. 화장기 없는 얼굴에 말총머리를 하고, 넓고 흰 치마에 흰 블라우스를 받쳐 입은 모습이 산뜻하고 사랑스러워 보였다. 도를레는 한 사람씩 식탁을 돌아가며 얌전하게 무릎을 굽혀 절을 했다. 울리히는 뿌듯했다. 딸아이가 스스로 새 모습을 개발해낸 것이 대견했던 것이다. 도를레는 학교에서 연극반에 들었는데, 울리히는 나중에 연기학원에라도 따로 보내야겠다는 생각을 했다.

자리가 완전히 차기만을 기다리던 외르크가 마침내 말문을 열었다. "어제는 여러분이 나에 대해 이런저런 궁금한 것들을 물어보았으니, 오늘은 내가 여러분에게 물어볼 차례인 것 같습니다. 정확히 말하자면, 각자의……."

울리히가 외르크의 말을 잘랐다. "어제 내 질문에 대답하지 않았잖나. 그것부터 대답을 해야지."

"내가 대답을……."

"그래, 안 했어. 우리 집식구가 끼어들어 자넬 도와줬지. 그 뒤 자네는 침대로 곧 도망쳐버렸고."

"질문이 뭐였는지 기억이 안 나는군. 미안하지만 한 번 더……."

"사람을 처음 죽이고 나서 기분이 어땠느냐고. 그 경험으로 인생살이에 도움이 될 만한 것을 배웠느냐고 물었어."

이번에는 잉게보르크도 끼어들지 않았다. 다른 이들도 이제, 울리히가 말린다고 들을 사람이 아니라는 것을 알아차린 듯했다. 모두의 시선이 외르크에게 향했다.

외르크는 마치 말을 하려는 것처럼, 마치 자신의 말에 힘을 실으려는 것처럼 두 손을 들었다가 도로 내렸다. 그러고는 다시 두 손을 들었다가 또다시 내려놓았다. "나보고 무슨 말을 하라는 거지? 전쟁에선 쏘고 죽이는 게 일이야. 그럴 땐 어떤 기분이어야 하지? 거기서 뭘 배워야 하지? 우린 전쟁 중이었어. 그래서 난 총을 쐈고 죽였어. 이제 만족해?"

"자네가 처음 죽인 사람이 자동차를 빼앗기지 않으려고 버티던 여자 아니었나? 자네가 은행을 습격한 뒤 도주할 때 말이야."

외르크가 고개를 끄덕였다. "그래, 그 여자는 차가 무슨 보물이라도 되는 양 차를 내놓지 않았어. 바보 같은 짓이었지. 나도 쏘고 싶지 않았어. 하지만 다른 방법이 없었어. 내가 그 여자와 전쟁을 한 것도 아니고, 그 여자가 나와 전쟁을 한 것도 아닌데, 어떻게 죽일 수 있느냐고 반박하지는 마. 전쟁 중에는 군인만 죽는 게 아냐. 그건 자네도 잘 알고 있겠지."

"그러니까 불가피한 부수적 피해다?"

"비아냥거리는 건가? 우리가 수행한 전쟁이 잘못되었다고 말하고 싶은 거야? 그래, 반박하진 않겠어. 우리가 상황을 오판한 건 사실이니까. 하지만 우린 전쟁을 수행했어. 사람들이 보통 전쟁이라 부르는 그런 전쟁을 수행했다고. 그것 말고 다른 방법이 없었으니까."

카린이 외르크를 슬픈 눈빛으로 바라보았다. "애석하게 생각해?"

"애석하냐고?" 외르크가 어깨를 으쓱했다. "결국 어떤 결과도 얻지 못한 프로젝트를 추진해나간 건 분명히 애석하게 생각해. 제대로 되었다면 어떤 결과가 생겼을지는 나도 모르지만."

"내 말은, 희생자들 말이야. 희생자들한테 미안한 마음이 들어?"

외르크는 다시 한 번 어깨를 으쓱했다. "미안하냐고? 가끔 그 사람들을 생각해. 홀거, 울리히, 울리케, 구드룬, 안드레아스,* 그리고…… 싸우다 죽은 다른 이들. 그래, 가끔은 자동차를 넘겨주지 않으려 했던 그 여자도 생각나고, 나를 체포하려고 혈안이 됐던 경찰도 생각나고, 이 국가 편에 서서 국가를 위해 죽은 윗대가리들도 생각나. 이 세상이 그런 희생이 필요 없는…… 그런 싸움이 필요 없는…… 그런 곳이 아닌 게 애석해. 당연히 싸움은 없어야 하고 싸우다 죽는 사람도 없어야 하지. 하지만 안타깝게도 세상은 그렇지 않아."

"모두 세상 탓이라는 말처럼 들리는군. 그럼 이 세상이 왜 존재하지? 그렇게 멍청한 세상이?" 울리히가 웃었다. "정말 순진해빠진 친구군."

"그런 천박한 비아냥거림은 그만두시죠. 당신 같은 사람은 외르크 선생님의 말을 전혀 이해하지 못할 겁니다. 당신이 짭새들한테 집단 폭행을 당해보기를 했습니까? 지하실에 갇혀 양손과 양발이 묶인 채 이틀이나 자기 똥오줌 속에 짐승처럼 내팽개쳐진 적이 있습니까? 아니면 짭새들이 음식을 억지로 처넣는 바람에 기도와 기관지가 막혀 폐 발작을 일으킨 적이 있습니까? 몇 년 동안 밤마다 수면을 방해받는 고통이 어떤 건지 압니까? 그런 다음 몇 년 동안 아무 소리도 안 들리는 곳에서 지내야 했던 고통이 어떤 건지 알기나 합니까?" 마르코가 식탁 위로 몸을 숙여가면서까지 울리히에게 소리를 쳤다. "그건 정말 전쟁이었습니다. 외르크 선생님이 지어낸 이야기가 아닙니다. 당시엔 당신

*적군파를 이끈 주요 인물들.

뿐 아니라 모든 사람이 그렇게 알고 있었어요. 내가 만난 수많은 좌파 운동가들은 당시 거의 무장 투쟁이나 다름없는 단계까지 갔다고 말했던 말입니다. 물론 당신은 아니겠죠. 당신은 직접 나서는 대신 남들을 내세워 싸우게 하고 좌절케 했습니다. 사람들이 그런 싸움을 두려워하고, 그래서 가능한 한 한발 뒤로 빠지려고 하는 마음을 이해는 합니다. 하지만 아예 그런 전쟁 자체가 없었던 것처럼 말하는 당신을 보니 정말 어처구니가 없군요."

"물 만난 고기가 따로 없군. 이봐요, 젊은 친구. 대체 누가 나 대신 그 전쟁에 나갔다는 건가? 나는 나 대신 내보낸 사람이 없어. 자동차를 내놓지 않으려는 여자를 나 대신 쏴 죽이라고 한 적도 없고, 대기업 경영진을 태우고 가던 운전사를 쏴 죽이라고 한 적도 없어. 다른 사람들은 어떤가? 자기 대신 내보낸 사람 있어?" 울리히가 좌중을 둘러보았다.

카린은 고개를 흔들었다. 여전히 외르크를 바라보는 눈빛에는 슬픔이 담겨 있었다. 그녀는 외르크가 한 말을 믿고 싶지 않았다. 그러면서도 외르크와 마르코, 울리히의 말을 조화롭게 화해시켜야겠다고 생각했다. "그런 적은 없어, 울리히. 누구에게도 나 대신 사람을 죽이라고 시키지 않았어. 하지만 당시 우리는 모두 타락하지 않은 삶을 살려면 기존의 사회를 떠나야 한다고 믿었어. 그리고……."

"말도 안 되는 소리." 안드레아스가 경멸적으로 내뱉었다. "사회가 자기한테 맞지 않으면 수도원에 들어가거나, 시골에서 벌이나 치거나, 아니면 헤브리디스 군도에서 양이나 키우면 되겠죠. 그게 사람을 죽일 이유가 되지는 못합니다."

카린도 굽히지 않았다. "우리 중 많은 이들에게 무장 투쟁이라는 극단의 가능성밖에 남아 있지 않다면 사회를 떠나거나 사회를 바꿀 자유조차 박탈당한 게 아닐까요? 물론 그 사람들이 우리를 대신해서 싸운 것은 아니에요. 하지만 그 싸움이 우리에게 행동할 수 있는 공간을 넓혀준 건 사실입니다. 그럼에도 그 싸움에서 살인을 저지른 사람은 넘지 말아야 할 선을 넘었습니다. 어떤 경우건 사람을 죽여서는 안 됩니다. 외르크, 아까 네가 살인에 대해 하는 말을 들으면서 난……. 감옥이 사람을 그렇게 만드는 거야? 그렇게 차갑게? 그렇게 거칠게? 난 겉으로 드러난 네 모습과 네 속마음은 다르다고 확신해."

외르크는 몇 번 입을 열려고 하다가 끝내 카린의 말에 대답하지 못했다. 카린도 더 이상 말할 생각이 없는지 입을 다물었다. 울리히와 마르코, 안드레아스도 마찬가지였다. 이렇게 해서 다들 속으로 안도의 한숨을 내쉬며 서로 브뢰첸을 권하고 잼을 건네고, 날씨 이야기를 하고, 오늘 할 일에 대해 말하기 시작했을 때 외르크가 입을 열었다. "지금이 말할 적기인 것 같아서 하는 말인데, 헤너한테 물어볼게 있어."

헤너가 엷게 웃었다. "무슨 일인데 그렇게 정색을 해?"

"커피 더 마실 사람?" 크리스티아네가 일어나 헤너 곁으로 걸어가며 물었다.

"어떤 기분이지? 자기 손으로 감옥에 보내놓은 사람을 석방 후에 다시 축하하러 오는 기분이?"

"무슨 소리야?"

"짭새들한테 오덴발트 숲에 우리 아지트가 있다는 이야기를 한 사람이 자네잖아. 그래서 놈들은 거기서 잠복하고 있다가 내가 나타나자……."

"앗 뜨거워!" 크리스티아네의 손에서 커피 주전자가 미끄러지면서 헤너의 바지와 발에 뜨거운 커피가 쏟아졌다. 헤너는 벌떡 일어나 얼른 냅킨을 집어 들고 커피를 닦으려고 했다.

"같이 가요." 헤너가 망설이자 마르가레테가 그의 손을 잡고 부엌 쪽으로 이끌었다. 그런데 곧 생각이 바뀌었는지 정원 별채 방향으로 데려갔다. 헤너가 항의하기 시작했지만, 그녀는 고개를 저으며 계속 끌기만 했다.

"왜 이러는 거요?"

"가서 설명할 테니까 일단 따라와요."

"꼭 이래야……."

"네, 꼭 이래야 합니다."

4

정원 별채 앞에 도착하자 그제야 마르가레테는 혜너의 손
을 놓아주었다.

"이제 뭘 어쩌라는 거죠?"

"바지를 벗어요. 내 걸 하나 줄 테니 그걸로 갈아입어요.
바지는 빨아서 널어두겠어요." 혜너는 그녀의 허리와 자
신의 허리를 회의적인 눈으로 번갈아 바라보았다. 마르가
레테가 웃음을 터뜨렸다. "맞아요, 조금 클 거예요. 하지만
그리 크지는 않을 거예요. 여자들은 실제보다 더 뚱뚱해
보이거든요."

혜너는 별채로 따라 들어가 집 안을 두리번거렸다. 현관
복도는 일직선으로 부엌과 연결되어 있었다. 왼쪽으론 책
상과 회전의자가 놓인 큼직한 방과 위층으로 올라가는 계
단이, 오른쪽으론 벽난로와 소파가 있는 방이 보였다. "어

디서……?"

"원하는 데서 갈아입어요. 나는 위에 올라가 바지를 가져올게요." 마르가레테가 무거운 걸음으로 계단을 올라갔다. 곧이어 옷장 문을 여닫는 소리가 났다. 그녀가 다시 무거운 걸음으로 내려와 그에게 청바지를 건넸다. 갓 세탁한 것 같은 바지는 부피가 상당했고 촉감은 약간 뻣뻣했다. 그는 돌아서서 옷을 갈아입었다. 그녀 말이 맞았다. 청바지가 크기는 했지만, 허리띠로 졸라매면 전혀 문제가 없었다.

마르가레테는 부엌 싱크대 밑에서 대야를 꺼내 그 안에 바지를 넣고는 호스 한쪽 끝을 수도꼭지에 돌려 끼운 뒤 다른 쪽 끝을 대야 안쪽에 걸쳐놓았다. 그러고는 천장 밑의 작은 물탱크를 올려다보았다. "물이 충분할 것 같기는 하지만, 혹시 모자란다 싶으면 밖에 나가 펌프질 좀 해줘요." 그녀가 물을 틀고 세제를 풀었다.

"그렇게 해서 얼룩이 빠질까요?"

"모르겠네요. 이럴 때 난 세탁소에 맡기지만 지금은 방법이 없어요." 그녀가 쭈그리고 앉아 물에서 거품이 날 때까지 바지를 몇 번 흔들고 주물렀다. "이대로 좀 담가두는 게 좋을 것 같아요." 그녀는 이렇게 말하고 몸을 일으키려다 외마디 비명과 함께 다시 풀썩 주저앉았다. 그는 얼른 몸을 숙여 그녀의 어깨를 팔로 감싸고 부축해 일으켰다. 마치 나무를 안고 일으키는 것 같은 느낌이었다. 헤너의 도움으로 두 발로 버티고 일어선 그녀가 미소를 지어주었다. "디스크예요. 조심했어야 했는데. 그러지 못한 벌로 척추원반이 빠져버렸어요."

헤너는 자신이 아직도 마르가레테의 등을 팔로 두르고 있는 것을 알아채고 얼른 팔을 풀었다. 한참 동안 그러고 있었던 자신을 의식하지 못한 게 당혹스러웠다. "수술은 안 된답니까?"

"할 수는 있지만, 수술 이전보다 더 나빠질 수도 있을 것 같아서 못 하고 있어요." 그녀가 유심히 헤너를 바라보았다. "어떻게 할 작정이에요?"

"뭘요?"

"외르크의 질문 말이에요."

"설명해야죠, 사실이 아니라고. 난 그 친구를 감옥에 넣지 않았어요. 경찰에 아무 말도 안 했어요."

"확실해요?"

그가 짧게 웃음을 터뜨렸다. "그런 건 잊어먹지 않는 법입니다. 그래요, 그때 난 가끔 스스로에게 이렇게 묻곤 했어요. 그 친구가 한밤중에 찾아와 숨겨달라고 하면 어떡해야 할까? 오랫동안 결론을 못 내렸어요. 어떤 때는 이래야지 하다가, 어떤 때는 또 금방 생각이 바뀌었어요. 그러다 마지막에 나 자신과 타협한 것이, 하룻밤만 재워주고 이튿날 아침에 내보내는 것이었어요. 그런데 다행스럽게도 그 친구는 찾아오지 않았어요."

"좀 걸을까요?" 마르가레테는 헤너의 반응을 기다리지 않고 바로 출발했다. 부엌문으로 나가 과일나무가 있는 초원을 지나 개울 쪽으로 갈 생각이었다. 그는 바지를 갈아입을 때 벗었던 신발을 다시 신고 그녀를 뒤따랐다. 그가 곁에 도착하자 그녀가 말했다. "팔 좀 빌려주시겠어요?" 그러고는 그의 오른팔을 잡고 몸을 기댔다. 두 사람은 천천히 개울가를 따라 걸었다. 이따금 사람 발소리에 놀란 개구리가 물속으로 뛰어들었고, 어떤 곳에서는 개울물이 좀 더 시끄럽게 꾸르륵거리며 내려갔다. 숲의 나무그늘이 미치지 않는 개울가를 걸을 때 두 사람은 따가운 햇살을 고스란히 받아야 했다. 헤너는 마르가레테가 기댄 쪽에 땀이 차는 것을 느꼈다.

"오덴발트의 오두막을 경찰에 알린 사람은 크리스티아네예요."

헤너가 걸음을 멈추고 마르가레테를 바라보았다. "크리스티아네가요?"

"그럴 거라고 생각해요. 크리스티아네가 당신 바지에 커피를 쏟은 것도 그 때문이지 않겠어요? 당신이 아니라고 외르크에게 말하지 못하게 하려고요."

"그런다고 그게 지켜집니까? 아까 못 한 말은 나중에 언제든지 할 수 있는데."

"꼭 그래야 할까요?"

"설마 나더러……."

"크리스티아네가 바라는 게 그게 아닐까 하는 생각이 드네요. 아마 당신을 찾아가 그래 달라고 부탁할 겁니다."

헤너는 땅속에 박힌 돌멩이를 발로 파내더니 개울로 차버렸다. "무슨 이런 황당한 일이 다 있지? 누나가 동생을 경찰에 밀고해놓고, 동생 친구한테 그걸 뒤집어써달라고 부탁하다니. 그것도 그녀가 한때 사랑했고, 그러면서도 동생을 배신할 수 없다는 이유로 하루아침에 차버린 남자한테." 그가 마르가레테를 빤히 바라보았다. "크리스티아네가 외르크를 왜 밀고했는지는 알고 있습니까?"

"동생을 배신했다는 이야기를 크리스티아네한테 직접 들은 적은 없지만, 이유는 분명하지 않겠어요? 동생에 대한 걱정을 더 이상 견뎌낼 수가 없었겠죠. 동생이 더는 사람을 죽이지 못하게 하고, 또 그 과정에서 총에 맞아 죽지 않게 하려면 차라리 경찰에 체포되는 게 더 낫다고 생각하지 않겠어요? 크리스티아네는 공포심 때문에 동생을 배신했어요. 정확히 말하면 사랑과 공포 때문이죠."

"근데 그게 나하고 무슨 상관이죠?"

그녀는 그의 얼굴에서 그가 단지 곤혹스럽거나 불쾌해서 이런 말을 하는 건지 읽어내려고 했다. 그가 그런 시선을 눈치채고 엷게 웃어 보였다. "정말 몰라서 그런 겁니다. 내가 크리스티아네를 꼭 도와줘야 할 이유가 있나요? 그녀한테 빚이 있는 것도 아니고, 또 나는 잃는 게 많지 않다고 생각할 수도 있지만, 친구들한테 배신자로 낙인찍히는 게 과연 그렇게 쉽게 받아들일 수 있는 일인가요?" 마르가레테의 시선이 처음엔 놀란 듯하더니 이내 조롱조로 바뀌었다. 헤너는 그것을 알아채지 못하고 계속 진지하게 말했다. "차라리 내가 외르크에게 모든 걸 털어놓고 크리스티아네를 동생한테서 해방시키는 게 진정으로 그녀를 돕는 게 아닐까요?"

"외르크를 누나에게서 해방시키는 것이 친구한테도 좋은 길이라는 거죠?"

헤너는 그녀의 질문 속에서 비아냥거림을 읽었다. "무슨 말입니까?"

"그만해요! 당신은 지금 마음이 꼬여 있어요. 당신이 생각하는 것, 그건 어찌 됐든 크리스티아네와 외르크 두 사람의 문제예요. 당신은 지금 두 사람이 당신한테 풀 수 없는 계산 문제를 낸 것처럼 굴고 있어요."

그는 계속 걸었고, 그녀도 따라 걸었다. 그는 상처를 받지 않으려고 노력했지만, 어쩔 수 없이 상처를 받고 말았다. 둘이 서 있는 동안에도 그녀는 그의 팔을 놓지 않았다. 이제 그가 팔을 빼려고 하자 그녀가 좀 더 힘을 주며 잡았다. "안 돼요. 당신은 일단 내가 벤치까지 가는 걸 도와줘야 하고, 그다음엔 집까지 돌아가는 것도 도와줘야 해요." 그녀가 웃었다. "불평은 해도 되지만 거부는 안 돼요."

5

아침 식사 후 일제는 다시 글을 쓰려고 공책과 연필을 챙겨 들고 개울가로 향했다. 그런데 마르가레테와 헤너가 벤치에 앉아 있는 것이 멀리서 보였다. 일제는 숲을 지나 크게 우회했다. 다시 개울가에 도착했을 때 개울물은 거의 두 배로 불어 있었다. 그사이 다른 개울과 합쳐진 것 같았다. 버드나무 아래 나무둥지에 긴 사슬로 묶인 거룻배가 한 척 있었다. 일제는 배에 올라 공책을 펼쳤다.

마침내 모든 것이 끝났다. 동지들이 매수한 장례업체 직원이 얀을 도구함에서 꺼내주더니 그에게 가방을 건넸다. "담을 넘어야 할 겁니다. 문이 닫혀 있을 테니까요." 어두운 밤이었다. 얀은 비석에 걸려 비틀거리면서 담장에 도착한 뒤 담장 앞의 한 비석을 밟고 올라가 담장에 걸터앉았다. 희미한 불빛

의 거리와 길 건너편 밭들, 그리고 그 훨씬 뒤로 또 다른 거리
와 집들이 보였다. 이제 새로운 삶이 시작되었다. 그는 가방
을 아래로 던져놓고 뛰어내렸다.

일제는 아침 식사 전까지 많이 쓰지 못했다. 그러나 한 가
지 결심은 했다. 구체적인 테러의 과정이 궁금했던 그녀
는, 총을 쏘고 폭탄을 터뜨리고 사람을 죽이는 과정을 쓰
려고 하는지, 아니면 이 계획과 작별하고 다른 무언가를
찾든지 둘 중 하나를 선택해야 했다. 결국 그 과정을 쓰기
로 결정을 내렸을 때, 그 결정과 함께 단순히 쓰는 것에 그
치지 않고 상상을 더하는 것에 대한 흥미가 생겨났다. 일
제는 전율하면서 상상의 장면들을 즐기기 시작했다. 폭탄
이 터져 자동차가 화염에 휩싸여 공중으로 치솟고, 유리창
을 박살낸 총알이 희생자의 몸을 관통한 뒤 벽에 튕기고,
희생자의 목덜미에 대고 방아쇠를 당기고⋯⋯.

거리를 따라 걷던 얀은 주차된 차를 몇 대 지나가다가 낡은
흰색 도요타를 발견하자 돌로 유리창을 깬 뒤 차에 올라 차
내 전선을 합선시켜 시동을 걸고는 유유히 출발했다. 그가
사는 도시였다. 지리는 훤했다. 그는 고속도로로 진입해 차
량들의 물결 속에 들어가자 가방을 열고 안에 든 것을 확인
했다. 그들이 준비해둔 것은 독일 여권, 50마르크 지폐 다발,
장전된 권총 한 자루, 날짜와 시각, 전화번호가 적힌 쪽지였

다. 다음 날 일곱 시에 이 번호로 전화를 하라는 뜻이었다. 얀은 전화번호를 머릿속에 단단히 새겨 넣고는 쪽지를 잘게 찢어 차창 밖으로 한 조각 한 조각 날려 보냈다. 고속도로 휴게소에 도착하자 그는 주차장 가장 외진 곳에 차를 세워두고 모텔에 들어 방을 잡은 뒤 여섯 시 반에 깨워달라고 프런트에 부탁했다.

그는 자신 앞에 놓인 삶을 생각했다. 목표에 도착해서 쉴수 있을 거라는 희망을 가질 수 없는, 늘 도주 중인 삶이었다. 그런데도 그는 가볍고 자유로운 느낌이었다. 마취에서 깨지 못할 수도 있다는 공포가 앞날에 대한 불안감을 소진시켰는지, 아니면 새 삶으로 내딛는 발걸음이 예전의 공포를 흐릿하게 만들었는지는 몰라도 말이다. 어쨌든 이로써 인생의 절반이 끝났다. 그것도 과거의 낡은 인생이. 이제부터는 사리사욕 없이 오직 투쟁에만 전념할 수 있는 명료한 삶만 남았다. 그는 자유인이었다. 누구에게도 빚진 것이 없었다. 의무적으로 사랑하고 우정을 보이고 배려할 필요 없이 오직 자신의 일에만 헌신할 수 있었다. 아, 이 얼마나 행복한 삶인가! 아, 이 얼마나 자유의 환희가 넘치는 삶인가!

그는 프런트의 알람 소리에 깨어나 샤워를 한 뒤 일곱 시에 주유소 내 공중전화 부스에 들어가 쪽지에 적힌 번호로 전화를 했다. 오늘 21시 뮌헨 기차역 구내 서점에서 한 여자와 접선하라는 지령이 떨어졌다. 어깨까지 내려오는 짙은 금발에 가죽 가방을 어깨에 메고, 《프랑크푸르터 알게마이네》 신문을 손에 들고, 파란색 외투를 걸친 여자라고 했다. 얀은 아침을 먹고 나서 뮌헨으로 가는 차를 은밀히 물색했다. 마침 뮌헨 고속도로 진출로에서 그를 내려줄 수 있다는 화물차 운전자를 찾아냈다. 얀은 이른 오후에 뮌헨 시내에 도착해서 여행가방과 갈아입을 옷을 산 다음 영화관에 들렀다. 급격히 사랑에 빨려 들어갔다가 이별하는, 감상적이고 간명한 스토리의 프랑스 영화였다. 그는 영화관을 나와 가까운 공중전화 부스에서 집으로 전화를 걸었다. 그러나 아무 말도 못 하고 급히 전화를 끊고 말았다. 전화 뒤 그는 잠시나마 깊은 우울증에 빠졌다.

21시에 여자를 만났다. 여자는 그를 슈바빙의 한 아파트로 데려갔다. 작은 부엌과 샤워 공간만 있는 아무 특징 없는 밋밋한 방이었다. 화장실에서 가발을 벗고 화장을 지우고 나온 여자는 전혀 다른 사람 같았다. 솔처럼 짧은 머리에 앳된 얼굴이었다. 여자가 다음 날 해야 할 일을 설명했다. 그러고는 오븐에다 피자를 데웠다. 먹는 동안 두 사람은 아무 말도 하지 않았다. 중요한 건 오직 내일 해야 할 일이었다. 그 외 다른 걸 묻거나 이야기하는 건 금물이었다. 얀은 최고급 와인이 나왔을 때 깜짝 놀랐다. 혀끝에 와인이 감길 때는 여자에게 이것을 어떻게 구했는지 물어보려고 했지만, 술을 삼킨 뒤에는 그 말도 묻어두었다.

이어 두 사람은 침대로 가서 같이 잤다. 얀의 머릿속으로 울라와 사랑을 나눌 때의 기억이 스치고 지나갔다. 울라는 욕구가 일면 "우리 사랑해요" 하고 말했고, 절정에 다다르고 싶으면 "사랑해줘!"라는 말로 박차를 가했다. 감정이 넘치는 끈적거리는 시간이었다. 그런데 지금은 마치 차갑고 환한 불빛 속에서 완벽한 춤을 추는 것 같았다. 순수한 쾌락과 자유의 환희가 넘치는 시간이었다.

두 사람은 오랫동안 침대에 누워 있었다. 오후가 돼서야 기차를 타고 교외로 나가 자연스럽게 거리를 돌아다녔다. 겉으로는 집으로 돌아가는 길인 것처럼 보였다. 둘은 의장이 사는 빌라를 지나갔다. 모든 게 여자가 설명해준 것과 똑같았다. 정원 문과 담에는 감시카메라가 설치되어 있지 않았다. 얀은 빌라 부지 끝에서 정원으로 넘어가 덤불 속을 기어 현관문 옆 만병초 뒤에 몸을 숨기고 기다렸다. 초인종 소리가 들리고, 이어 의장이 정원 길을 따라 들어오는 것이 보였다. 운전기사가 서류 가방 두 개를 들고 뒤따랐다. 의장 부인이 문을 열고 나와 남편에게 인사했고, 곧이어 운전기사가 안으로 들어갔다가 다시 밖으로 나왔다. 얼마 뒤 다시 초인종 소리가 들렸고, 의장 부인이 재차 현관문으로 나왔다. 얀의 여자 동료가 정원 길을 따라 들어오면서 봉투를 흔들었다. 봉투 배달을 왔다는 뜻으로 보였다. 여자가 의장 부인에게 봉투를 건네는 순간 스키 마스크를 쓴 얀이 뛰어나와 의장 부인을 강제로 집 안으로 끌고 들어가더니 무릎을 꿇린 뒤 그녀의 머리에다 권총을 갖다 댔다. "허튼짓하지 마! 허튼짓하지 마!" 얀이 소리쳤다. 그러고는 계단 발치에 서 있던 의장에게도 같은 말을 반복했다. 의장은 달래듯이 두 손을 들고 아래로 누르며 말했다. "진정하세요, 제발 진정하세요!" 의장 부부는 이미 반항할 생각이 없는 듯했다. 묶는 손길에 순순히 몸을 내맡겼다. 여자는 울고, 남자는 계속 말을 하기 시작했다. 얀은 더 이상그 소리를 들을 수 없어 남자가 방금 벗어놓은 숄로 여자의입을 틀어막았다. 남자는 아내가 숨이 막혀 끼룩거리는 모습을 경악스러운 눈으로 지켜보더니 자신도 입을 닫아버렸다. 얀이 그를 계단으로 끌고 갔다. "금고는 침실에 있습니다." 남자가 말했다. 얀이 그를 침실로 끌고 들어가 의자에 앉혔다. "저 뒤에……."

남자는 어쩌면 금고가 저 그림 뒤나 가구 뒤, 혹은 옷장 안옷가지 뒤에 있고, 그것을 어떻게 열 수 있는지 말하려고 했는지 모른다. 나중에 얀은 어쨌든 그 금고를 열어보았어야 했다는 후회가 들었다. 초보자의 흥분이 부른 실수였다. 얀은남자의 뒤통수에다 총을 대고 쏘았다. 방아쇠를 당기는 순간질끈 눈을 감았다. 발사의 충격으로 몸이 떨렸다. 그는 계속방아쇠를 당기려는 욕구를 간신히 참았다. 눈을 뜨자 남자의몸이 의자 앞쪽으로 고꾸라져 있는 것이 보였다. 얀은 그 옆에 무릎을 꿇고 앉아 손으로 남자의 맥박을 확인할 용기가 나지 않았다. 피는 이미 콸콸 쏟아지기 시작했다. 얀은 남자를발로 툭 찼다. 처음에는 약하게, 그러다가 점점 강하게. 이윽고 옆으로 누워 있던 남자의 몸이 얀의 발길질로 등을 대고누운 자세로 바뀌었고 남자의 부릅뜬 눈이 천장과 얀에게로 향했다. 얀은 발길질을 멈추고 시체를 내려다보았다.

그는 여자 동료가 밑에서 부르는 소리도, 그녀가 계단을 뛰어 올라오는 소리도 듣지 못했다. 아무 소리도 귀에 들어오지 않았다. 여자가 그의 팔을 꽉 잡을 때까지도. "뭐 하는 거예요? 빨리 여길 떠야 합니다." 얀이 눈을 들어 그녀를 바라보고, 고개를 끄덕했다. "그래, 떠나야지."

일제는 마치 자신이 마취에서 깨어난 것 같은 기분이 들었다. 그녀는 얀이 마지막으로 침실을 둘러보고, 울고 있는 의장 부인을 지나갈 때 이런 생각을 하게 했다. '이건 내 첫 작업이야.' 얀은 자신의 첫 작업을 냉철하고 자랑스러운 행위로 생각하는 동시에 그 과정에서 경악의 전율을 느꼈다. 지금 일제가 자신의 작품을 내려다보면서 느끼는 것처럼.

6

아침 식사 후 크리스티아네는 그릇을 치우고 설거지를 끝
낸 뒤 손님들 방의 세숫대야를 비우고 항아리에 물을 채웠
다. 그런 다음 다시 테라스로 나가자 아무도 없었다. 부엌
일을 거든 뒤 테라스로 나가 앉아 있던 카린과 그녀의 남편
도 보이지 않았다.

  크리스티아네는 미리 세워둔 계획이 몇 가지 있었다. 가
까운 호수에서 보트를 타고, 공원으로 소풍을 가고, 테라
스에서 춤을 출 계획이었다. 그런데 지금 이렇게 혼자 테
라스에 남고 보니 자신의 계획에 누구 하나 관심이나 가질
까 싶었다. 그녀는 사람들을 다시 불러 모으는 것도 두려
웠다. 외르크는 분명 헤너에게 다시 배신의 혐의를 씌울
것이고, 그럼 헤너는 뭐라 말할까? 그가 자신의 혐의를 정
면으로 부인한다면 외르크는 거기서 무엇을 유추할까?

그녀는 문득 외르크가 감옥으로 돌아갔으면 하고 소망하는 자신을 깨달았다. 혹은 할 수만 있다면, 동생을 혼란스럽게 하는 모든 정보로부터, 동생을 잘못된 길로 유혹하는 온갖 접촉으로부터, 또 감당할 수 없는 모든 위험으로부터 동생을 안전하게 지킬 수 있는 곳으로 보내고 싶었다. 동생이 감옥에 있던 대부분의 시간은 결코 나쁘지 않았다. 물론 처음엔 안 좋았다. 교도소 측에서는 외르크의 기부터 꺾으려 들었고, 외르크는 공격적이고 반항적인 자세를 고수하며 단식으로 교도 행정 당국에 맞섰다. 하지만 어느 정도 시간이 지나자 양쪽 다 서로를 건드리지 않고 평화롭게 사는 방법을 터득했다. 당국은 당국대로, 외르크는 외르크대로. 그 뒤로 외르크는 행복하다면 행복하다고 할 수 있는 삶을 살았다. 그녀에게도 동생이 감옥에 있던 시절만큼 그녀 혼자만의 존재였던 적이 없었다.

그녀는 현관문 밖으로 나가보았다. 울리히의 벤츠와 안드레아스의 볼보가 보이지 않았다. 그 대형차 두 대만 있으면 여기 있는 손님들을 모두 태우고 소풍을 갈 수도 있었다. 그녀는 실망스럽고 걱정되면서도 다른 한편으론 안도하는 마음으로 다시 집 안으로 들어가 비치 의자를 들고 테라스로 나가 누우려고 했다. 그런데 테라스에 벌써 누군가 있었다. 동생과 도를레의 목소리였다. 크리스티아네는 비치 의자를 놓아두고 방을 살금살금 지나 열린 날개문 옆의 벽에 바짝 몸을 붙였다.

"어제는 엄청 실망해서 그렇게 못되게 굴었어요. 미안해요."

외르크는 처음엔 아무 말도 하지 않았다. 크리스티아네는 동생이 침을 삼키고 두 손을 들었다가 내려놓는 모습을 상상하고 있었다. 이어 동생이 헛기침을 했다. "당연히 내 눈에도…… 당신은 무척 매력적인 여자예요. 하지만 난 할 수가 없었어요."

"내 이름은 '당신'이 아니라 '도를레'예요." 도를레가 부드럽게 웃었다. "원래 이름은 도로테아. 그 말뜻 그대로 난 신의 선물이죠. 나를 가지세요. 감옥에서 남자들하고만 생활하다가 나왔으면 엄청…… 나도 그걸 좋아해요." 그녀가 다시 부드럽게 웃었다. "뒤로 하는 것도 좋아해요."

"난…… 난……." 외르크는 결국 자신이 누구였는지 말하지 못했다. 대신 울기만 했다. 애처로운 소리를 토해내며 울기만 했다. 어릴 때도 저렇게 울었다. 크리스티아네는 화가 치밀었다. 남동생이 울 일이 있다면 남자답게 힘차게 울어야 한다고 생각했기 때문이다. 그러나 도를레는 그러지 않았다. "그래, 울어요, 우리 아가. 실컷 울어요." 외르크가 울음을 그치지 않자 도를레는 마치 아기를 달래듯이 동요를 부르며 외르크를 달랬다. "우리 아가, 울고 싶으면 울어, 맘껏 울어. 착한 아가, 예쁜 아가, 실컷 울고 활짝 웃어봐, 우리 아가." 크리스티아네는 이 동요를 듣는 순간 너무 화가 나 당장 뛰어나가 도를레의 입을 틀어막고 싶었다. 도를레는 유명한 테러리스트와 잠을 잔 걸로 뻐길 수 없다면 이 젠 그 사람이 자기 옆에서 아이처럼 울었고 자기가 그런 그 를 위로해주었다는 말로 친구들에게 자랑을 하고 싶은 것 일까? 크리스티아네가 테라스로 나가자 두 사람의 모습이 보였다. 외르크는 눈을 감은 채 울음으로 몸을 떨면서 의자 에 뻣뻣이 앉아 있었고, 도를레는 뒤에 서서 두 팔로 그의 가슴을 안은 채 그를 얼러주고 있었다. 괴로워하는 외르크 와 그런 그를 위로하려는 도를레의 모습은 크리스티아네 가 끼어들고 싶지 않을 정도로 자연스러워 보였다.

크리스티아네는 조용히 자리를 떴다. 그녀는 복도에서 마르코를 만났다. "그렇지 않아도 찾았는데, 여기 계셨군 요." 그가 싱긋 웃었다. "이야기 좀 나누었으면 하는데."

"다른 사람들은 어디에 있는지 알아요?"

"두 부부와 안드레아스 변호사는 유적지를 둘러본다며 갔어요. 오래 걸리지는 않을 겁니다. 우리도 오래 걸리지 않을 거고요."

"지금 이야기하자는 거예요?"

"네." 마르코가 몸을 돌려 부엌으로 들어가더니 싱크대에 몸을 기댔다. "내일 각 언론사에 보낼 외르크 선생님의 성명 서를 미리 준비해뒀습니다. 선생님은 아마 망설일 겁니다."

크리스티아네는 자신이 마르코를 따라 부엌에 들어온 것부터 벌써 화가 났다. 이 젊은 사람의 요지부동한 생각 을 또 듣고 싶은 마음은 추호도 없었다. "난 동생에게 그만두라고 할 거예요. 뭐 더 할 얘기는 없죠?"

마르코는 다시 싱긋 웃었다. "장차 두 분 오누이 사이가 어떻게 변할지 궁금하네요. 누님이 동생에게 매달릴까요? 동생이 누님에게 매달릴까요?"

"당신하고는 내 동생 이야기를 나누고 싶지 않아요."

"그래요? 그럼 제가 외르크 선생님한테 누님에 대한 이야기를 먼저 드려도 될까요? 그랬다가는 저도 커피 세례를 받게 되나요?"

크리스티아네가 피곤한 듯 고개를 저었다. "날 좀 내버려둬요."

"그러겠습니다. 다만 누님도 외르크 선생님이 성명서에 동의하도록 도와주십시오. 그럼 저도 돕겠습니다. 물론 그 기자 친구라는 분이 혐의를 정면으로 부인할 경우 외르크 선생님이 과거의 일을 하나하나 되짚어보면서 결국 누님이 자신을 배반했다는 것을 알아채는 것까지 제가 막을 수는 없겠지요. 아지트를 밀고한 게 옛 친구나 동지들이 아니라면 남는 건……. 하지만 제 입으로 말하는 일은 없을 겁니다." 그가 웃었다. "커피를 쏟은 건 어리석은 짓이었어요. 어쩌면 그 친구분은 외르크 선생님의 비난에 아주 서툴게 대응해서 외르크 선생님이 그의 말을 믿지 못할 수도 있었거든요. 가끔은 진실이 거짓처럼 들리기도 하죠."

"날 좀 내버려둬."

"내일 언론에 성명서를 보내야 합니다. 만일 누님이 내일 이른 아침까지 동생을 설득하지 못한다면 부득이 제가 나설 수밖에 없습니다. 외르크 선생님을 제 쪽으로 끌어들이려면 누님이 무슨 짓을 했는지 이야기해야겠죠." 마르코가 크리스티아네를 갑자기 진지한 표정으로 바라보았다. "대체 이유가 뭐죠? 왜 밀고했죠? 동생이 잘못되는 게 걱정돼서? 감옥에서 사는 게 자유 속에서 죽는 것보다 낫다고 생각하신 건가요? 전 이해가 안 됩니다." 그가 어깨를 으쓱했다. "뭐 어찌 됐건 상관없습니다." 마르코는 싱크대에서 몸을 일으켜 부엌을 나갔다.

내가 마르코를 이 집에서 쫓아버릴 수 있을까? 나 대신 죄를 뒤집어써달라고 헤너를 설득할 수 있을까? 그게 안 된다고 해서 외르크가 헤너의 말을 믿지 못하도록 헤너를 아주 나쁜 인간으로 만들 수 있을까? 안드레아스를 이 일에 끌어들여야 할까? 기왕 이렇게 된 거, 성명서의 과격한 내용을 부드럽게 고쳐서 보내자고 할까? 아니면 그냥 도망쳐버릴까? 내가 왜 그랬는지, 왜 그래야만 했는지 동생을 납득시킬 수 있을까?

크리스티아네는 자신이 경찰에 제보한 당시의 일이 선명하게 떠올랐다. 익명이었다. 그것도 구체적인 내용이 아니라 작은 단서만 제공했다. 그것을 근거로 경찰이 스스로 아지트를 발견할 수 있도록. 그래야 자책감을 줄일 수 있을 것 같았다. 그녀는 외르크가 감옥에 안전하게 갇혔을 때 느꼈던 안도감이 다시 떠올랐다. 또한 동생이 자유롭게 돌아다닐 때 가졌던 불안감도 떠올랐다. 그것은 아무리 말려도 위험한 산행이나 행글라이더, 혹은 자동차 경주를 그만두지 않는 사람에 대한 불안이 아니었다. 그것은 공포와 아픔, 죄책감이 한데 묶인 마음속 매듭이었다. 벌써 동생을 잃었다는 아픔, 동생을 완전히 잃을 수도 있으리라는 공포, 그리고 누나로서 동생을 구한다는 명목으로 경찰에 제보했지만 동생을 감옥에 처넣는 것 외에는 별다른 수가 없었던 것에 대한 죄책감이었다. 배신과 함께 그녀의 가슴속에 무겁게 내려앉은 것이 바로 이 죄책감이었다. 그러나 외르크의 인생에 그런 죄책감이 뭐가 중요하겠는가!

뒤이어 외르크의 수감 시절이 찾아왔다. 그녀가 동생에게 온 정성을 바친 시절이었다. 그녀는 그것으로 배신의 대가를 치렀다고 생각했다. 그 정도면 충분하지 않을까? 그게 모자라서 외르크의 사랑까지 잃어야 할까? 그런데 만약 그래야 한다면 이제 그녀로서도 어쩔 수 없는 일이라는 생각이 들었다. 순간 크리스티아네는 이 세상이 멈추고 목숨이 끊어지기 전까지는 불가능하다고 여겼던 것을 스스로 가능한 일로 여기는 자신을 보면서 소스라치게 놀랐다.

7

그녀는 공원 내 전화가 터지는 지점으로 갔다. 예전에 이
곳엔 못이 있었다. 그녀는 전화를 걸 때마다 땅이 축축하
고 습기가 있어야 전화가 잘 터지는 게 아닌지 자문하곤 했
다. 그래서 예전에 못이 있던 함지박 같은 터와 개울 사이
에 물이 들고 빠지는 두 갈래 길을 뚫어 빈 못을 다시 물로
채우는 것이 그녀의 꿈이었다.

그녀는 카린에게 전화를 걸었다. 자신의 계획을 실행에
옮기겠다는 욕구는 이미 식은 지 오래였다. 그녀는 카린에
게, 기왕 나갔으니 별로 멀지 않은 호숫가의 성까지 들렀
다 오라고 했다. "서두를 건 없어. 아페리티프는 여섯 시에
준비해놓을게."

돌아오는 길에 그녀는 나무 사이로 마르가레테와 헤너
가 개울가 벤치에 앉아 있는 것을 보았다. 처음엔 가슴이

따끔하는 아픔을 느꼈지만, 이내 그조차도 체념과 이별이라는 그녀의 전반적인 감정 상태 속에 녹아들었다. 자신이 사랑한 사람들 중에 누구도 자기 곁에 남지 않을 것이고, 곁에 남을 거라고는 일과 집뿐일 것 같다는 그런 감정이었다. 직장에서 환자나 동료들과 지내는 것에는 문제가 없었다. 하지만 또한 도시의 집과 시골의 이 별장에서 누군가와 함께 살면서 즐기고 싶었다. 마르가레테와 함께, 외르크와 함께, 그리고 지난밤 이후 몇 번 떠오른 헤너와 함께.

그녀는 집을 빙 둘러 거리로 나갔다. 과거에 농업협동조합 조합장이었던 이웃 남자가 큼직한 헛간과 넓은 풀밭에 낡은 농기계를 늘어놓고, 방문객을 기다리며 울타리에 기대서 있다가 크리스티아네에게 말을 걸었다. 어떤 젊은 남자가 그녀의 집을 잘 찾아갔느냐고 물으면서, 깍듯이 인사를 하며 집을 묻기에 가르쳐줬더니 고맙다고 하면서 갔다고 덧붙였다. 크리스티아네는 이웃 남자가 자신에게 말을 걸어준 것이 기뻤다. 그녀가 여기에 산 지 벌써 3년이나 됐는데도 평소에 인사조차 하는 일이 없던 사람이었다. 전직 관료였던 그는 이곳에선 유지나 다름없어서 마을 주민들도 모두 그가 하는 대로 보고 따라 했다. 그러나 그녀가 그 젊은 남자가 기자 같아 보이지는 않았느냐고 묻자 이웃 남자는 대번에 표정이 바뀌면서 불신과 거부감을 드러냈다. 대체 그녀의 집에 무슨 취재할 것이 있느냐, 또 이번 주말에 무슨 일이 있기에 문 앞에 자동차가 그렇게 많이 주차

되어 있느냐는 것이었다. 그녀는 오랫동안 만나지 못한 옛 친구들이 이번 주말에 짬을 내어 모였다고 설명했다. 그러자 그는 은근히 위협적인 말투로, 만일 여기서 좋지 못한 일이 진행되고 있으면 기자들이 알기 전에 자신들이 먼저 기자들에게 알리겠다고 말했다.

크리스티아네는 계속 길을 걸었다. 다 쓰러져가는 목사관사, 수년 전 공사에 들어갔지만 앞으로도 몇 년 더 수리해야 할 교회, 역마차의 말을 교환하던 옛 역참, 그리고 전사 병사들을 위한 기념비가 있는 마을 광장이 차례로 나타났다. 도중에 만난 사람은 없었다. 버스 정류소 대기실을 지날 때는 플라스틱 의자에 앉아 맥주를 마시고 있던 사내아이 셋이 그녀를 말없이 노려보았다. 예기치 않은 반응에 그녀는 겁을 집어먹었다. 그렇다. 여기서 그녀는 이방인이었다. 그것이 그녀의 감정 상태에도 어울렸다.

크리스티아네는 이웃 남자가 말한 그 젊은 남자가 보이지 않을까 주위를 살피며 걸었다. 그도 지금 이 마을을 돌아다니고 있을까? 혹시 사람들에게 그녀에 대해 캐묻고 다니는 것은 아닐까? 외르크가 사면을 받았고, 그 누나가 여기 살고 있다는 것을 알아낸 것일까? 그녀는 주차된 차들의 번호판을 주의 깊게 살펴보았다. 기자라면 베를린이나 함부르크, 혹은 뮌헨에서 왔을 가능성이 컸다. 잠시 후 그녀는 이렇게 사람을 찾아다니는 자신의 모습이 하찮게 느껴져 곧 그만두었다. 체념과 이별의 감정에 젖는 것도 충분하다고 느껴졌다. 일부러 쾌활해질 수는 없었지만, 우울함 속에서 반항심도 일었다. 크리스티아네는 그들을 처치해버리고 싶었다. 기자와 마르코, 그 뻔뻔한 계집애를. 자신이 사랑하는 이들이 원치 않는 사람이라면 악마라도 불러서 데려가게 하고 싶었다.

이런 자신감 넘치는 반항심은 집으로 돌아가는 거리에 들어설 때까지 지속되었다. 거리는 길지 않았지만 황량했다. 거리 한쪽에는 허물어져가는 목사 관사와 녹슬어가는 농기계들, 크리스티아네 부지의 성치 못한 담벼락이 늘어서 있었고, 그 건너편에는 지금은 사용하지 않는 농업협동조합의 잿빛 창고와 헛간들이 있었다. 거리는 포장길이 아니었다. 바닥의 오래된 누런 먼지들이 크리스티아네가 걸음을 내디딜 때마다 회오리처럼 일어나 끌리는 옷자락인양 그녀 뒤를 따라왔다. 그녀는 뒤를 돌아보면서 마치 과거라는 외투가 자신의 어깨에서 길게 늘어뜨려진 것 같다는 생각을 했다. 다시 두려움이 찾아왔다. 외르크를 잃을지도 모른다는 두려움, 마르가레테를 잃을지도 모른다는 두려움, 자신에게는 일 외에 아무것도 남지 않을지 모른다는 두려움이었다. 덥지 않은 날씨였지만 햇살은 따가웠다. 크리스티아네는 갑자기 자신을 아프게 한 사람들을 똑같이 아프게 해주고 싶은 욕구에 사로잡혔다.

테라스에는 도를레와 마르코가 앉아 있었다. "외르크 아저씨는 방에 자러 갔어요. 나는 방금 마르코한테 외르크

아저씨가 얼마나 대단한 영웅인지 들었고요. 세상도 곧 그걸 알게 될 거래요. 아저씨가 낼 성명서를 보고요." 도를레는 이렇게 말하며 크리스티아네에게 미소를 지었다. 여자끼리만 아는 그런 미소였다. 남자들은 영웅이 아니라 어린애라는 것을, 기껏해야 다 큰 어린애라는 것을 여자들은 다 알고 있다는 뜻이었다. 이어 도를레가 마르코에게도 미소를 지었다. "근데 영웅이 왜 사면을 빌어야 하죠?"

크리스티아네는 마르코가 언론 성명서를 선전하는 것을 듣고 싶지 않았고, 도를레의 은밀한 공범자가 되고 싶은 마음도 없었지만 자리에 앉고 말았다.

"선생님은 사면해달라고 간청한 게 아니었어요. 그냥 신청한 거지. 휴가를 가거나 운전면허증을 따거나, 건축 허가를 받으려고 해도 신청서를 쓰지 않습니까? 사면이라고 해서 신청하지 말라는 법은 없죠."

"원래 사면이라는 건, 내가 이렇게 죄를 받고 있는 게 당연하지만 면제해주면 고맙겠다, 이런 뜻 아닌가요?"

"일반인들은 그렇게 볼 수도 있죠. 하지만 혁명가에게 중요한 건 밖으로 나가 계속 투쟁하는 겁니다. 당연히 밖에 나갈 기회가 있다면 잡아야겠죠. 혁명가는 감옥에서 도망쳐야 하기 때문에 트릭을 쓰고 거짓말도 합니다. 법정에서도 투쟁을 멈추지 않아요. 그렇게 1심, 2심, 3심으로 올라가고, 마지막엔 사면 신청서를 제출합니다."

"말도 안 되는 소리." 크리스티아네는 화가 치밀었다.

"외르크는 더 잘 도망치기 위해 법정에서 거짓말한 적이 없어요. 감옥에 있을 때도 도망치는 데 도움이 될 신청서는 한 장도 쓴 일이 없어요. 오히려 단식까지 하면서 그들과 맞섰어요. 그것도 여러 번이나."

마르코가 고개를 끄덕였다. "단식은 혁명적 투쟁의 일부죠. 자살도 그렇듯이. 단식과 자살 투쟁은 국가가 비록 우리 혁명가들을 가두었지만 결코 마음대로 요리할 수 없다는 것을 보여주고, 우리 혁명가들이 객체가 아니라 주체라는 것을 온 세상에 알리는 겁니다. 혁명가의 투쟁은 사리사욕이 없고, 필요하면 자신을 파괴하고 목숨까지 버릴 수 있음을 만천하에 공포하는 것이기도 하죠. 저는 혁명가가 밖으로 나가는 데만 모든 걸 걸어야 한다고 말하지는 않습니다. 감옥에서 투쟁이 가능하다면 감옥에서도 투쟁해야 합니다. 하지만 단식과 자살의 시대는 끝났어요. 이제는 밖에서 싸워야 합니다. 선생님이 신청서를 제출한 것도 그때문이고요."

"뭐 그렇다면 그렇겠죠. 어쨌든 사면 청원은 결정권이 있는 국가에 제발 잘 좀 봐달라고 말하는 거라는 생각이 드네요. 그것도 괜찮아요. 사실 외르크 아저씨가 감옥에서 썩는 게 누구한테 득이 되겠어요?" 도를레는 하품을 하며 자리에서 일어났다. "졸려서 자야겠어요. 다음 프로그램은 언제 시작해요?"

"여섯 시에 아페리티프를 준비할 거야. 그전에 도움이

필요할지 모르니까 다섯 시쯤 부엌으로 올 수 있겠어?"

도를레는 고개를 끄덕하고는 자리를 떴다. 외르크에게 가는 것일까? 크리스티아네는 그래도 상관없다고 생각했다. 어차피 도를레는 자신에게서 외르크를 빼앗아가지 않을 것이다. 위험은 앞에 앉아 있는 마르코였다.

도를레가 가자마자 마르코가 다그쳐 물었다. "이제 이해하시겠습니까? 성명서를 발표하지 않으면 모든 사람들이 도를레처럼 생각할 겁니다. 국가 권력에 무릎 꿇고, 국가 권력이 굴복시킨 테러리스트라고 말입니다. 설마 선생님이 그런 모습으로 남기를 바라지는 않겠죠? 게다가 선생님 본인이 그런 이미지로 어떻게 살겠습니까? 선생님의 전 인생이 말짱 헛것이 되는 겁니다."

"그것도 동생 일이에요. 동생이 알아서 하게 내버려둬요. 왜 당신이 자꾸 내 동생한테 압력을 가하는 거죠?" 그런데 크리스티아네는 이 말을 하는 순간에 벌써 마르코의 말을 이해할 수 있었다. 지난밤 마르코가 열심히 동생을 찬양할 때 생기 있게 변하던 동생의 얼굴이 눈앞에 생생했고, 간밤에 공원으로 산책하면서 동생이 투쟁의 유산들에 대해 이야기할 때의 그 청산유수 같던 목소리도 다시 들리는 듯했다. 동시에 그 반대 모습으로 축 늘어진 동생의 어깨와 끄는 듯한 걸음걸이, 산만한 손동작이 선연히 떠올랐다. 마르코는 자신이 굳이 압력을 가하지 않아도 성명서에 대한 외르크의 입장이 순간의 감정에 좌우될 거라는 점을 간파하고 있었다. "성명서를 읽어봐도 되겠어요?"

"물론이죠." 마르코가 상의 주머니에 손을 넣더니 두 쪽짜리 성명서를 꺼내 가지런히 펴서 건넸다. 성명서에는, 벌써 끝난 것이 아니라 이제 시작한 독일에서의 혁명적 투쟁이 적혀 있었다. 정치와 경제처럼 세계화되고, 문화적 종교적 장벽을 뛰어넘고, 새로운 형태의 조직을 찾아야 하고, 1970년대나 80년대와는 다른 수단이 강구되어야 할 그런 투쟁이었다. 성명서는 이렇게 끝나고 있었다. "현금의 체제는 거짓말로 이 혁명을 숨길 수 없다. 이 체제는 그 혁명에 의해 상처입고 무장해제당하고 제압될 수 있다. 체제의 정체를 폭로하는 선동, 체제의 상처를 드러내는 폭발, 체제를 구축하고 그 체제에 기생하는 사람들의 무방비를 보여주는 암살, 공포를 확산하고 사람들을 사고의 전환으로 이끌 물리적 타격, 이것들은 과거의 것이 아니다. 투쟁은 계속될 것이다."

그녀는 마르코의 의도를 알아차렸다. 행동을 촉구하고 대오의 선도를 제안하는 듯하면서도, 동시에 단순한 현실 분석과 진단으로도 읽힐 수 있는 텍스트를 삽입함으로써 합법적 테두리를 넘지 않으려고 했던 것이다. 이 시도가 과연 성공할까? 법적으로 아무 문제가 없을까? 크리스티아네는 마르코에게 성명서를 돌려주었다. "안드레아스는 하지 않으려고 할 테니까, 이것을 검토해줄 다른 변호사를 알아봐요. 그래서 아무 문제가 없다는 결론이 나기 전까지는 외르크가 이 성명서를 내지 못하도록 할 거예요. 절대로. 그래요, 오늘이 토요일인 거 알아요. 하지만 바로 출발하면 내일까지는 분명 다른 변호사를 찾을 수 있을 거예요."

마르코가 불신에 가득 찬 눈으로 그녀를 바라보았다. "설마 내가 간 사이에……."

"동생을 다른 데로 납치하거나 감금해서 당신이 내일 외르크를 만나지 못하도록 하면 어떡하느냐고요?" 그녀가 웃음을 터뜨렸다. "그렇게라도 할 수 있으면 좋겠네요. 아무튼 그런 일은 없을 테니까 걱정 말아요."

"선생님한테는 뭐라고……."

"동생한테는 잠시 떠났다고 말해둘게요. 당신이 외르크 이름으로 내고 싶어 하는 성명서의 법적 문제를 검토하기 위해 도시로 가서 변호사와 상담한 뒤 오늘 밤이나 내일 아침 일찍 돌아올 거라고 해두면 되겠죠. 어때요?" 크리스티아네는 일부러 다정하게 말했다. 두 사람은 이미 알고 있었다. 이번 라운드에서는 그녀가 완승을 거두었다는 것을.

마르코는 화를 참으며 고개를 끄덕이고는 자리에서 일어났다. "나중에 보도록 하죠."

8

헤너도 마르가레테와 작별을 하고 있었다. "나중에 봐요."
그전에 그는 마르가레테와 팔짱을 끼고 개울가 벤치로 가
서 함께 앉아 있다가, 개울을 한참 바라보고는 그녀를 부축
해서 정원 별채로 다시 돌아왔다. 문 앞에 이르러서야 그녀
는 그의 팔을 놓고 집으로 들어갔고, 그도 등을 돌렸다.

그런데 몇 발짝 가지 않아 그가 홱 돌아서더니 방금 닫힌
문을 열어젖혔다. "마르가레테!" 그녀가 몸을 돌렸다. 그
가 그녀를 안았다. 한순간 망설이던 그녀도 팔을 돌려 그
를 마주 안았다. 두 사람은 키스도 말도 하지 않은 채 가만
히 그렇게 서로를 안고만 있었다. 그러다 마침내 그가 웃
기 시작했다. 웃음소리는 점점 커졌다. 그녀가 그를 떼어
놓더니 무슨 일이냐는 듯이 바라보았다.

"기뻐서 그래요."

그녀가 엷게 웃었다. "좋은 일이네요."

그가 다시 그녀를 품으로 끌어당겼다. "감촉이 좋아요."

"당신도요."

"당신은 내 생애에서 내가 먼저 키스한 첫 여자예요." 그가 키스했다. 그녀는 다시 한순간 망설이더니 이내 눈을 감고 그의 키스에 화답했다.

키스가 끝나자 그녀가 물었다. "첫 여자라니요?"

"지금까지는 항상 여자들이 먼저 키스를 했어요. 그중에는 내가 키스를 원치 않은 여자도 있었고, 키스를 하고 싶어 하는지 나 자신도 확신할 수 없었던 여자도 있었고, 혹은 키스는 하고 싶지만 그렇게 빨리는 원치 않았던 여자도 있었죠." 그가 웃었다. "이중으로 기뻐요. 당신 감촉이 좋은 게 기쁘고, 내가 먼저 키스를 한 게 기뻐요. 아니, 한 가지 더. 키스가 아주 달콤해서 기뻐요."

"올라가요!" 두 사람은 계단을 올라갔다. 다락방은 큼지막했다. 굴뚝과 장롱, 침대, 그리고 맞은편 벽에 창문이 있었다. 창문은 그게 전부였다. 방은 어둡고 더웠고, 공기는 순환되지 않고 정체되어 있었다. "누워야겠어요. 당신은 침대에 앉겠어요?"

그녀는 치마와 티셔츠를 입은 채 침대에 누웠고, 그는 침대 가장자리에 걸터앉았다. 그가 가만히 그녀의 얼굴을 내려다보았다. 갈색 눈, 약간 넓은 코, 활 모양의 또렷한 입술, 그리고 갈색 머리. 머리카락 뿌리 부분에서는 회색 머리가 자라고 있었다. 그녀가 그의 손을 잡았다.

"난 화요일까지 회의 때문에 뉴욕에 있었어요. 근본주의와 테러리즘에 관한 회의였죠. 둘째 날 저녁에는 런던에서 온 여교수와 식사를 했어요. 식사 후 호텔까지 바래다주고 인사를 하고 돌아서려는데 여교수가 내 얼굴을 잡고 입에 키스를 했어요. 아마 별 의미는 없었을 거예요. 만날 때나 작별할 때 하는 일반적인 키스의 가벼운 변형같은 거죠. 그런데 내가 묵고 있는 호텔로 돌아오면서 나는 생애 처음으로 키스에 대해 많은 생각을 하게 됐어요. 당신도 혹시 그런 생각 해봤어요?"

"음……." 그는 기다렸지만 그녀의 입은 더 이상 열리지 않았다.

"부모님은 아들인 나한테 입에다 키스를 했어요. 그때마다 난 견디기 어려웠어요. 물론 두 분은 사랑의 뜻으로 그렇게 했겠죠. 방학이 끝나고 아버지 어머니가 기차역으로 나를 마중 나와 환영의 뜻으로 내 입에다 키스를 하면 나는 속으로 완전히 차갑게 굳어버렸어요. 그런 키스는 부모님과 나를 가깝게 만든 게 아니라 오히려 더 멀어지게 했어요. 게다가 몸 씻는 걸 별로 중요하게 여기지 않았던 아버지의 몸에서 냄새가 나면 나는 도리질을 쳐서라도 입맞춤에서 벗어나고 싶었어요. 그런 아버지가 지금은 안 계십니다. 오래전에 돌아가셨죠. 지금은 어머니 혼자 사세요. 몇 주에 한 번씩 찾아뵙는데, 그때마다 어머니는 환영의 뜻으

로 내 입에다 키스를 하세요. 그것도……. 근데 내가 왜 이
런 이야기를 하고 있죠? 너무 말이 많죠? 그만할까요? 계
속하라고요? 그래요, 어머니는 마치 요구하듯이, 채근하
듯이 탐욕적으로 키스를 해요. 상대방에 대해 아무것도 알
고 싶지 않은 남자에게 저돌적으로 몸을 던지는 아가씨 같
다고나 할까요?

내 부모님의 몸은……. 어렸을 때 한두 번 아버지를 따
라 수영장에 갔는데, 탈의실에서 아버지의 벗은 몸을 처
음 봤어요. 물렁물렁한 살, 흰 살갗, 냄새, 불결한 속옷. 난
너무 역겨웠어요. 양심의 가책을 느낄 정도로요. 이후로
는 아버지의 벗은 몸을 본 적이 없어요. 어머니의 몸은 봤
죠. 때로 어머니를 모시고 병원에 가면 어머니는 옷을 벗
었어요. 힘없이 축 처진 살갗과 굽은 뼈가 그대로 드러났
어요. 난 다시 역겨움을 느꼈어요. 연민도 함께. 최악의 상
황은 어머니 집에 있을 때 어머니가 더 이상 대변을 조절할
수 없을 때였어요. 그러면 침대 안이건 옷을 입은 채로건,
아니면 욕실 바닥이나 벽이건 그대로 일을 보고 말았어요.
나는 어머니가 얼마나 필사적으로 숨기려고 했는지 알지
못했어요. 부끄러워서 처음엔 아무 말도 하지 않았죠. 하
지만 곧이어 냄새가 나면 더 이상 숨길 수가 없었어요. 나
는 똥을 치우면서 다정한 말로 어머니를 위로해줄 수밖에
없었죠. 다시 모든 게 깨끗해질 때까지요. 하지만 내 마음
속에는 역겨움과 차가움, 이를 악무는 절망감밖에 없었어

요. 어릴 때 아버지와 수영장 탈의실에 갔을 때 느꼈던 양
심의 가책도 들지 않았어요. 나는 덜컥 겁이 났어요. 내 속
에서 발견한 괴물을 보고 경악한 거죠.

혹시 환자를 살해한 간호사들 이야기 알아요? 친절하
고 능력 있는 사람들이었죠. 그런데 환자에게 다정하게 대
한 건 환자를 사랑해서가 아니라 이를 악물고 참았기 때문
이에요. 그들은 원래 차가운 사람들이지요. 그래서 사랑의
힘이 아니면 견딜 수 없을 만큼 일의 스트레스가 커지자 그
들은 결국 어느 날 더 이상 참지 못하고 환자들을 차갑게
죽여버린 겁니다. 그런데 최악은 그 간호사들이 아니에요.
내 속에는······."

"당신은 어머니를 죽이지 않아요. 그냥 어머니의 오물만
치워드린 것뿐이에요." 마르가레테가 일어나 앉아 헤너의
등을 어루만졌다.

"하지만 차가운 건 나나 그들이나 똑같아요. 나는 거리
를 걷거나 광장 주변 카페에 앉아 있을 때 사람들을 잘 구
경해요. 어떻게 걷는지, 어떤 자세를 잡고 있는지, 어떤 표
정을 짓는지 유심히 살펴보죠. 그러면 가끔 그들의 자세와
표정에 깃든 수고와 삶을 용감하게 헤쳐 나가려는 결의,
걸음을 뗄 때마다 그들이 쏟는 영웅적인 노력 같은 것들이
보여요. 그것들을 보고 있으면 내 속에서 깊은 연민이 일
죠. 하지만 그건 감상이에요. 나도 그 사람들에게 아주 싸
늘한 감정을 느끼니까요. 법정과 감옥의 고통만 두렵지 않

다면 기관총으로 그들 모두를 쏘아 죽이고 싶을 만큼 차가운 감정이죠."

"이 모든 게 생애 처음으로 키스에 대해 많은 생각을 하게 되었을 때 함께 떠오른 건가요?"

"방금 말한 건 그 이후에 떠올랐어요. 여기 와서 떠오른 것도 있고요. 내가 외르크처럼 할 수 있을지 갑자기 궁금하기도 했고……." 그가 곤혹스럽게 그녀를 바라보았다. 그녀는 그의 표정에서 자신의 말이 비아냥거리는 말로 들렸을 수도 있다고 생각하는 것을 알아차렸다.

그것은 결코 그녀가 의도한 바가 아니었다. "나는 아직 키스에 대해 깊이 생각해본 적이 없어요. 하지만 깊이 생각했다 하더라도 당신과 같은 결론에 이르지는 않았을 거예요. 당신은 비약이 심해요. 대변을 치우는 것에서 갑자기 사람을 죽이는 것으로 나아가고, 선한 행동에서 나쁜 행동으로, 상상에서 현실로 너무 급작스럽게 넘어가고 있어요. 가끔 사람은 자신이 현실에서 가까이 하지 못했던 상황을 상상 속에서 경험하기도 하죠."

"당신은 어제와 오늘 친구들의 이야기를 듣던 중에 외르크가 희생자들을 어떻게 죽였는지, 혹은 당신도 사람을 죽일 수 있지 않을까 하는 의문이 안 들던가요? 나는 내가 믿음 강한 혁명 전사는 될 수 없지만, 어쩌면 차가운 머리와 차가운 심장을 가진 살인자는 될 수 있다는 것을 스스로 깨달았어요."

마르가레테는 고개를 흔들더니 헤너의 가슴에다 얼굴을 기댔다. 그러고는 그에게서 떨어져 다시 침대에 쓰러졌을 때 그도 신발을 벗고 그녀 곁에 누웠다. 그렇게 둘은 잠이 들었다.

9

다른 사람들도 자고 있었다. 외르크와 도를레는 각자 방에서, 크리스티아네는 테라스의 비치 의자에서, 일제는 거룻배 안에서. 마르코만 바쁘게 도시로 가는 중이었고, 두 부부와 안드레아스는 호숫가 옥외 카페에 앉아 고단한 머리와 사지에 달콤한 휴식을 제공하며 와인을 두 병째 시킨 뒤 해가 물 위에서 만들어내는 찬란한 빛의 향연을 감상했다. 더웠다. 집 안도 테라스도 거룻배도 호숫가도. 어쨌든 크리스티아네는 더 이상 좋지 않은 일이 일어나지 않을 거라는 기분 좋은 감정과 함께 잠들었고, 다른 사람들에게도 그런 감정이 들길 진정으로 바랐다.

일제가 잠든 것은 얀 때문이었다. 자신의 이야기 속에서 얀을 잠들게 해야 할지, 깨어 있게 해야 할지 결정을 내리지 못하다가 그만 자신이 잠들고 만 것이다. 그녀는 살인

뒤 얀의 상태를 두 가지로 상상했다. 하나는 손가락 하나 까딱할 힘이 없을 정도로 지친 얀과 다른 하나는 이상할 정도로 활기찬 얀이었다. 첫 번째 얀은 침대에 누워 다음 날 아침까지 일어나지 말아야 했고, 두 번째 얀은 잠들지 못하고 밤을 꼬박 새워야 했다. 일제는 잠에서 깨어나자 얀이 밤을 꼬박 새우는 것으로 결정했다.

하지만 그녀는 얀의 일상에 대해서는 계속 쓸 수가 없었다. 어쨌든 지금은 아니었다. 그가 자동차를 훔치고, 은행을 습격하고, 어딘가로 도주를 하고, 팔레스타인에서 교육을 받고, 동료들과 토론을 하고, 돈다발과 무기를 보관해 둔 곳을 들락거리고, 여자들을 만나고, 휴가를 떠나는 것, 이런 것은 모두 상상이 가능했고, 그래서 얼마든지 쓸 수 있었다. 하지만 그전에 조사를 해야 했다. 독일 테러리스트들에게는 차를 훔치고 은행을 습격할 때 따라야 할 일정한 규칙이 있을까? 그들을 양성하는 훈련장은 어디에 있을까? 기간은 얼마나 되고, 거기서 무엇을 배울까? 그들은 언제 정치적 전략에 대한 토론을 중지하고, 테러의 세부 사항만을 상의하게 되었을까? 그들은 어디서 휴가를 보낼까? 이것들은 모두 답을 찾을 수 있는 질문들이었다. 일제가 답할 수 없는 것은 사람을 죽이는 과정이었다. 인질을 잡아 어느 한곳에 데리고 있다가 한두 주 후 이곳저곳으로 옮기고, 먹을 것과 마실 것을 주고, 이야기를 나누고, 심지어 어떤 때는 농담을 주고받고, 그러다가 마지막에 인질을

죽인다? 어떻게 그럴 수 있을까?

첫 며칠 동안은 아무도 그와 말을 하지 않았다. 그는 팔다리
가 묶여 있었다. 도망을 못 치게 하기 위해서가 아니라 입에
붙여놓은 테이프를 떼고 소리를 지를까봐 그랬다. 벽은 얇았
다. 낮이면 그는 방 한가운데 의자에 앉아 있었고, 밤이면 바
닥에 누웠다. 화장실에서 일을 볼 때는 한 손을 풀어주었다.
음식을 먹이고 물을 마시게 할 때는 한 명이 그의 입에 붙은
테이프를 떼어내는 동안 다른 한 명은 주먹을 치켜들고 옆에
서 있었다. 만약 그가 소리를 지르려고 하면 단번에 주먹을
날려 기절시키기 위해서였다. 그들은 항상 둘 이상석 한 조가
되어 그를 감시했고, 그 앞에 있을 때면 늘 복면을 썼다.
　무슨 일을 하건 그들은 항상 빨리 하라고 재촉했다. 깰 때
도 그랬고, 화장실로 절뚝거리며 걸어갈 때도, 용변을 볼 때
도, 방으로 절뚝거리며 다시 돌아올 때도, 또 먹고 마실 때도
그랬다. 그런데 그는 그들이 아무리 빨리 씹고 삼키라고 성
화를 부려도 테이프를 뗀 틈을 이용해서 그들과 대화를 하려
고 시도했다. "나를 갖고 어떤 흥정을 하려는지 몰라도 내가
당신들을 도와주겠소." 혹은 "총리한테 편지를 쓰게 해주시
오." 혹은 "아내에게 편지를 쓰면 안 되겠소? 제발 부탁합니
다." 혹은 "다리가 너무 아파요. 다시 묶어주면 안 되겠소?"
혹은 "창문 좀 열어주시오." 이런 말에 그들은 일언 대꾸도
하지 않았다. 그는 그들이 말을 하지 않았음에도 어디에 소속

된 사람들인지 짐작했다. 그들은 그를 자신들의 선전 포스터 밑에 놓고 사진을 찍어 언론에 보냈는데, 그 포스터를 보고 그들의 정체를 알아차린 것이다.

그들은 그와 말을 하지 않았고, 그에 대한 이야기도 하지 않았다. 그러자고 미리 입을 맞춘 것은 아니었다. 게다가 가능한 한 빨리 그를 처치해버리자는 약속도 없었다. 모두들 한결같이 그를 멀리하려고만 했다. 이 집에 도착한 직후 헬무트가 그를 향해 파시스트 개자식이니, 더러운 자본가 새끼니, 돈에 환장한 후레자식이라고 욕했을 때 다른 사람들은 무척 곤혹스러워했다. 결국 마렌이 헬무트를 두 팔로 끌어안고 방 밖으로 끌어냈다.

며칠 뒤 그들은 숲 속의 한 집으로 장소를 옮겼다. 여기서도 모든 게 이전과 똑같이 흘러갔지만, 그들이 미처 예상하지 못한 상황이 발생했다. 이 집에는 부엌과 욕실 외에 큼지막한 방 하나밖에 없었던 것이다. 헬무트는 "문제될 거 없어" 하고 말하며 차에서 복면을 가져와 그의 머리에다 씌워버렸다. 그를 납치해서 차로 운반할 때 머리에 씌운 복면이었다. 그런데 이것으로 문제가 없어진 것은 아니었다. 그를 묶고 입에 테이프를 붙이고 복면을 씌워 그들과 말을 못 하게 하고 그들을 볼 수 없게 했음에도 그는 늘 그들과 함께 있었다. 그가 의자에 꼼짝 않고 앉아 있을수록 그의 존재는 점점 신경이 쓰였다. 혹시라도 그가 운동을 한답시고 다리를 뻗거나 머리와 목을 쭉 빼서 옆으로 돌리면 그와 함께 있는 것이 고통으로 변했다. 그들은 자신들의 목소리를 숨기려고 그 앞에서는 말을 하지 않았기 때문에 그 큰 방은 늘 쥐 죽은 듯이 조용했다. 들리는 것이라고는 그의 무거운 숨소리뿐이었다. 그들은 낮에는 부엌이나 집 앞으로 나가 잠시라도 그의 숨소리에서 벗어날 수 있었지만, 밤에는 꼼짝 없이 듣고 있어야 했다.

그는 음식을 씹고 삼키는 틈을 이용해서 말을 했다. "숨 쉬기가 어렵소. 코로 공기가 많이 안 들어와요." 그는 반복해서 말했지만 그들은 들은 척도 안 했다. 그러다 마침내 그가 의자에서 풀썩 쓰러지자 마렌이 복면을 벗기고 입에서 테이프를 떼어주었다. 그가 다시 숨을 쉬기 시작했다. 그런데 모두들 복면을 쓰고 있지 않은 상태였다. 마렌은 그가 정신을 차리기 전에 침착하게 그의 머리에 다시 복면을 씌웠다.

그때부터 그들은 그의 입에 테이프를 붙이지 않았고, 그 덕분에 그는 이따금 말을 할 수 있었다. 그는 그들과 정치에 대해 토론했다. 그들이 더 이상 토론을 원치 않을 때는 혼자 그들 파트까지 맡아 떠들어댔다. 자신에 대한 이야기도 했다. "당신들은 나를 천하의 악질 자본가로 생각하겠지만……" 이라는 말로 시작해서 "실은……"이라는 말로 본론에 들어갔다. 이렇게 해서 하게 된 이야기가 자신이 겪은 전쟁과 경제계에서의 성공 과정, 그리고 정계와의 인연이었다. 그런데 절대 십오 분에서 이십 분을 넘기지 않았다. 노회한 사람이었다. 그는 그들 마음속에 은밀히 씨를 뿌려두려고 했다. 그가 실은 제거해야 할 자본과 체제의 대표적 인물이 아니라 그도 평범한 한 인간에 지나지 않는다는 생각이었다. 이어 그는 아내와 자식들에 대해 이야기했다. "우리가 서로 아무리 불행했어도 난 결코 아내와 헤어질 수 없었을 거요. 그런 아내가 갑자기 죽었을 때 나는 이제 내 사랑과 행복도 모두 끝났다고 생각했소. 그런데 나중에 지금의 아내를 만나 사랑에 빠졌소. 처음에는 아내에게, 나중에는 딸아이에게 말이오. 원래는 자식을 더 가질 생각이 없었소. 그래서 아이가 태어날 때도 별로 기쁘지 않았는데 나중에…… 나를 보고 방긋 웃는 그 앙증맞은 얼굴과 포동포동한 팔다리, 하얀 실 뭉치 같은 배에 완전히 반해버렸소. 흔히 사람들은 여자에게 반한다고 하지만, 난 아기에게 반해버린 거요. 희한하지 않소?"

그의 목소리는 힘차고 명료했다. 그가 문득이 망설이듯이 숙고하듯이 말하면 얀은 속으로 쇼를 하고 있다고 생각했다. 심지어 그의 육중한 체구가 의자에서 풀썩 무너지거나, 살집이 많은 넓적한 얼굴이 일그러지면서 금방이라도 울 것 같은 표정을 짓는 것도 연기라 여겼다. 이 남자는 지금 자신이 가진 모든 수단으로 우리와 싸우고 있어! 나중에 자유의 몸이 되면 책이나 인터뷰에서 자신이 얼마나 멋진 연기로 우리를 속였는지 밝힐까? 아니면 그게 우리를 속이기 위한 연기였음에도 자신의 약한 모습을 드러내는 것이 마뜩찮아 누구에게도 발설하지 않으려고 할까?

물론 이것은 그가 자유의 몸이 된 뒤의 이야기다. 그게 실현될지는 아무도 알 수 없었다. 그들은 최후통첩의 기한을 한 차례 연기해주면서 포스터 밑에 그날 발행된 신문을 들게 하고 그의 사진을 찍어 저쪽에 넘겼다. 만일 동지들이 석방되지 않으며 그들은 그를 죽일 수밖에 없었다. 아무 대가도 없이 그를 풀어준다면 앞으로 그들의 도전을 누가 진지하게 생각하겠는가?

최후통첩까지 마지막 며칠 동안은 비가 내렸다. 춥지는 않았다. 그들은 집 앞 처마 밑에 앉아 빗줄기를 바라보았다. 초원의 나무들 군데군데에 안개 조각이 걸쳐 있었고, 그 뒤로 숲과 산은 짙은 구름에 가려 보이지 않았다. 문이 닫혀 있는데도 그의 말소리가 밖에까지 들렸다. 마찬가지로 그도 그들의 트랜지스터라디오에서 나오는 정시 뉴스를 듣고 있었다. 그들은 누가 그에게 총을 쏠지 추첨을 할 때는 소리를 죽여 말했다. 그가 들어서 좋을 것이 없었기 때문이다.

얀은 책을 읽으려고 했다. 그러나 읽고 있는 내용과 지금 그가 살아가는 모습 사이에서 연결고리를 찾기 어려웠다. 소설 속의 삶은 너무 낯설고 그릇되어 그런 삶으로는 할 수 있는 것이 없었다. 역사나 정치, 사회에 관한 책도 마찬가지였다. 학업을 포기하고 투쟁을 선택했던 그였지만, 책을 읽어내지 못하는 자신의 모습에서 작은 아픔을 느꼈다. 그는 속으로 이렇게 말하고 있었다. 이건 이별의 아픔일 뿐이야. 그것도 마지막 남은 아픔들 중 하나일 뿐이야. 다른 아픔들은 벌써 극복했어.

최후통첩 한 시간 전에 그가 말했다. "약속 시간이 지나면 나를 빨리 처리해도 되오. 대신 지금은 아내에게 편지를 쓰게 해주면 안 되겠소?" 헬무트가 비아냥거리는 어투로 그의 말을 따라 했다. "아내에게 편지를 쓰게 해주면 안 되겠소?" 마렌은 어깨를 으쓱했다. 얀이 일어나 종이와 펜을 가져오더니 그의 복면을 벗겨주고 손도 풀어주었다. 그러고는 그가 글을 쓰는 것을 가만히 지켜보았다.

"사랑하는 여보, 우리는 알고 있었소. 내가 당신보다 먼저 죽을 거라는 걸. 그렇지만 이렇게 일찍 당신 곁을 떠날 줄은 몰랐소. 미안하오. 나는 많은 선물을 받고 떠나오. 깊이 생각할 시간이 많았던 지난 며칠 동안 내 마음은 오직 우리가 함께 보낸 추억들로 가득 차 있었소. 물론 앞으로도 더 많은 시간을 당신과 함께하고 싶었고, 우리의 딸이 어떤 모습으로 자랄지 정말 너무……."

그는 천천히 썼다. 글씨가 어린아이가 쓴 것처럼 서툴렀다. 얀은 오랜 세월 직접 글을 쓰지 않고, 할 말이 있으면 항상 부하 직원들에게 받아 적게 해서 그런 거라고 생각했다. 그는 자신의 말을 받아 적게 하고, 냉혹하게 명령하고, 은밀하게 조종하고, 많은 사람들을 착취했다. 그런 그에게도 집에 가면 젊은 아내와 어린 딸, 순한 개가 있다. 그가 밖에서 온갖 사악한 짓을 저지르고 퇴근하면 개가 반갑다고 뛰어오르고, 딸은 "아빠, 아빠" 하고 소리치고, 아내는 그를 안으며 "피곤해 보여요. 무슨 안 좋은 일 있어요?" 하고 말한다. 얀은 허리띠에서 권총을 빼 안전장치를 푼 뒤 방아쇠를 당겼다.

일제는 보트에서 일어나 뭍으로 뛰어내렸다. 그래, 얀은 더 이상 사람을 죽이는 게 어렵지 않았을 것이다. 사실 첫 살인은 어려웠다. 극도로 흥분한 상태에서 쉽게 해치운 것처럼 보여도 실상은 그렇지 않았다. 얀은 첫 살인을 저지름으로써 사람끼리 서로 죽여서는 안 된다는 사회계약을 파기했다. 그렇다면 앞으로 무엇이 그를 말릴 수 있을까?

10

집에 도착해서 카린이 차에서 내렸을 때 한 젊은 남자가 다가오더니 말을 걸었다. "주교님?"

카린은 다정한 눈길로 그를 찬찬히 살펴보았다. 다가오는 사람을 그렇게 살펴보는 것은 목사 시절 때부터 배운 것이었다. 남자는 큰 키에 얼굴이 맑고, 눈빛이 솔직해 보였다. 베이지색 바지와 하늘색 셔츠를 입고 짙은 푸른색 재킷을 팔에 걸치고 있었는데, 교육을 잘 받고 자란 쾌활한 젊은이라는 인상을 받았다. "네?"

"청이 하나 있어 이렇게 실례를 무릅쓰고 찾아왔습니다. 이 집과 공원을 둘러보고 싶은데 집주인분께 말씀을 좀 드려줄 수 없을까 해서요. 주교님께서는 이 집의 손님으로 오신 게 맞죠? 저는 이 지방 영주들의 소규모 저택에 관한 논문을 쓰고 있습니다. 그런데 오늘 여기 와서 뜻밖에 이 집을 보게 되었습니다. 주중에는 고문서 보관소에서 열심히 자료를 찾고, 주말에는 이곳저곳을 돌아다니면서 제가 책에서 본 것들을 눈으로 확인하는 작업을 합니다. 그러다 보면 책에서는 봤지만 현실에는 더 이상 남아 있지 않은 경우도 있고 이번처럼 정반대의 경우를 만나기도 합니다. 이 저택은 기록에 없었거든요."

"내가 집주인한테 소개해드리죠."

"그래 주신다면 정말 감사합니다. 주교님은 저를 기억하지 못하실 겁니다. 19년 전에 성 마테우스 교회에서 제 친구에게 견진성사를 해주셨는데, 프랑크 토르스텐이라는 친구요. 저도 그 자리에 같이 있었어요. 교회를 나갈 때 주교님이 제 손도 잡아주셨는데."

"미안하지만 기억이 안 나네요. 당신도, 당신의 친구도. 예술사를 공부하나요?" 카린이 이렇게 말하며 집 쪽으로 걸음을 옮기자 그도 옆에 따라붙었다.

"공부가 거의 끝나가는 중입니다. 아, 죄송합니다. 아직 제 소개도 안 드렸네요. 게르트 슈바르츠라고 합니다."

크리스티아네는 울리히의 딸과 함께 부엌에 있었다. 처음엔 카린과 함께 온 남자에 대해 미심쩍은 시선을 거두지 못하던 크리스티아네도 곧 안도했다. 마을을 돌아다닌다는 이방인이 바로 이 남자임을 알아차렸기 때문이다. 그녀는 카린에게 오븐 속의 고기가 얼마나 익었는지 일러준 뒤 게르트 슈바르츠를 집 구석구석으로 안내했다. 슈바르츠는 걸어가면서 말했다. 이 건물을 누가 지었는지 알고 있느냐? 자신이 보기엔 1860년대나 70년대 카를 마그누스 바우어펜트의 영주 저택이 떠오른다. 넓은 현관 복도, 당시에는 일반적이던 석조 계단 대신 나무로 만든 2층 계단, 그리고 살롱을 통해서만 갈 수 있는, 지금은 없어진 구석방 두 개, 이 모든 것이 바우어펜트 특유의 건축 양식과 일치한다는 것이다. 그러면서 살롱 천장과 구석에 하얀 회칠을 벗기고 그 밑에 그림이 그려져 있는지 확인했느냐고 물었다. 바우어펜트는 살롱에서 테라스와 공원으로 바로 나갈 수 있게 문을 만들었는데, 그 살롱의 천장에는 푸른 하늘과 탐스러운 구름을, 구석에는 초록색 덩굴 그림을 그리게 했다는 것이다. 게르트 슈바르츠는 혼자만 말하지 않고 남의 말도 잘 들어주었다. 담벼락에 생긴 곰팡이 문제, 건물 나무 속의 벌레 문제, 지붕과 도관 문제, 정부 지원금 및 지원 조건에 대한 크리스티아네의 이런저런 고민거리를 공감의 표정으로 들어주었다. 공원에서 그녀는 함지박같이 생긴 터를 가리켰다. 그녀가 개울물로 다시 채우고 싶어 하는 과거의 못이었다. "예전에 못이 있을 때는 중간에 작은 섬도 하나 있었군요." 그가 못 한군데에 약간 불룩하게 솟은 지점을 가리켰다. 거기엔 벤치를 받쳤을 납작한 바위도 두 개 있었다. 슈바르츠는 퍽 유쾌하고 겸손했을 뿐 아니라 단시간에 사람을 사로잡는 재주가 있었다. 크리스티아네도 곧 그에게 친근감을 느꼈고, 그래서 혼자 이곳을 더 둘러보라고 하며 자신은 부엌으로 돌아갔다.

슈바르츠가 혼자 있는 시간은 길지 않았다. 크리스티아네에게서 낯선 청년에 대한 이야기를 전해 들은 안드레아스가 곧 그를 찾아낸 것이다. 안드레아스는 겸손하고 예의바른 청년인 것 같다는 크리스티아네의 평가를 별로 믿지 않는 듯했다. "혹시 핸드폰 있으면 좀 볼 수 있겠소?" 슈바르츠가 다소 어이없는 표정으로 핸드폰을 건네자 안드레아스는 즉시 그것을 자기 주머니에 넣어버렸다. "당신이 갈 때 돌려주겠소. 여기서 전화하는 걸 원치 않아서."

슈바르츠가 비꼬듯이 물었다. "혹시 전자파 때문에 그러신가요?"

안드레아스는 덤덤한 표정으로 어깨와 팔만 으쓱하고는 그 뒤로 줄곧 슈바르츠를 따라다녔다. 둘이 공원을 가로질러 집으로 돌아왔을 때 살롱에서 테라스로 나오던 외르크가 걸음을 멈추고 오후의 태양빛 속에서 눈을 끔벅거렸다. 누가 봐도 지난 몇 주 동안 모든 신문 방송에 공개된 외르크의 모습 바로 그것이었다. 그런데 슈바르츠는 그런 외르크를 알아보지 못한 듯했다. 놀라는 기색도 없었고, 호기심도 드러내지 않았다. 안드레아스의 눈에는 그게 오히려 더 수상쩍었다. 하지만 그런 의심은 크리스티아네에 의해 무참히 짓밟혔다. "괜찮으면 좀 더 있다 가요!" 슈바르츠도 기꺼이 초대에 응했다.

안드레아스는 이 새 손님이 몰래 숨어든 불청객이라면

고소의 위협으로도 침묵을 강요할 수 없다는 것을 알고 있었다. 그렇다면 방법은 하나였다. 이 친구의 입에서 실수로라도 의심스러운 말이 나오게 되면 그가 우리에게 어떤 해를 입히지 않을 거라는 확신이 들 때까지 이곳에 붙잡아 두는 것이었다.

"구경 잘 하고 왔어요?" 크리스티아네가 두 부부와 안드레아스에게 물었다. 잉게보르크가 수도원 유적지를 둘러본 이야기와 꽤 인상적으로 들은 음악회 시연에 대해 이야기했다. "그다음 우리는 호숫가 카페에서 술에 취해 달콤한 노곤함을 즐겼어요. 세 사람이 싸우기 전까지요. 세 사람은 좌파 프로젝트를 두고 열을 냈죠. 요즈음 누가 그런 문제에 관심이나 있다고."

"그건 아니지, 여보." 울리히가 인내심을 발휘하며 말했다. "요즘 사람들이 그런 문제에 관심이 없다는 건 우리도 잘 알아. 우리가 싸운 건 좌파 프로젝트의 결과에 대해서였어." 그가 안드레아스에게 고개를 돌렸다. "당신과 나, 우리 둘 사이에는 일치하는 부분이 있는 것 같은데. 동구권에서는 인간을 어린아이처럼 취급하고, 서구에서는 테러리즘을 조장한 것, 이 두 가지가 좌파 프로젝트의 결과 아니겠소? 카린 네가 말한 건…… 그러니까 그 이후 페미니즘과 환경 운동이 아무리 발전했다 하더라도 우리가 쓰레기를 분리해서 버리고 기민당 출신의 여성을 총리로 뽑은 게 좌파 프로젝트와 관련이 있다고는 볼 수 없지."

울리히가 말을 끝마칠 때까지 참고 있던 외르크가 마침내 입을 열었다. "또 내가 타깃인가? 이제는 좌파 프로젝트까지 내가 망쳤다? 그 프로젝트에서 자네는 덴탈랩에서 일하고, 안드레아스는 변호사로 일하기로 되어 있었나? 정말 독선적이다 못해……." 외르크는 욕이 튀어나오려는 것을 간신히 참았다. "좌파 프로젝트가 의도한 것은 무엇보다 인간이 국가 폭력에 저항할 수 있고, 국가 폭력에 꺾이는 대신 그 폭력을 꺾을 수 있다는 것을 보여주는 것이었네. 우린 그것을 보여주었어. 단식으로, 자살로, 그리고……."

"……살인으로. 하지만 이제 국가 폭력 운운하는 건 낡은 사고야. 그럴 가치가 없어. 그건 세금을 내지 않는 글로벌 기업을 보면 알 수 있지. 그런 기업들은 세금을 내야 할 곳에서는 적자로 처리하고, 세금을 내지 않아도 되는 곳에서만 이익을 내서 세금을 빼돌려. 그런 식으로 손쉽게 국가의 힘을 무력화시키는데 국가 폭력 운운할 수 있겠나? 그러는 데는 살인이나 테러리스트가 더 이상 필요없어."

게르트 슈바르츠는 흥미로운 표정으로 귀를 기울이고 있었다. 처음에는 외르크를 바로 알아보지 못했더라도 이제는 자신이 누구와 함께 있는지 알아차리지 않았을까? 아니면 외르크의 사면과 관련한 세간의 떠들썩한 소식에 대해서는 전혀 아는 것이 없을까? 안드레아스는 만일 이 새 손님이 그사이 외르크를 알아보았더라도 그 사실을 갑자기 내색할 수는 없을 거라는 생각이 들었다. 그렇다면 공연히 사람을 의심한 것일까? 정말 세상 돌아가는 일에는 관심이 없는 순박한 예술사학도일까?

크리스티아네는 초조한 표정으로 좌중을 둘러보았다. 외르크가 곧 헤너에게 다시 물을 것 같았기 때문이다. 그때 자신을 밀고해놓고 이제 와서 출소를 축하하러 온 기분이 어떠냐고. 예상대로였다. "헤너 자네는 내 질문에 아직 대답하지 않은 것 같은데. 당시 나를 감옥에 보내놓고 지금 내가 감옥에서 나온 것을 축하하러 온 기분이 어떤가?"

헤너는 마르가레테 옆에 서 있었다. 둘은 팔짱은 끼지 않았지만 바짝 붙어 서 있었다. 헤너가 숨을 깊이 들이쉬었다. "그래, 대답하지. 난 자네가 그 오두막을 은신처나 창고로 사용할 거라고 생각했네. 그래서 오두막으로 가서 편지를 한 장 놓아두고 오려고 했지. 아마 그때 경찰이 나를 미행한 것 같아. 나는 당연히 그 사실을 눈치채지 못했고. 그 편지는 보지 못했나?"

"자네가 나한테 편지를 썼다고?" 외르크의 얼굴이 혼란스러워졌다. "편지는 못 봤어. 아니, 그럴 수가 없었지. 짭새들이 바로 덮쳤으니까. 선고 때나 면회 때 나한테 편지 이야기를 했었나?"

"그건 잘 모르겠네. 그때 일로는 자네가 날 욕한 것밖에 기억나지 않아. 더러운 밀정 새끼라고 그랬던가? 그 말은 지금도 잊히지 않지. '밀정'이라는 말을 들었을 때 무척 당혹스러웠거든. 왜 그런 욕을 먹어야 하는지 이유도 알 수 없었고."

"그때는 나를 밀고한 배신자와 말을 섞을 기분이 아니었어. 그런데 자네가 배신자가 아니라는⋯⋯." 외르크가 고개를 저었다.

"실망한 목소리처럼 들리는군. 자네를 배신한 사람이 오랜 친구였으면 좋았다는 건가?"

"그런 뜻이 아니라⋯⋯ 물론 그러지 않는 게 좋겠지. 그때는 그 일로⋯⋯ 무척 힘들어했어. 근데 경찰이 왜 자네를 감시하고 미행했을까? 특별히 그럴 이유가 없었을 것 같은데. 당시 우리가 마지막으로 본 게 언제였지? 내가 잠적하기 전이었지 아마. 내 생각으로 자네는 쓸 만한 접선 책이 아니었어. 그런데도 경찰이 자네를⋯⋯." 외르크는 실망한 것이 아니라 아직도 의심을 풀지 못하고 있었다.

"경찰에 대해 제대로 판단 내리는 건 자네들의 강점이 아니었던 것 같은데. 어쨌든 내가 아니라면 자네들 중 누군가가 아지트에 뭔가를 갖다 두거나 가지러 가는 길에 경찰한테 뒤를 밟혀 아지트가 노출되었을 수도 있지 않겠나? 자, 이제 술이나 한잔하세."

"잠깐, 잠깐!" 울리히가 손을 들었다. "내가 이날의 축제를 위해 샴페인을 좀 가져왔지. 여긴 전기가 안 들어온다고 해서 개울에 담가났는데, 금방 갔다 오지."

크리스티아네는 부엌에서 유리잔을, 도를레는 올리브와

치즈를 가져왔다. 안드레아스와 슈바르츠가 의자를 원형으로 배치하는 사이 일제는 데이지꽃을 열두 송이 꺾었다. 한 사람 앞에 한 송이씩이었다.

외르크가 마르가레테와 함께 한쪽으로 비켜서 있던 헤너에게 가서 물었다. "편지에는 뭘 썼나?"

"자네 전 부인이 자살했다는 얘기. 자네도 알아야 한다는 생각이 들어서."

"뭐?" 외르크는 믿기지 않는 듯했다. 헤너가 정확히 예측한 반응이었다. 에바 마리아는 외르크가 체포되기 직전에 자살했다. 외르크는 그 사실을 재차 확인한 뒤 또다시 믿을 수 없다는 표정을 지으며 옆으로 걸음을 옮겼다.

마르가레테가 헤너에게 말했다. "좋은 목적이긴 하지만 정말 거짓말을 잘하네요. 소름이 끼칠 정도로. 설마 다른 목적으로도 거짓말을 잘하는 건 아니겠죠?"

헤너가 슬픈 얼굴로 마르가레테를 바라보았다. "그때 실제로 오두막에다 편지를 두고 올까 하는 생각을 했기 때문에 그런 거짓말이 쉽게 나올 수 있었죠. 마리아가 외르크 때문에 자살했는지는 모르겠어요. 다만 마리아의 부모님은 그렇게 생각하셨죠. 처음부터 외르크를 반대하신 분들이니까. 어쨌든 외르크가 테러리스트가 되지 않았다면 마리아의 삶은 한결 행복했을 겁니다."

"결국 편지는 갖다 놓지 않은 거죠?"

"그랬죠. 별 소용이 없을 것 같아서. 물론 당시에는 그걸

190

알 수 없었지만, 그냥 그런 생각이 들었어요." 헤너는 이렇게 말해놓고 나서 마르가레테가 무슨 말을 하지 않을까 잠시 기다렸다. 그러나 그녀는 미심쩍어하면서도 용서한다는 듯이 그를 바라보기만 했다. "당신 생각이 맞아요. 나한테 그건 별로 중요한 문제가 아니었어요. 지금 생각하면 그래요. 그때 그게 나한테 중요한 문제였더라면 어땠을까, 내가 실제로 편지를 써서 오두막에 갖다 놓았더라면 좋지 않았을까 하고 말이에요."

11

크리스티아네는 이제 걱정을 떨치고 샴페인의 맛을 음미했고, 친구들과 함께 있는 것을 즐겼으며, 다시 예전의 애정 어린 눈길로 동생을 바라볼 수 있게 되었다. 아페리티프 타임이 끝나자 저녁 식사가 나왔다. 어제 저녁보다 한결 거창하고 맛있는 식사였다. 고풍스러운 식기와 포크 세트, 은촛대가 놓인 새하얀 식탁보 위에 네 가지 코스 요리가 나왔는데, 주요리는 라이니쉬 자우어브라텐*이었다. 외르크가 가장 좋아하는 음식이었다.

외르크는 감옥 주방에서 일한 시절을 이야기했다. "주방장은 3성급 레스토랑에서 일한 요리사였어. 그 친구 말이 그랬고, 우리도 그렇게 믿었지. 그런데 어느 날 그 친구

---

*고기를 식초와 포도주, 월계수 잎, 후추 씨, 겨자로 버무려 며칠 절여놓았다가 프라이팬에 살짝 익힌 뒤 오븐에 구워 먹는 요리.

가 밤늦게까지 일하는 것에 신물이 난다면서 앞으로는 정규 시간에만 일을 하겠다는 거야. 그러더니 컴퓨터에서 요리 레시피를 몇십 가지 뽑아놓고는 각 요리 옆에 칼로리와 비타민, 미네랄 함유량을 적더군. 그게 바로 일주일치 식단이었지. 근데 그 레시피라는 게 영양은 풍부할지 모르지만 아주 단순한 요리였어. 예를 들면 카프 소스를 얹은 쾨니히스베르크 클로프젠이나, 자우어크라우트를 곁들인 뉘른베르크 소시지 구이 같은 거였지. 그렇게 얼마가 지나자 불만이 터져 나오기 시작했어. 매주 똑같은 것만 먹는다는 거지. 그랬더니 어느 날엔가는 특식을 만들어주겠다며 식단에 없는 음식이 나왔어. 근데 이번에는 정말 항의와 불평이 빗발치듯이 쏟아졌어. 어떻게 그런 음식을 내놓을 수 있느냐는 거였지. 3성급 레스토랑 주방장이라는 그 친구도 그런 불만을 알고 있었을 테지만, 계속 꿋꿋하게 특식을 내놓았어. 덕분에 희한한 맛이 나는 타이 요리나 모로코 요리를 감옥에서 맛보게 됐지."

카린이 외르크의 이야기에 관심을 보였다. "나도 수인들이랑 크게 다르지 않아. 직업상 어쩔 수 없이 고급 요리가 차려진 식사 자리에 초대받거나 약속이 있어 가게 되는데, 난 그런 자리가 끔찍해. 나는 그냥 감자튀김에다 카레 양념 소시지만 들고 책상에 앉아 신문을 보면서 먹는 게 제일 좋아. 그것도 날마다 그렇게 먹을 자신이 있는데, 그럴 수가 없지. 매일 일이 있어서 여기저기 끌려가 식사를 해야 하거든. 음식은 단순할수록 건강에 좋다고 생각해. 감옥에선 식사하는 게 그날의 클라이맥스 아닌가?"

"맞아. 하지만 클라이맥스가 흥분 상태를 가리키는 건 아냐. 어떻게 보면 그 안에서 애타는 심정으로 떠올리는 모든 것에 대한 그리움이지. 예를 들면 바깥 세계의 일상, 부모의 집이건 조부모의 집이건 아직 온 세상이 아무 이상 없이 느껴지던 어린 시절, 좋은 기억으로 남아 있는 여자에 대한 그리움 같은 것들. 거기서 항상 빠지지 않고 등장하는 것이 음식이야. 감옥에서 읽는 책들도 그와 비슷해. 한번은 교도소 도서관에서⋯⋯."

일제는 외르크를 바라보면서 얀을 생각했다. 외르크는 지금 얼마나 행복한가! 일상적인 대화를 나눌 수 있고, 무언가 말할 게 있고, 자신의 경험과 관찰에 사람들이 관심을 보여주고, 때론 상대방보다 더 많은 것을 알고, 이런 것들이 그를 기분 좋게 해주는 것이 분명했다. 일상에 대한 그리움은 감옥에 가서야 생겼을까? 아니면 불법적 활동을 하던 시절에도 언제든 깨어날 준비를 하고 수면 아래 잠들어 있었을까? 얀도 그런 그리움이 있을까?

크리스티아네도 외르크의 바뀐 모습에 놀라고 있었다. 의심하는 태도도, 어떻게 말하고 행동해야 할지 몰라 조심하는 기색도, 주변 사람들에게 나타내던 거리감도 없었다. 이제야 제대로 남들과 대화를 했다. 그 이전에 혁명과 살인, 후회에 대한 동생의 이상한 발언들은 외부로부터의 공격에 대한 서툰 반응일 뿐이었을까? 그렇다면 동생에게 강연과 인터뷰를 시키고 시사 토론에 내보낼 계획을 재고해야 하지 않을까? 그런 활동은 다시 공격을 불러올 것이기 때문이다. 같은 이유로 언론 성명서를 내는 것도 잘못이 아닐까? 아무리 마르코가 성명서에 합법적인 안전장치를 갖추어 오더라도 말이다.

호랑이도 제 말 하면 온다더니 때맞춰 마르코가 나타났다. 크리스티아네는 그의 표정에서 갔던 일이 성공했음을 알아차렸다. 변호사를 만나 성명서에 이상이 없다는 것을 확인한 것이다. 마르코는 이 성공과 자신의 프로젝트, 무엇보다 자기 자신에게 감격했는지 외르크와 단둘이 있을 때까지 기다리지 못하고, 다른 사람들의 말을 중단시킨 채 곧장 외르크 이름으로 내일 언론에 발표하게 될 성명서를 낭독하겠다고 했다.

"그건 이미 끝난 얘기 아닌가?" 안드레아스가 차갑게 받아쳤다. "성명서 따위는 내지 않아."

"다른 변호사를 만나 외르크 선생님한테는 위험이 없을 거라는 확답을 받았습니다."

"외르크의 변호사는 아직 나야."

"성명서를 내는 건 변호사가 결정할 문제가 아니죠. 그건 선생님이 직접 결정하실 겁니다."

외르크는 이런 문제로 다투는 것이 싫었고, 그에게 집중된 남들의 시선도 괴로웠다. 그가 마침내 손을 흔들며 말문을 열었다. "그 문제는 다시 한 번 생각해봐야겠어."

"다시 생각해본다고요?" 마르코가 격분했다. "선생님을 믿고 지금껏 기다려온 사람들에 대한 책임은 어쩌고요? 우리를 벌써 다 잊었습니까? 정녕 저들에게 굴복당하고 무릎 꿇은 모습으로 세상 앞에 서고 싶으신 겁니까?"

"내 책임에 대해 가르침 따위는 필요 없네. 자네뿐 아니라 누구한테서도." 그런데 외르크는 이것으로 불쾌한 논쟁이 마무리되었는지 확신하지 못하겠다는 듯 크리스티아네에게로 눈을 돌렸다. 마치 누나가 이 논쟁을 완전히 끝내줄 수 있기라도 한 것처럼.

"선생님은 왜 그렇게 누님한테만 매달리시죠? 선생님과 함께 투쟁하려고 하는 사람들을 믿고 따라주세요. 선생님을 배신한 사람들이 아니라 선생님을 필요로 하는 사람들을요. 선생님은……."

"그만. 됐어요. 당신은 크리스티아네의 손님이고, 이 집에 손님으로 온 사람을 집주인도 가만있는데 내가 쫓아버릴 수 없어 참고 있었지만, 이건 좀 지나치군. 사과를 하든지, 아님 여길 떠나요."

"그만해, 헤너. 내가 혁명을 배신했을 거라고 마르코가 생각하는 건 우리 사이에선 벌써 지난 이야기잖아."

"뭐?" 외르크의 얼굴과 목소리가 다시 불신과 거부감으로 가득 찼다. "누나가 혁명을 배신했다고?"

"혁명, 혁명!" 마르코가 손을 흔들었다. "누님은 선생님을 배신했습니다. 짭새들이 숲 속 오두막에서 잠복할 수 있도록 제보한 사람이 선생님의 누님이었다고요!"

"그 얘긴 벌써 끝났어. 외르크를 배신한 사람은 없어. 당시 내가 편지를 놓아두려고 오두막에 갔을 때 경찰이 나를 미행한 게 분명해."

마르코는 화가 치밀었다. "과연 그래서 크리스티아네가 당신 바지에 커피를 쏟았을까요? 당신이 외르크 선생님을 배신하지 않았다고 말하는 게 두려웠던 거겠죠. 외르크 선생님이 당신 말을 근거로 하나둘 따져 들어가, 당신이 범인이 아니라면 자신을 배신할 사람이 누나밖에 없다는 것을 밝혀내는 게 무서웠던 거죠. 물론 나는 그 행동이 선의였다는 걸 이해할 수 있습니다. 하지만 외르크 선생님은 그렇게 이해할 수 있을까요? 저분들은 모두 선생님께 선의를 갖고 있지만, 한편으로는 선생님을 자잘한 인간으로 만들고 있습니다. 선생님의 위대한 점을 배신하는 사람들입니다. 만일 선생님이 저분들 말대로 따르게 되면 지금까지 선생님의 삶은 하찮은 인생으로 변하고, 선생님 역시 아무것도 아닌 인간으로 전락하고 말 겁니다."

외르크는 혼란스러운 표정으로 마르코와 헤너, 크리스티아네를 차례로 바라보았다. 이날 저녁 외르크 옆에 앉아 있던 카린이 그의 어깨에 한 손을 올리며 말했다. "혼란스러워하지 마. 마르코는 언론 성명서 때문에 저러는 거야. 어떤 수단을 써서라도 네 동의를 얻어내려는 거지. 다시 한 번 생각해보는 건 당연히 네 권리야. 어차피 언론 성명서는 내일 나갈 테니까. 설마 외르크의 동의 없이 오늘 벌써 성명서를 보낸 건 아니겠죠?" 카린이 마르코에게 엄한 눈길을 던졌다. 마르코는 얼굴이 빨개지며 말을 더듬었지만 그런 짓은 절대 하지 않았다고 단언했다. "그렇담 당신 얼굴이 빨개진 것이 단순히 내 엄한 눈빛 때문이었다고 믿겠습니다."

12

카린의 말이 이어졌다. "그러니까 당신 말은, 외르크가 원래 스스로 원했던 사람이 되지 못한다면 아무것도 아닌 인간이 되고 만다는 겁니까? 자신의 소망을 이루지 못한 사람은 모두 하찮은 인간이라는 뜻인가요? 소망을 이룬 사람은 많지 않아요. 하물며 자신이 꿈꾼 대로 되는 인생이 있을까요? 난 그런 사람을 한 명도 못 봤어요."

"카린 당신은 뭐가 되고 싶었소? 거긴 교황 같은 건 없으니까 주교가 최고이겠군. 그럼 꿈을 이룬 것 아니오?" 안드레아스 입에서 자기도 모르게 튀어나온 말이었다. 카린이 자신을 자극했기 때문이다.

에버하르트가 웃었다. "가끔 자신이 꿈꾸지 않았던 것이 품에 저절로 떨어지는 경우도 있습니다만, 그렇다고 해서 대부분의 꿈이 이루어지지 않는다는 사실이 바뀌지는 않지요. 여기선 내가 제일 연장자인 것 같은데, 나도 자신의 인생에서 꿈을 실현하는 사람을 본 적이 없습니다. 그렇다고 그 인생이 가치가 없다는 이야기는 아니에요. 격정적인 사랑의 대상이 아닌 여자도 사랑스러울 수 있고, 나무 그늘 밑에 있지 않은 집도 아름다울 수 있으며, 세상을 바꾸지 못하는 직업도 보수가 괜찮고 존경받을 수 있지요. 모든 게 그 자체로 가치가 있습니다. 과거에 꿈꾸던 모습은 아니더라도 말입니다. 그러니 실망할 이유는 없고, 무언가를 이루라고 강제하는 사람도 없습니다."

"실망할 이유가 없다고요?" 마르코가 조롱하듯이 인상을 찌푸렸다. "스스로를 속이고 있다는 생각은 안 하십니까?"

헤너가 테이블 밑에서 마르가레테의 손을 힘주어 꽉 잡았다. 그녀도 미소를 지으며 그의 손을 꽉 잡아주었다. 마르가레테가 말했다. "아뇨, 실망할 이유는 없어요. 우린 모두 망명 중이에요. 과거 자신의 모습, 지키고 싶었던 모습, 그리고 어쩌면 정해져 있을지도 모를 미래의 모습을 우린 잃어버리고 살아요. 대신 다른 무언가를 발견하죠. 우리가 발견한 게 우리가 줄곧 찾았던 거라 믿고 싶지만 실은 그게 아니에요. 우리가 원래 찾았던 게 아니라고요." 그녀가 헤너의 손을 한 번 더 꽉 쥐었다. "말싸움하고 싶지는 않아요. 당신이 실망할 이유를 찾는다면 그것도 그럴 수 있다고 생각해요. 하지만 그건……." 마르가레테가 미소를 지었다. "그래요, 아마 그게 테러리스트의 본질일지 모르겠어요. 테러리스트는 자신이 망명의 삶을 살고 있다는 것을 견딜 수 없어 할 테니까. 그래서 테러리스트는 자신의 꿈을 그 고향에서 가져와 폭파시켜버리려고 할 거예요."

"꿈을 폭파시킨다니……. 외르크 선생님은 자신의 꿈을 위해 투쟁한 것이 아니라 더 나은 세계를 위해 투쟁한 겁니다."

도를레가 큰 소리로 웃음을 터뜨렸다. "어디선가 이런 말을 읽은 기억이 나네요. '평화를 위해 폭력을 사용하는 것은 처녀와 같이 자면서 처녀성을 지켜준다고 하는 것과 같다.' 당신은 입만 열었다 하면 투쟁이네요!"

"우리는 망명 중이다, 그 비유 마음에 드는군. 그럼 내 망명지는 덴탈랩과 내 인생의 두 여자인 아내와 딸이 되는 건가. 어렸을 때 난 위대한 탐험가가 되는 게 꿈이었는데. 사막이나 원시림을 최초로 횡단하는 그런 탐험가 말이야. 그런데 아무리 둘러봐도 이제는 사람들이 다녀가지 않은 데가 없는 거야. 그래서 나중에는 꿈을 바꿨지. 로미오와 줄리엣, 파올로와 프란체스카처럼 가슴 절절한 사랑을 하는 비운의 주인공이 되는 걸로. 물론 그 꿈은 이루지 못했지만, 대신 지금 내게는 사랑스러운 두 여자와 덴탈랩이 있어. 이만하면 됐지, 한 남자로서 뭘 더 바라겠나!" 울리히가 왼손으로는 아내에게, 오른손으로는 딸에게 손키스를 날렸다.

"아니, 진실의 시간이라도 시작된 겁니까?" 안드레아스가 좌중을 둘러보며 입을 열었다. "나는 사실 혁명의 법률가가 되고 싶었지요. 이론적 법률가가 아니라 비신스키 검사나 힐데 벤야민 판사처럼 최일선에서 혁명적 정의 구현에 앞장서는 실천적 법률가 말예요. 하지만 그렇게 되지 못했어요. 천만다행이었죠. 난 그 꿈의 고향으로 돌아가고 싶지 않아요."

"내 꿈은 너무 늦게 찾아왔어요. 아니, 내가 망명 중이라는 것을 늦게야 깨달았다고 하는 게 더 정확하겠네요. 세월이 지나 나는 내가 진정으로 원했던 게 아이들을 가르치는 일이 아니라 글을 쓰는 것이었다는 걸 깨달았어요. 그전까지 난 학생들이 모르는 게 있으면 즐겁게 가르쳐왔어요. 그런데 학생들이 나한테서는 원하는 게 없고, 오직 나만 일방적으로 무언가 원하는 것이 있다는 게 지겨워졌어요. 그래요, 난 망명지를 떠나 내 고향으로 돌아가고 싶어요. 내가 지어낸 인물과 이야기 속에서 살고 싶어요. 이왕 글을 쓴다면 잘 쓰고 싶지만, 능력이 통속소설에밖에 미치지 못하더라도 상관없어요. 난 창가에 앉아 들판을 바라보며 글을 쓰고 싶어요. 아침부터 저녁까지. 고양이 한 마리는 내 책상 위에, 다른 한 마리는 내 발밑에 누워 있는 그런 모습을 꿈꿔요."

일제의 꿈을 들은 건 처음이었다. 모두들 놀라움을 감추지 못했다. 일제에게 그런 꿈이 있을 거라고는 결코 생각해보지 못했던 것이다. 그녀는 다시 환하게 빛났다. 예전처럼 찬란한 금발도 아니고 예쁘지도 않았지만, 행동을 갈망하는 자신감에 찬 모습이었다. 이런 그녀에게 전염되었는지 모두들 한층 더 밝아졌다. 한 사람씩 돌아가며 자신이 과거에 무엇을 꿈꾸었는지, 어떤 파고에 휩쓸려 어떤 망명지에 이르게 되었는지, 그 망명지와 어떻게 화해했는지 이야기했다. 심지어 마르코조차 이 대화에 참여했다. 그는 기관사가 되고 싶었지만, 혁명적 투쟁의 망명지에서 자신을 재발견하고 있다고 했다. 외르크는 마지막까지 침묵하다가 짧게 말했다. "여러분 말대로 하자면 내 망명지는 감옥이지. 난 거기서 살아가는 법을 익혔지만, 그 삶과 화해까지는…… 그래, 감옥이라는 망명지에 만족하며 살 수는 없겠지."

"자, 자." 울리히가 외르크를 달래고 나섰다. "우리가 각자의 망명지와 화해하는 것과는 상관없이 우리의 꿈과 그것을 실현하려는 시도들에 대한 기억은 여전히 남아 있어. 난 예전에 북해에서 지중해까지 도보로 횡단했지. 그래, 맘껏 웃어. 어쨌든 2500킬로미터에 이르는 대장정이었고, 시간도 반년이 넘게 걸렸어. 사하라 사막이나 아마존은 횡단하지 못했지만, 유럽 1번 도보길도 결코 나쁘지 않았어. 고트하르트에서 텐트를 치고 냉습한 밤을 보낸 뒤 이튿날 빗길을 뚫고 마지막 몇 킬로미터를 올라갔다가 햇빛을 받으며 이탈리아로 내려갔던 기억은 아마 평생 잊지 못할 거야."

울리히의 말과 함께 각자의 꿈 이야기는 '그거 아직 기억나?' 테마로 넘어갔다. 우리가 회합에 참석하려고 가던 길에 프랑스 그르노블에서 텐트를 쳤다가 비가 와서 언덕 아래로 떠내려갔던 것 기억나? 오펜부르크 회합에서는 인도 요리를 해 먹었다가 모두 설사를 했던 거 기억나? 도리스가 미스 유니버시티 선발 대회에서 상을 탄 뒤 수상 소감 자리에서 〈공산당 선언문〉을 낭독했던 거 기억나? 정치에는 아무 관심도 없으면서 단지 에바가 좋아서 베트남 전쟁 반대 데모에 참가한 게르노트가 갑자기 '양키를 미국에서 내쫓자!' 하고 소리쳤던 거 기억나? 모두들 천진난만했던 시절의 사건 한두 가지씩은 기억하고 있었다.

그들은 촛불이 켜지기를 기다렸다. 황혼이 낮을 물리고 밤을 불러들이듯 아늑한 분위기 속에서 과거가 현재로 걸어 들어왔다. 기억은 이미 지나갔고, 현재로 돌아올 수 없는 시간에 해당되는 것이지만, 그 생생함만은 결코 현재에 못지않았다. 그래서 친구들은 자신들이 늙었으면서도 동시에 젊게 느껴졌다. 이 감정도 고향에 온 것처럼 아늑했다. 크리스티아네가 마침내 촛불을 켰다. 그들은 서로의 얼굴을 다시 또렷이 볼 수 있게 되었을 때 상대의 늙은 얼굴에서 방금 기억 속에서 만난 젊은 얼굴을 다시 알아보고 싶었다. 아직 마음속에 젊음을 간직하고 있고, 젊음으로 돌아갈 수도 있고, 젊음 속에서 자신을 재발견할 수도 있었다. 하지만 젊음이 지나간 것만은 되돌릴 수 없었다.

우수憂愁가 그들의 가슴을 채웠고, 서로와 그들 자신에 대한 연민이 가슴속에 차올랐다. 울리히는 샴페인만 작은 상자째 가져온 것이 아니라 보르도도 같은 크기의 상자로 챙겨 왔다. 그들은 옛 친구들과 옛 시절을 위해 건배를 들었고, 때때로 와인잔에 반사된 촛불이 팔락거리는 것을 지켜보았다. 마치 바다의 밀려오는 파도나 벽난로의 타오르는 불꽃을 바라보는 것처럼.

다른 사건들도 그들의 머릿속에 잇따라 떠올랐다. 우리가 라텐베르크 교수의 강의 시간에 쥐새끼들을 풀어놓았던 거 기억나?* 대통령 연설 때 스피커 시설을 방해해서 엉망으로 만들었던 거는? 전철 요금 인상안이 발표되었을 때는 쇠지레로 전철기轉轍機를 차단시켰던 거는? 또 우리가 고가도로 벽에 격리 감금에 항의하는 플래카드를 내걸었던 거는 기억나? 경찰이 플래카드를 내리자 고가도로 콘크리트에다 스프레이로 다시 썼던 거는? 우리가 시위를 벌이기 위해 도로공사 건물 안뜰에서 교통 표지판들을 슬쩍해서 간선도로를 폐쇄했던 거는? 이것은 카린의 기억이었는데, 그녀는 이 말을 하면서 어색하게 웃었다. 지금 생각하면 과거의 그런 기억이 편치만은 않았지만, 도로공사 본청으로 잠입할 때 느꼈던 금지된 것의 짜릿함은 되살아나는 것 같았다. 한밤중 비 내리는 거리 위를 휙휙 지나치던 손

*'라텐베르크'라는 이름은 독일어 발음상 '쥐의 산'이라는 뜻이다.

전등 불빛 속에서 느꼈던 긴장감과 서로 간의 일체감도 잊을 수 없었다.

"맞아." 외르크가 말했다. "교통 표지판 건은 훌륭했지. 여름 납치 때도 다시 사용했으니까."

13

갑자기 게르트 슈바르츠가 웃음을 터뜨렸다. "그거 기억
나? 이거는? 저거는?" 지금까지 아무 말도 하지 않아서 자
리에 같이 있는지조차 의식하지 못했던 사람이 별안간 입
을 열었다. 사실 공통의 기억이 없는 그로서는 이런 대화
에 낄 자리가 없었지만, 마찬가지인 마르코와 도를레는 가
끔 놀라거나 비아냥거리는 말로 대화에 참여했던 것이다.
슈바르츠는 저녁 내내 말없이 앉아만 있었다. 그런 그가
이제 또박또박하고 단호한 어조로 입을 열었다.

"나는 내가 자란 작은 도시에서 몇 주에 한 번 친구들과
술집에서 도펠코프*를 쳤습니다. 그날 저녁도 카드를 치고
있는데, 옆 테이블에서 다섯 노인이 하는 이야기를 우연히

*카드놀이의 일종.

들게 되었죠. 모두 나치친위대 출신이더군요. 순간 나는 귀를 쫑긋 세웠습니다. 그런데 그 양반들이 무슨 이야기를 하는지 아세요? 그거 기억나, 그거 기억나? 밤새 그러면서 놀더군요. 이상했어요. 빌뉴스에서 유대 놈들을 어떻게 처 죽였고, 바르샤바에서 폴란드 놈들을 어떻게 쏘아 죽였는 지 이야기해야 할 것 같은데, 전혀 다른 이야기를 했어요. 바르샤바에서 샴페인에 취해 떡이 된 얘기며, 폴란드 여자 들과 오입질한 얘기며, 또 이발사가 그 양반들의 긴 수염 을 자른 이야기를 자기들끼리 좋다고 낄낄거리면서 늘어 놓았어요. 당신들도 다르지 않네요. 정작 중요한 건 왜 얘 기하지 않죠? 은행을 습격할 때 여자를 쏘아 죽인 얘기도 있을 테고, 국경에서 경찰을 죽인 얘기도 있지 않습니까? 그뿐인가요? 은행장도 죽였고, 상공회의소 회장도 죽였 죠. 아, 상공회의소 회장은 누가 죽였는지 우린 정확히 모 르죠. 어때요, 아버지? 아버지가 죽였는지, 다른 사람이 그 랬는지 아들한테 얘기해주고 싶은 마음 없어요?"

외르크는 넋이 나간 듯한 얼굴로 아들을 바라보았다.

"난······."

"말씀하세요."

"난 더 이상 몰라."

"모른다고요? 회장을 아버지가 죽였는지, 다른 사람이 죽였는지 더 이상 모른다고요?" 슈바르츠가 다시 웃었다. "결국 아버지도 잊어버렸군요. 유대인을 때려죽이고 쏘아 죽이고 독가스로 죽인 것을 까맣게 잊어버린 그 노인네들 처럼요."

어떻게 그걸 알아보지 못했을까? 사람들은 도무지 이해가 되지 않았다. 지금 와서 살펴보니 아버지와 아들이 닮은 것은 단번에 알 수 있었다. 큰 키에다 각진 얼굴, 눈매까지 똑같았다. 크리스티아네는 젊은 남자에게서 눈을 떼지 못했다. 두 살 때 마지막으로 본 이 조카 아이에 대해 그녀가 아는 것이라고는 '페르디난도 니콜라 사코'와 '바르톨로메오 반체티'에서 이름을 따 그 이름이 '페르디난트 바르톨로모이스'라는 것과 어머니의 자살 이후 조카가 조부모 집에서 자랐고 스위스에서 공부했다는 것뿐이었다. 지금은 예술사를 공부한다고? 아니면 그것은 이 집으로 들어오기 위한 핑계였을까?

페르디난트가 아버지를 경멸에 찬 시선으로 노려보았다. "더 이상 모른다고요? 언제부터요? 언제 그걸 잊어버렸죠? 혹시 일부러 기억에서 몰아낸 건 아닌가요? 아니면 기억상실증이라는 놈이 어느 날 갑자기 머리를 후려쳐서 기억이 연기처럼 사라져버린 건가요? 혹은 범행 직후에 기억상실증이 시작되었나요? 그도 아니라면, 고주망태로 취해 살인을 저질러서 기억이 나지 않나요? 나는 죽은 여자의 아이들과 죽은 경찰, 은행장, 회장의 아이들까지 전부알고 있어요. 그 사람들은 당신이 무슨 생각으로 그들을 죽였는지 궁금해해요. 회장 아들은 당신이 무슨 짓을 했는지, 당신의 동료들이 무슨 짓을 했는지, 그리고 누가 자신의 아버지를 죽였는지 이제는 분명히 알고 싶어 해요. 무슨 말인지 알겠어요?"

외르크는 경멸에 찬 아들의 시선에 몸이 바위처럼 굳어버렸다. 그저 눈을 치켜뜨고 입을 반쯤 벌린 채 아들을 바라볼 뿐이었다. 생각할 능력도 말할 능력도 없는 상태였다.

"당신은 그 나치 노인네들처럼 진실을 털어놓을 용기도 피해자들에게 애도를 표할 능력도 없는 사람이에요. 나치들과 조금도 다르지 않아요. 당신과 아무 상관이 없는 사람들을 죽였을 때도 그랬고, 살해 후 자신이 무슨 짓을 저질렀는지 알아차리지 못했을 때도 그랬어요. 당신들은 당신들 부모 세대에게 살인자 세대라고 욕하면서 격분했어요. 하지만 당신들도 똑같았어요. 당신은 살인자의 자식으로 살아간다는 것이 어떤 것인지 알 수 있었을 텐데도 당신 자신이 살인자 아버지가 되었어요. 내 아버지라는 사람이 말입니다. 말하는 것을 지켜보니, 당신은 자신이 했던 일에 대해서는 전혀 미안해하지 않더군요. 다만 당신이 뜻한 일이 제대로 되지 않았고, 당신이 체포되어 감옥에 들어간 것에 대해서만 아쉬워하고 있어요. 남들한테는 미안해하지 않으면서 오직 자기 자신만 안타까워하고 있다고요."

뻣뻣하게 굳은 채 아들을 바라보는 외르크는 꼭 바보처럼 보였다. 상대방이 무슨 말을 하는지 알아차리는 게 아니라 그게 끔찍하다는 것만 느끼는 사람 같았다. 아들의 태도는 어떤 해명과 변명도 허용하지 않았고, 다만 아버지를 파멸시키려고 했다. 그리고 그는 이런 아들과 싸울 수 없었다. 싸움이 되기 위해 필요한 공통의 토대가 아들과 자신 사이에는 애초에 없었던 것이다. 그는 이 끔찍한 폭풍우가 빨리 지나가기만을 바랄 뿐이었다. 그러나 그릇된 희망에 그칠 것 같았다. 폭풍우는 장시간 머물러 모든 것을 파괴한 뒤에야 수그러들 것 같았다. 그렇다면 그도 자기 방어를 시도해야 했다. 어떤 식으로든. "그런 소리는 이제 안 들어도 될 것 같은데. 이미 모든 대가를 치렀으니까."

"그래요, 나한테서는 그런 소리를 들을 필요가 없다고 생각하겠죠. 어차피 내 말은 한 번도 들은 적이 없는 사람이니까. 그러니 일어나서 방이든 공원이든 도망을 치세요. 쫓아가지 않을 테니까. 하지만 대가를 다 치렀다고는 말하지 마세요. 24년의 수감 생활이 네 사람을 죽인 대가라고 생각하세요? 한 사람의 목숨을 6년의 수감 생활로 대신할 수 있다고요? 당신은 당신이 저지른 행위에 대해 죗값을 치르지 않았어요. 본인이 스스로 용서한 것뿐이에요. 그것도 어쩌면 살인을 저지르기 전에 그랬을지 모르죠. 용서는 남들만이 할 수 있어요. 그 사람들은 당신을 용서하지 않았어요."

혜너는 참으로 잔인한 상황이라는 생각이 들었다. 아버지를 단죄하는 아들. 불의의 편에 선 아버지와 정의의 편에 선 아들. 극단까지 몰아세우는 아들과 어쩔 줄 몰라 하며 저항하는 아버지. 자신의 고통을 내보이지 않으려는 아들과 자신의 난감함을 드러내지 않으려는 아버지. 이 싸움은 어떻게 될까? 두 사람은 어떻게 해야 할까? 그리고 나머지 우리는 무엇을 해야 할까? 맞은편에 카린이 앉아 있었다. 헤너는 그녀의 표정에서 그녀도 지금 눈앞에 벌어지는 상황을 잔인하게 생각하고 있는 것을 감지했다. 또한 무엇을 해야 좋을지 모르는 것도 그와 매한가지인 듯했다. 그러나 이번에도 그녀는 자신의 역할을 잊지 않았다. "충분히 상상할 수 있어요……."

"아뇨, 상상할 수 없을 겁니다. 자신의 어머니나 아버지가 살해당하는 것이 어떤 것인지, 자신의 아버지가 살인자인 것이 어떤 것인지 상상할 수 없을 겁니다. 내 아버지라는 사람은 더더욱 그럴 거고요. 상상하고 싶어 하지도 않겠지요. 어머니가 스스로 목숨을 끊었을 때 아버지가 우리한테 편지라도 썼는 줄 아십니까? 내가 대학입학자격시험에 합격했을 때는요? 내가 대학에 들어갔을 때는요? 아니, 내가 지금껏 아버지라는 사람한테 편지를 한 통이라도 받았다고 생각하세요?"

"그건 나도 안타깝게 생각해요. 하지만 아버지는 편지를 쓸 수 없었을 거예요. 편지를 쓰고 싶었지만……."

"하지만 난 편지를 썼어." 외르크는 이제 흥분해 있었다. "감옥에서 아들에게 편지를 쓰고 카드도 보냈지만 전부 돌아왔어. 그 뒤부터 포기한 거야. 난 편지를 썼다고."

"뭐라고 썼는데요?"

"그걸 내가 어떻게 알겠어? 20년 전의 이야기야. 하지만 편지를 썼다면, 왜 내가 너와 함께 살지 않고 감옥에 있는지 설명했겠지. 그 밖에 세상의 억압이나 우리가 이끄는 투쟁이나, 투쟁 과정에서 원치 않게 발생한 희생자들에 대해서도 썼겠지. 내가…… 대체 내가 너한테 뭐라고 써야 한다는 거니?"

페르디난트는 외르크를 계속 경멸에 찬 시선으로 바라보고 있었다. "난 당신 말을 한마디도 믿지 않아요. 기억하고 싶지 않은 것은 잊어버리고, 기억에 없는 것은 지어내고 있어요. 어쩌면 상공회의소 회장을 살해할 때 당신의 역할이 너무 역겨워서 그 기억조차 견딜 수 없었는지 모르죠. 당신의 자식에게조차 관심이 없는 자신이 싫어졌을 수도 있죠. 아니면 그러는 당신을 동료들이 측은해하니까 당신이 거짓말로 꾸며댔는지도 모르죠. 당신은……." 페르디난트는 말을 멈추었다. 자신의 아버지가 어떤 사람인지 말하고 싶지 않은 것일까? 아버지가 개새끼라고 차마 말할 수 없는 것일까? 이윽고 페르디난트가 말을 이어갔다. "어머니를 죽인 사람도 당신이에요. 직접 죽인 건 아니지만, 당신이 죽였어요. 어머니가 당신에게 사랑에 빠지고, 그리고 내가 생겼을 때…… 어머니는 당신한테 마음을 다 주고 인생을 다 걸었어요. 어머니를 아는 사람은 모두 그렇게 얘기해요. 그걸 몰랐다는 말은 할 생각 말아요." 페르디난트는 눈물을 보이지 않으려고 안간힘을 쓰고 있었다. 아버지와 그 친구들 앞에서는 결코 약한 모습을 보이고 싶지 않았다. 여전히 그의 목소리는 갈라지지 않았다. "그래도 아마 당신은 정확히 그렇게 말할 겁니다. 몰랐던 일이라고. 혹은 그걸 알고 있었는지 더 이상 기억나지 않는다고. 혹시 잊었다고 말할지도 모르겠네요. 아니면 어머니가 당신과 함께 있었더라면 행복할 수 없었을 거라고 말하고 싶은가요? 곁에 머물지 않고 어머니를 떠난 것이 더 나쁜 상황을 막는 길이었다고 말하고 싶은가요?"

그는 이 말을 끝으로 자리에서 일어나 어두운 공원 속으로 사라졌다. 한순간 망설이던 카린이 따라 일어났다.

"아뇨, 제가 갈게요." 도를레가 이렇게 말하더니 자리에서 일어나 그 뒤를 따라갔다.

유명 테러리스트와 치르지 못한 일을 그 아들과 대신 치르려는 걸까? 헤너는 이런 생각이 스쳤지만, 곧 자신이 부끄러워졌다. 어쩌면 저 여자아이에겐 그가 예상하지 못한 모습이 숨어 있을지도 몰랐다. 헤너는 외르크의 아들이 섬뜩하게 느껴졌다. 이야기를 들을수록 과거 외르크에게서 느꼈던 가차 없는 냉혹함을 그 아들에게서 다시 보는 듯했다. 불행이란 이런 식으로 새끼를 치며 자신을 이어가는 것인가, 헤너는 생각했다.

14

　

도를레는 공원 안으로 첫발을 내딛기 전에 등 뒤로 살롱에
서 촛불이 비치는 것을 보았다. 그러나 그다음부터는 사방
이 온통 어둠이었다. 그녀는 천천히 걸음을 내디디며, 덤
불이 어디서 시작하고 길이 어디 있는지 더듬거리며 찾았
다. 그러면서 어디선가 페르디난트의 발소리가 들리지 않
을까 귀를 기울였다. 얼마 뒤 바로 앞에서 나뭇가지 부스
럭거리는 소리가 들렸다. 앞으로 내밀어 더듬거리는 그녀
의 손에 페르디난트가 걸렸다. 그도 어둠 속에서 얼마 가
지 못한 모양이었다.

　"개울가 벤치로 가요." 그녀가 이렇게 속삭이며 그의 손
을 잡았다. "이 길 따라 쭉 가서 우회전하면 돼요." 그는 아
무 말도 하지 않았지만 손을 빼지도 않았다. 도를레가 앞
장서서 이끌었다. 몇 걸음은 제대로 걷다가 그다음에는 둘

중 하나가 무언가에 걸려 비틀거리기를 반복했다. 그러면 그녀가 그를 잡거나, 그가 그녀를 잡아주었다. 두 사람은 방향을 찾기 위해 걸음을 멈추었다. 둘이 하나로 보일 정도로 바짝 붙어 있었다. 눈은 벌써 어둠에 익숙해졌고, 사람들의 목소리가 더 이상 들리지 않던 순간부터는 숲의 소리가 그들의 귀에 파고들었다. 새의 노랫소리, 새끼 올빼미가 어미를 부르는 소리, 나뭇잎 스치는 바람 소리. "나이팅게일이에요." 새가 다시 울기 시작했을 때 도를레가 나직이 말했다.

이윽고 개울가 벤치에 도착했다. 여기는 숲 속보다 한결 밝았다. 물이 흘러가는 것이 보였다. 나무 행렬이 끝나고 들판이 시작되는 곳도 보였다. 들판 뒤편 마을에서 불빛이 타오르고 있었다. 둘은 서로를 마주 보았다. "난 도를레예요. 그쪽은?"

"페르디난트." 두 사람은 벤치에 앉았다.

"혼자 있고 싶어요?"

"모르겠어요."

"그럼 내 소개부터 할게요. 난 그쪽 아버지의 옛 친구 딸이에요. 당신 아버지가 테러리스트가 되기 전에 만난 친구. 그렇다고 둘이 가까운 사이는 아닌 것 같고 그냥 같은 동아리여서 친구로 지냈던 사이인 것 같아요. 내 아버지는 일찍 정치적인 문제와 작별하고 사업가가 되었죠. 덴탈랩 사장이에요. 나는 그런 아빠의 응석받이 외동딸이고. 난

어젯밤 그쪽 아버지를 유혹하려고 했어요. 근데 안 넘어왔어요. 그런 사람이 오늘 오후에는 내 앞에서 울었고, 내가 달래주었어요. 난 그런 사람이에요. 나하고 아무 상관이 없는 일에도 잘 끼어들죠. 사람들이 날 그냥 내버려두면 난 사람들한테 잘해요. 그쪽 아버지를 보면서는 이런 생각이 들었어요. 사면과 함께 테러리즘과 감옥의 문이 닫히고, 이제는 다시 살아가는 법을 배워야 한다고. 난 그쪽 어머니가 자살했고, 둘 사이에 당신 같은 자식이 있는지 몰랐어요."

"결혼한 사이는 아니었어요. 물론 어머니는 결혼을 원했고, 내가 태어났을 때는 더더욱 그랬지만. 하지만 겉으로는 내색하지 않았어요. 결혼 따위는 해도 그만 안 해도 그만인 사람인 것처럼, 그런 제도적 관습 따위는 초월하고 사는 사람인 것처럼, 아버지가 떠나기 전까지는 그렇게 굴었으니까. 두 사람은 제대로 같이 산 적이 없어요. 아버지가 어머니를 몇 번 만나줬을 뿐이죠. 예쁘장한 아가씨가 적극적으로 접근하는데 싫다는 남자는 없겠죠. 가끔 이런 생각이 들어요. 그 시대는 그런 시대였으니까, 아버지가 어머니와 나를 버리고 떠난 것을 용서해야 한다고. 하지만 난 그럴 수가 없어요." 그가 쓴웃음을 지었다. "대통령도 그것까지 사면한 건 아닐 거예요. 그럴 수도 없고. 어머니는 아버지를 용서하지 않았고, 나도 그래요. 특히 어머니의 자살은……."

"하지만 자살은 아버지가 어머니를 떠난 뒤에 일어난 일이잖아요. 그때 그쪽은 몇 살이었어요?"

"여섯 살. 막 학교에 들어갔을 때였지요. 아버지가 떠난 뒤로 어머니는 한 번도 마음 편히 쉬어본 적이 없어요. 아버지가 차를 뺏기 위해 여자를 죽였을 때는 그 부모를 찾아갔고, 경찰관을 죽였을 때는 그 부인을 찾아가 대신 사죄하려고 했지만, 그 부모와 미망인은 내 어머니를 그저 살인자의 아내로밖에 보지 않았어요. 나도 사정이 별반 다르지 않아서, 내가 운동장에 나가면 알지도 못하는 아이들이 다가와 나를 놀리고 때리고 욕했지요. 내가 그 사실을 이야기하지 않았는데도 어머니는 벌써 그걸 알고 있었고, 그러면서 자책을 했어요. 물론 평소에도 자책을 많이 하신 분이었지만. 내가 본받을 아빠 없이 자라는 것도 당신 탓이고, 같이 운동할 사람이 없어 내가 축구든 핸드볼이든 농구든 운동을 못 하는 것도 당신 탓이고, 심지어 외할아버지 외할머니가 우리를 걱정하는 것도 당신 때문이라고 생각했으니까. 그래요, 어머니가 돌아가시자 외할머니 외할아버지는 나를 맡아 기르느라 정말 고생을 많이 하셨어요. 그분들께는 항상 감사하지요. 하지만 두 분께는 죄송한 말이기는 해도, 할머니 할아버지보다는 어머니와 함께, 아니 아버지 어머니와 함께 살고 싶었던 게 솔직한 내 소망이었어요."

"그쪽 인생에서는 그런 문제가 고민거리였어요? 내가 아는 남자애들 중에는 자기 아버지가 노벨상을 받은 저명한 학자라서 정말 사는 게 힘들다고 심각하게 고민하는 애도 있는데. 유명한 예술가나 정치인의 자식으로 태어나면 그 부모의 그림자에 눌려 질식할 듯이 살아야 하잖아요. 또 동성애자라는 이유로 인생에서 아무것도 이룰 수 없다고 생각하는 동성애자들도 많이 봤고.” 도를레는 그가 자기 말을 제대로 이해했는지 몰랐지만, 굳이 확인하고 싶지는 않았다. “아버지는 그쪽이 상상한 그런 모습이었어요?”

그가 어깨를 으쓱했다. “좀 더 힘차고 결연한 모습을 상상했는데. 그런 불쌍한 모습일 거라고는 예상 못 했어요. 그쪽이 보기엔 어때요?”

“아버지가 불쌍해 보여요?”

“난 둘 중 하나라고 생각했어요. 과거 자신이 한 일에 대해 여전히 당당한 태도를 보이며 그 길이 옳았고 지금도 옳다고 말하거나, 아니면 지금은 과거의 행동이 틀렸다고 생각하면서 후회하고 있거나. 어떤 것이든 그 두 방식 중 하나로 나오면 나도 제대로 대처할 수 있었을 텐데, 갑자기 모든 걸 잊었다느니 모든 대가를 치렀다느니 하는 따위의 한심한 말을 늘어놓으니 사실 당황했어요.”

도를레는 무슨 말을 더 해야 할지 몰랐다. 사람이 나이가 들면 부모가 실망스럽게 보인다는 말이 불쑥 떠오르기는 했다. 생각해보면 그녀의 아버지도 자신이 어릴 때 느꼈던 그런 영웅이 아니었다. 하지만 아버지는 특별한 문제가 없는 정상적인 사람이었다. 그게 실망스럽다고? 아니었다. 그녀는 아버지의 그런 모습에 실망하지 않았다. 그렇다면 자신도 동의하지 않는 말을 쉽게 내놓을 수는 없었다. 게다가 페르디난트 말대로 그의 아버지가 자신의 행위에 대해 당당한 태도를 보이거나 후회를 했어도 그가 아버지에게서 자유로워지는 데 도움이 되지는 않을 것 같았다. 아버지에게서 벗어나기 위해선 오히려 아버지와 화해하는 것이 최선이라는 생각이 들었다. 하지만 어떻게? "할아버지 할머니를 사랑했어요?"

"그런 것 같아요. 두 분 다 연세가 많으셨어요. 그렇게 살갑지는 않고 조금 거리감이 느껴지는 분들이었죠. 하지만 나를 좋은 학교에 보내주셨고, 내가 원하는 건 다 들어주셨어요. 피아노도 외국어도 여행도. 두 분한테는 정말 불평할 게 없어요."

도를레는 다시 시도했다. "아버지를 이해할 수 있겠어요? 내 말은, 아버지를 한번 이해해볼 마음이 있느냐고요. 아버지와 고모, 그리고 아버지 친구들과 더 많은 대화를 나눌 생각이 있어요? 아버지를 불쌍하다고 생각하겠지만, 아버지 자신은 어쩌면 더 강한 사람이고 싶을지 몰라요. 그렇다면 아버지가 왜 그런 모습이 아닌지 그 이유를 찾아내는 것이 좋지 않을까요?"

페르디난트가 인상을 찌푸렸다.

그녀는 그를 지켜보며 다음 말을 기다렸다. 그러나 그는 입을 열지 않았다. 그녀는 이것을 좋은 신호로 받아들였다. "만일 그런 시도를 해본다면 아마 과거에 자신의 인생을 제대로 다루지 못했고, 지금도 그 삶을 어떻게 꾸려가야 할지 몰라 쭈뼛거리는 늙은 남자를 보게 될지 몰라요. 살인, 납치, 은행 습격, 도주, 감옥, 그렇게 곳곳을 오가며 치열하게 살았지만 혁명으로 이루어진 건 없으니까요. 그런 개떡 같은 삶에 어떤 의미가 있겠어요? 하지만 그게 자신의 삶이라면 어떤 식으로든 의미가 있어야 하지 않을까요?" 그녀가 다시 그를 바라보았다. 그의 옆모습이 보였다. 굳게 다문 입과 조금씩 실룩거리는 안면 근육. 문득 남자다운 외모가 매력적이라는 생각이 들었다. 그가 몸을 숙여 바닥에서 작은 나무 조각을 하나 줍더니 엄지손톱으로 나무를 파기 시작했다. 도를레는 그가 자신의 말을 더 듣고 싶어 하고, 자신이 계속 이야기해주기를 기다리는 듯한 느낌을 받았다. 하지만 무슨 말을 더 해야 할까? "아직도 할아버지 집에 살아요?"

그는 잠시 뜸을 들였다. "방학 때만 가끔. 학기 중에는 취리히에 있고요." 그는 계속 나무를 손톱으로 팠다. "아까는 거의 울기 직전이었어요. 마지막으로 운 게 언제인지는 정확히 기억나지 않지만, 어쨌든 굉장히 오래되었는데. 어머니가 돌아가신 뒤부터인가? 그런 내가 아버지 앞에서 울음이 북받치다니…… 그럴 바엔 차라리 혀 깨물고 죽는 게 낫다는 생각이 들었지요. 그런데도 눈물을 참을 수 없었던 건 슬픔 때문이 아니라 분노 때문이었어요. 분노가 그렇게 아프고 고통스러운지 처음 알았네. 아버지는 내 맞은편에 앉아 있었어요. 바지 위로 늘어진 배, 셔츠 밑으로 나온 허여멀건 팔, 볼이 쏙 들어간 얼굴, 탁하고 불안하게 흔들리는 눈빛. 저런 별 볼일 없는 노인네가 과거에 어떻게 그런 일을 저질렀을까 하는 생각이 들자, 터질 것 같은 분노가 치밀었지요. 그쪽은 내가 아버지를 이해해야 한다고 말했지만, 난 이런 생각을 자주 했어요. 아버지를 쏘아 죽여야 한다고." 그가 허리를 펴고 똑바로 앉더니 두 팔을 벤치 뒤로 돌렸다. "여기 온 게 잘한 일일까요, 잘못한 일일까요?"

"잘한 일."

그가 어깨를 으쓱했다.

"공기가 서늘하네." 그녀가 말하며 그에게 몸을 밀착시켰다.

그는 몸을 빼지 않았지만, 그게 전부였다. 그녀는 외르크를 안아주었을 때 그의 몸이 의자 위에서 계속 경직되어 있던 것을 기억하고는 살며시 웃음이 새어 나왔다. 그 아버지에 그 아들이네. 그러나 얼마 뒤 아들은 그녀의 어깨를 감싸주었다.

15

페르디난트와 도를레가 자리를 뜬 후 외르크는 일어나 자기 방으로 갈 수 있을 만큼 몸 안에 힘이 모일 때까지만 자리를 지켰다. 그러는 사이 남들에게 어떤 식으로든 자신의 입장을 밝혀야 한다는 느낌이 들어 몇 번 운을 뗐지만, 무슨 말을 해야 할지 몰라 번번이 중간에서 그만두고 말았다. 이 상황에서 무슨 말을 해야 좋을지 알 수 없기는 나머지 사람들도 마찬가지였다. 그들은 타오르는 촛불만 바라보거나, 아니면 공원의 어둠 속으로 눈을 돌렸다. 그러다 시선이 마주치면 다들 어색하게 웃고 말았다. "잘 자요." 외르크가 자리에서 일어나면서 던진 말은 이게 전부였다. 나머지 사람들도 같은 말로 대꾸하는 것 외에 다른 말을 찾지 못했다. 얼마 뒤 크리스티아네가 외르크를 뒤따라가려고 일어났다. 이번에는 울리히도 비웃듯이 바라보지 않고 고개를 끄덕거렸다.

"내일 아홉 시에 종을 칠 테니 우리끼리 간단히 예배를 올리고 싶은 사람은 내려오세요." 크리스티아네가 가기 전에 카린이 입을 열었다. "모두가 올 거라고는 기대하지 않아요. 다만 왜 종을 치는지는 여러분도 알아야 할 것 같아서요."

무엇에 홀린 것처럼 앉아 있던 사람들이 카린의 말에 정신이 돌아왔다. 안드레아스는 카린을 보고 고개를 흔들며 참 질긴 사람이라고 생각했다. 마르코는 즉석에서 불참을 통보했다. 일제도 카린의 예고가 꽤나 당황스러웠지만, 그러면서도 이 임시 예배가 갈등을 완화하고 조화를 만들어내려는 카린의 끊임없는 노력보다는 더 자연스럽게 여겨졌다. 잉게보르크가 말했다. "너무 좋아요. 우린 참석하겠어요." 울리히는 다른 것보다 다시 비웃음이 섞인 눈으로 남을 바라볼 수 있게 된 것이 만족스러운 듯했다. 반면에 마르가레테는 내일 아홉 시라는 말을 듣는 순간 아침 식사를 준비해야 한다는 생각이 먼저 떠올랐다. 그러려면 이자리의 그릇부터 씻어놓아야 했다. "누가 설거지 좀 도와주겠어요?" 모두들 자청하고 나섰다. 그렇다면 다 함께 치운 다음 다 함께 앉아 마지막 잔을 비우지 못할 이유가 없었다.

나중에 모두 다시 테라스에 모여 앉았을 때 에버하르트가 말했다. "우린 내일 오후 일찍 출발해야 합니다. 카린은 외르크를 위해 교회 기록물보관소에 자리를 알아볼 생각이에요. 외르크와 크리스티아네를 위해 우리가 할 수 있는 좋은 아이디어 없습니까?"

"나는 그 친구한테 벌써 말했어요. 원한다면 내 덴탈랩에서 일할 수 있다고."

"글을 쓰고 싶다고만 하면 괜찮은 곳에 다리를 놓아줄 의향이 있습니다."

"내 생각은……" 마르코는 이렇게 서두를 꺼냈다가 곧 안드레아스에 의해 제지당했다. "당신 생각은 안 들어도 알아. 외르크가 다시 혁명에 나설 수 있도록 제발 가만히 내버려두라는 거 아닌가? 외르크가 진정으로 원하는 건 혁명이고, 또 이렇게 말해도 될지 모르지만 나름대로 성공을 거둔 것도 오직 혁명과 관련된 일뿐이다. 그거 아닌가? 혁명은 잊어주게. 하지만 가만히 내버려두라고 하는 건 당신 말이 맞아. 직업과 관련해서 우리가 도움을 줄 수 있다는 건 외르크 자신도 잘 알아. 도움이 필요하면 우리한테 먼저 물을 테니까 괜히 우리가 먼저 나설 필요는 없다고 봐. 그러니 당신도 괜히 들쑤시지 말고 외르크를 가만히 내버려둬."

"주제넘은 소리 집어치워요. 당신이 뭔데 나한테 이래라저래라 합니까? 무엇을 하건 말건, 그건 내가 알아서 합니다. 그건 외르크 선생님도 마찬가지고요. 당신은 나보다 선생님을 더 잘 아는 것처럼 굴지만, 사실 당신이 아는 것이라고는 선생님이 피소되고 선고받고 수감된 약한 모습뿐이에요. 나는 다른 모습을 알고 있습니다. 당신은 혁명의 꿈을 배신했어요. 여기 있는 다른 사람들도 그 꿈을 배신했고, 자신을 팔아 부패를 사들였습니다. 하지만 나와 외르크 선생님은 아닙니다. 당신들은 선생님을 배신자로 만들지 못할 겁니다." 처음에 다른 사람들은 마르코가 왜 저렇게 점점 흥분하는지 이유를 알지 못했다. 그러다 그가 다음 말을 하는 순간 그것을 알아차렸다. "당신들은 더 이상 선생님한테서 성명서를 빼앗을 수 없습니다. 내가 오늘 보내버렸으니까." 그러니까 마르코는 자신이 옳다는 것을 극구 강변하고 싶었던 것이다.

안드레아스는 마르코를 피곤하다는 듯이 바라보았다. 그 눈빛에 일말의 역겨움도 담겨 있었다. 그가 일어나더니 좌중을 향해 물었다. "공원에서 전화가 잘 터지는 곳이 어디라고 했습니까?"

마르가레테가 일어났다. "가요. 제가 안내해드리죠."

마르코가 손으로 식탁을 내리쳤다. "지금 미쳤어요? 선생님의 삶을 망치려고 작정했습니까? 그것도 선생님과는 한마디 상의도 없이!" 그러고는 벌떡 일어나더니 번개같이 한두 걸음 달려가 안드레아스의 손에서 핸드폰을 쳐서 떨어뜨린 뒤 그것을 집어 들어 멀리 공원으로 던져버렸다. 그런 다음 의기양양한 표정으로 마치 한번 싸워보자는 듯이 안드레아스 앞에서 복싱 스텝을 밟았다. 안드레아스는 그러는 마르코를 상대하지 않고 카린의 남편에게 고개를 돌려 피곤한 목소리로 물었다. "핸드폰 좀 쓸 수 있겠습니까?"

에버하르트는 고개를 끄덕이며 주머니에서 전화기를 꺼내 안드레아스에게 건넸다. 마르코는 공원으로 가는 안드레아스를 다시 뒤쫓으려 했다. 그런데 이번에는 뜻대로 되지 않았다. 일제가 다리를 쭉 뻗었고, 마르코는 크게 한 번 비틀하더니 마르가레테의 빈 의자와 함께 바닥으로 고꾸라졌다. 일제가 자기도 모르게 손으로 입을 막고 비명을 지를 정도로 강한 충격이었다.

순간적으로 모두 숨을 멈추었다. 잠시 후 마르코가 멍한 표정으로 몸을 일으켰다. 그러나 일어서지는 못하고 일제의 의자에 등만 기대고 앉았다. 그걸 본 안드레아스와 마르가레테는 공원으로 걸음을 옮겼다. 울리히가 아내에게 말했다. "저 친구 아직 쌩쌩하군. 어쨌든 오늘은 이걸로 충분해. 당신은 어때?" 잉게보르크가 남편에게 손을 내밀었다. 부부는 나머지 사람들에게 고개를 끄덕이고는 자리를 떴다. 카린도 남편을 바라보며 눈으로 물었다. 에버하르트가 고개를 끄덕이며 일어나자 그녀도 함께 일어섰다. 그러나 카린은 그 상태로 결정을 내리지 못하고 잠시 서 있었다. 남은 사람들한테 미안해서였다. 그러자 헤너가 말했다. "괜찮으니까 가." 일제도 헤너와 같은 생각이었다. "그래, 잘 자."

마르코가 의아한 얼굴로 말했다. "왜 이렇게 됐지? 걸려

서 넘어졌나?" 그는 두 손으로 머리를 감싸 쥐었다.

일제가 그의 머리를 쓰다듬었다. "내가 당신 발을 걸었어요."

"정말요?"

"정말요."

"난 싸우고 있었는데."

"안드레아스와 싸우던 중이었어요. 안드레아스가 돌아오더라도 이젠 싸우면 안 돼요. 침대에 가서 쉬어야 해요. 더 이상의 소란은 원치 않아요. 오늘 하루 이 정도면 충분해요. 헤너가 방에 데려가줄 거예요. 아스피린 있어요? 없다고요? 나중에 내가 잠자리에 들 때 갖다줄게요. 그걸 먹고 푹 자요."

일제는 한동안 테라스에 혼자 앉아 있었다. 얼마 뒤 헤너가 돌아와 마르코가 침대에 눕자마자 바로 잠들었다고 알려주었다. 가벼운 뇌진탕을 일으킨 것 같았다. 어두운 공원에서 촛불을 켜놓은 테라스로 돌아온 안드레아스와 마르가레테도 마르코의 소식을 궁금해했다. 사태를 수습하러 갔던 일은 절반의 성공이라고 했다. "통신사에서 벌써 성명서에 관한 보도를 내보냈어요. 하지만 방송사나 신문사에까지 그 기사가 퍼지려면 몇 시간은 걸릴 겁니다. 그사이 내가 언론사들에 반박 성명을 낼 생각입니다. 하지만 어쨌든 골치 아프게 됐어요."

"와인 남은 거 있어요?"

"문 옆에 울리히가 갖고 온 보르도가 있어요."

그들은 마지막 남은 와인 병을 따서 각자의 잔을 채운 뒤 다시 한 번 건배했다. "이 저주가 끝나기를!" 마르가레테의 선창에 모두 같은 말을 반복했다. "이 저주가 끝나기를!"

"저주라니, 무슨 저주 말이죠?" 잠시 후 안드레아스가 물었다.

"외르크가 그 이전 세대에게 가졌던 원망이 다시 그 아들에게로 고스란히 이어지는 게 저주가 아니고 뭐겠어요? 내 눈엔 끝나지 않을 저주처럼 보여요." 마르가레테는 안드레아스의 회의적인 눈빛을 보고 싱긋 웃었다. "가을에 안개가 내리면 유령들이 우릴 찾아와요. 여름밤에 소리치는 건 올빼미만이 아니에요. 세상엔 마녀와 요정도 있고, 간혹 몇 세대 후에야 우리에게 내리는 저주들도 있지요." 그녀가 자리에서 일어나자 다른 사람들도 함께 일어났다. 그녀가 안드레아스와 일제를 차례로 껴안은 다음 헤너에게 말했다. "집까지 좀 바래다주겠어요?"

16

크리스티아네가 외르크의 방에 들어갔을 때 동생은 침대
에 걸터앉아 바닥을 응시하고 있었다. 그녀는 동생 옆에
앉아 그의 두 손을 감싸 쥐었다.

"아들이 내일도 여기 있을까?"

"그러길 원해?"

"모르겠어. 난 이렇게 힘들지 몰랐어. 미리 모든 걸 철저
히 숙고할 수 있다고 믿었고, 또 실제로 철저히 숙고했어.
그런데 뜻대로 되는 게 없어. 내가 수영을 어떻게 배웠는
지 기억나? 어렸을 때 난 여름 내내 집에서 의자 위에 배를
깔고 누워 수영 동작을 연습했어. 그런데 동작을 제대로
익혔다고 생각했는데도 물에만 들어가면 그냥 가라앉고
말았어. 감옥에서 난 의자에 누워 수영을 익힌 셈이었고,
지금은 직접 물에 들어온 거야."

"그래도 어느 날 갑자기 수영을 할 수 있게 됐잖아. 어떻게 그럴 수 있었는지 잘 기억해봐. 넌 알고 있어."

"내가 그걸 아직 알고 있을까? 가을에 우린 클라라 이모와 테신의 랑엔제 호수로 여행 갔어. 거기서 누나가 나와 함께 물에 들어갔는데, 그때 갑자기 수영을 하게 됐어."

"이 주말이 그런 연습이라고 생각해. 친구들과 함께하는 연습. 나중에 도시로 가게 되면 잘될 거야."

"아냐." 외르크가 고개를 흔들었다. "내일 해내야 해. 그렇지 않으면 너무 늦고 말아."

"주말에 이런 자리를 만든 건 실수였던 것 같아. 미안해. 난 그냥……."

"아냐, 크리스티아네. 내가 어느 지점에서 더 이상 나가지 못하고 뭔가에서 상처를 받는 건 전적으로 내 한계야. 나 스스로 늪에서 빠져나와야 해." 그가 그녀의 어깨에 잠시 얼굴을 기댔다. "나는 정말 많은 것을 더 이상 모르겠어. 누가 총을 쏘았는지도 모르겠고, 암스테르담에서 얀을 만났는지, 내가 약속을 지키지 않아 얀을 곤궁에 빠뜨렸는지도 모르겠어. 팔레스타인 여성 교관의 이름도 기억나지 않고, 우리가 사귀었는지도 모르겠어. 또 그렇게 긴 세월 동안 감옥에서 뭘 했는지도 모르겠어. 분명히 뭔가를 하기는 했을 텐데, 모두 날아가버렸어."

"모든 걸 기억할 수는 없어."

"나도 알아. 하지만 과거의 일들이 내 기억에서 완전히 떨어져 나간 것 같은 기분이야. 새로운 것들에 자리를 내주기 위해 없어도 될 사소한 것들이 아니라 마치 내 몸의 일부가 떨어져 나간 것 같다고. 이런 상태에서 내가 뭘 할 수 있겠어?"

"시간이 해결해줄 거야. 자신한테 시간을 줘."

그가 웃었다. "자신한테 시간을 주라니, 티아. 우린 그런 걸 배운 적이 없어. 흘러가는 삶에 나를 맡기고, 주어지는 대로 삶을 받아들이면서 편히 지내는 건 우리한테 낯선 일이야."

"늙은 개가 새로운 요령을 배운다는 영국 속담도 있어."

"아니. 늙은 개는 새로운 요령을 배우지 못해. 영국 속담은 반대 이야기를 하고 있는 거야."

두 사람은 침묵했다. 크리스티아네는 자신이 전날 저녁보다 덜 두려워하고 있는 것을 알아차렸다. 놀라운 일이었다. 어제의 문제들 중에 해결된 것은 하나도 없었다. 오늘의 문제들도 마찬가지였다. 그런데 왜 어제보다 덜 두려운 것일까?

외르크의 고른 숨소리가 들렸다. 그새 잠이 든 모양이었다. 그는 침대에 앉아 고개를 푹 숙이고 양손을 무릎에 올린 채 잠들어 있었다. 그녀가 살짝 밀치자 외르크는 그대로 침대 위로 쓰러졌다. 그녀는 신발을 벗기고 다리를 들어 올려 침대에 내려놓은 뒤 시트를 빼서 동생의 몸을 덮어주었다. 그러고는 얼마간 침대 곁에 서서 동생의 자는 모습을 지켜보았다. 한두 방울 떨어지던 비가 고른 리듬의 빗줄기로 바뀌는 소리가 들렸다.

그녀는 잠자는 외르크의 얼굴에서 모든 것을 보았다. 진지함에서부터 선한 의도, 열정, 자기 자신을 포함해서 모든 것에 대한 거리감의 결여, 편협함, 자기 과대평가, 잔인함, 그리고 현실 부적응으로 어쩔 줄 몰라 하는 면까지. 만일 남으로 만났다면 외르크를 좋아할 수 있었을까? 그러나 외르크와 그녀는 남으로 만난 사이가 아니었다. 그는 그녀가 키우고 동행하고 보살펴온 동생이었다. 또한 그녀의 운명이기도 했다. 크리스티아네는 조용히 동생 방을 나와 자기 방으로 들어갔다.

마침내 모두들 잠들었다. 안드레아스는 잠들기 전 십오 분 정도 방 안을 서성거렸다. 생각할수록 화가 치밀었다. 하지만 곧 마음을 가라앉히고 법률적인 대응 가능성을 검토해보았다. 일제는 글을 더 쓰고 잘까 하다가 이내 그 생각을 접었다. 아침 일찍 일어나 개울가 벤치로 가기로 마음먹은 것이다.

도를레와 페르디난트는 테라스가 텅 비고 어두워졌을 때 벤치를 떠났다. 비가 내리기 시작했다. 처음에는 가벼운 숨결처럼 따뜻하게 몸을 감싸는 온화한 여름비였지만 곧이어 차가운 빗줄기로 바뀌었다. 도를레는 몸을 바들바들 떨며 서둘러 집 안으로 뛰어 들어갔다. "난 방이 없는데." 페르디난트가 속삭였다. 도를레가 나직이 대답했다. "내 방으로 가." 순간 그의 걸음이 계단에서 멈추었다. "난…… 난 아직 한 번도……." 도를레가 두 손으로 그의 머리를 잡고 키스하고는 나직이 웃었다. "괜찮아. 가자."

울리히와 그의 아내는 딸이 페르디난트와 함께 방으로 들어가 사랑을 나누는 소리를 들었다. "가서 말려야 하지 않아요?" "안 돼, 가면 안 돼." 울리히는 이렇게 말하더니 아내를 꼭 껴안았다. 빗소리가 아내의 가슴으로 파고들 때까지. 그러다 둘도 사랑을 나누었다.

카린은 남편의 숨소리를 들으며 누워 이튿날 아침의 예배를 생각하고 있었다. 예배는 견진성사나 피정, 신앙 간담회, 회의, 주교회의 같은 자리에서 많이 해 이제는 거의 자동적으로 나왔다. 그러나 친구들과의 예배는 평소 하던 대로 이끌 수가 없었다. 한마디 한마디가 모두의 상황에 맞아야 했고, 자신이 정말로 아는 것만 말해야 했다. 그런데 그녀는 무엇을 알고 있을까? 아는 것이 있기나 한 것일까? 자신이 일제처럼 다리를 걸어 마르코를 넘어뜨릴 용기가 없는 사람이라는 건 분명히 알고 있었다. 그녀는 그런 자신이 부끄러웠다.

가장 행복하게 잠든 사람은 마르가레테와 헤너였다. 둘은 행복했다. 사람들로 방해받을 일도 화낼 일도 없었기 때문이다. 어쩌면 그건 사랑에 빠졌기에 가능한 일인지 모른다. 사랑에 빠지지 않은 상태에서는 작은 일도 그냥 넘기지 않고 화를 낼 수 있기 때문이다. 둘은 또 서로에 대해 알게 된 모든 것이 마음에 들어서 행복했다. 비록 많지는 않았지만. 그녀는 자신의 번역 일에 대해 말하지 않았고, 그는 자신의 르포 기사에 대해 이야기하지 않았다. 가족과 친구, 좋아하는 책과 영화에 대한 대화도 없었다. 다만 마르가레테는 헤너가 거짓말을 해가면서까지 크리스티아네를 도와준 것이 마음에 들었고, 헤너는 그 거짓말 뒤에 그녀가 자신을 의구심과 관용이 뒤섞인 눈빛으로 바라보던 그 시선이 마음에 들었다. 둘은 서로를 냄새 맡고 서로를 맛보고 서로를 느꼈기에 행복했다. 마르가레테의 침대에 알몸으로 누워 몸이 서로에게 원하는 것을 즐겼고, 몸과 마음이 따로 놀지 않는 것을 기뻐했다. 서로가 서로에게 소망이자 보물이었다. 이젠 열린 창문으로만 빗소리가 들리는 것이 아니라 머리 위의 지붕에서도 빗소리가 들렸다. 두 사람은 비로 만든 집에서 잠든 듯했다.

17

비가 모랫바닥을 적셨다. 곳곳에 물줄기가 생겨나고 작은 웅덩이가 파였다. 약간 불룩한 곳은 모두 빗줄기에 깎여 내려갔다. 마당에 빗물이 고였고, 지하실에 물이 찼다. 식물에는 아주 고마운 비였다. 여름 내내 비가 내리지 않아 무척 가문 상태였다. 모든 식물이 제대로 성장하지 못하고 시들시들했다. 대문 앞과 마당 문 옆의 수국도, 정원 별채 옆의 라즈베리와 토마토도, 심지어 빛바랜 잎이 생기를 잃은 떡갈나무도 마찬가지였다. 마르가레테는 한밤중에 일어나 빗소리를 들었다. 잠들 때보다 더 요란해진 것 같았다. 아침이면 눈부신 꽃망울을 터뜨리고 있을 수국이 벌써부터 기다려졌다. 한껏 물이 올라 풍성해진 라즈베리와 토마토, 싱그러운 잎사귀를 한없이 매달고 있을 떡갈나무도 기다려졌다. 그녀는 다시 잠이 들었다가 다시 깼다. 창문

밖과 지붕에선 여전히 비가 후드득 떨어지고 있었다.

이것도 이 지방 본연의 모습 중 하나였다. 무겁게 내려앉은 잿빛 비구름이 대지를 가득 덮고, 일본 그림들처럼 실같이 가는 비가 내리고, 물에 젖어 질어진 바닥이 신발에 달라붙고, 대지가 완전히 물에 잠기지 않을까 걱정될 정도로 비가 그칠 생각을 하지 않는 것, 이것들이 이 지방의 고유 색깔이었다. 이곳의 비는 스스로를 마치 세상을 온통 물바다로 만들어버릴 대홍수라 여기는 듯했다.

마르가레테는 알고 있었다. 지하실에 물이 차고, 녹슨 골함석 틈으로 다락방에 빗물이 새고, 또 두 집 사이에 물길이 역류해서 넘치면 부엌까지 물이 찰 수 있다는 것을. 작은 재앙에 가까운 그런 일을 처음 겪은 후 그녀는 그다음 큰비가 내릴 때는 모래주머니와 비닐로 빗물이 넘치는 것을 막으려고 했다. 그런데 그도 큰 도움이 되지 못했다. 역시 지난번과 마찬가지로 지하실에 고인 물을 퍼내고, 다락방에 새어 들어온 빗물을 닦아내야 했다. 결국 크리스티아네와 마르가레테는 돈을 들여서라도 집 둘레에 배수 시설을 설치하고 지붕을 고치고 싶었다. 하지만 그 돈을 마련하지 못한다면 마르가레테 말대로 순응하며 살 수밖에 없었다. 홍수는 그녀가 사랑하는 이 지방의 모습 가운데 하나였다. 이 지방을 사랑한다는 것은 이 땅이 품고 있는 모든 것, 혹한과 무더위, 멜랑콜리, 가뭄, 홍수, 이 모든 것에 순응할 준비가 되어 있다는 뜻이기도 했다.

마르가레테는 옆으로 돌아누웠다. 헤너의 등과 엉덩이에 자신의 것이 맞닿았다. 몸을 맞대고 누워 있는 것이 왜 이렇게 포근한지 스스로에게 이유를 설명할 순 없었지만, 어쨌든 그랬다. 앞으로 헤너와의 관계는 어떻게 될까? 가끔 그가 여기 시골로 그녀를 보러 오고, 가끔 그녀가 도시로 그를 보러 가고, 또 가끔은 둘이 함께 여행을 가게 될까? 그녀도 자신이 어떤 형태의 만남을 원하는지 몰랐다. 자신이 자유와 고독을 사랑하는 건 분명했다. 하지만 헤너와 이렇게 몸을 맞대고 누워 있으니 같은 공간에서 함께 살고픈 그리움이 불쑥 솟구쳤다. 그전에는 몰랐던 그리움이었다. 그렇다고 도시로 이주하는 일은 없을 것이다. 그녀는 이곳을 떠날 생각이 없었다.

마르가레테는 빗소리에 귀를 기울었다. 가라앉아 있던 기억이 수면 위로 떠올랐다. 일곱 살 때 집을 도망쳐 나온 소녀가 갑자기 내린 폭우에 당황해하며, 이 비가 세상의 모든 것을 휩쓸고 내려가지 않을까 하는 두려움 속에서 떨며 보냈던 들판 오두막에서의 밤, 하루 종일 곱은 손으로 진창 같은 흙에서 캐낸 감자를 깨끗이 씻어야 했던 수확기의 여름, 친한 친구 결혼식에 참석하러 관청에 갔는데 좀 전까지 내린 비로 관청 입구에 크고 깊은 물웅덩이가 생긴 바람에 판자를 놓고 시장과 신혼부부, 하객들이 들어가야 했던 토요일, 그리고 비가 그치려고 하지 않을 때마다 그녀가 빠져들었던 우울증, 이 모든 기억이 선명히 떠올랐다.

이어 그녀는 집에 양동이가 몇 개나 있는지 머릿속으로 헤아려보았다. 다섯 개? 여섯 개? 비가 그치면 손님들 모두를 한 줄로 세워놓고 지하실의 물을 퍼내게 할 생각이었다. 마르코가 안드레아스에게 양동이를 건네면 안드레아스는 일제에게, 일제는 다시 외르크에게 건네는 상상을 하며 마르가레테는 살며시 웃음 짓고 잠이 들었다.

일요일

Bernhard
Schlink
Das Wochenende

1

일제는 깊이 잠들지 못하고 자주 깼다. 그러다 동이 트면서 완전히 깼다. 그녀는 창가로 가 마당을 내려다보았다. 떡갈나무와 헛간이 비의 베일을 쓰고 있는 것처럼 보였다. 개울가 벤치에서 글을 쓰겠다는 계획은 불가능해졌다. 일제는 물 항아리와 세숫대야를 탁자에서 내려놓고 탁자와 의자를 창가로 옮겼다. 창가는 글을 쓸 수 있을 만큼 환했다.

지난 이틀 사이 일제는 글을 쓰고 싶다는 자기 확신이 어디서 그렇게 굳어졌는지 알 수 없었다. 글쓰기에 대해 머릿속으로 생각만 했던 지난 몇 개월 동안 자기도 모르게 그 싹이 자라고 있었던 것일까? 혹시 다른 사람들에게서 느꼈던 불확실한 삶의 감정에 대한 반항적 반응일까? 아니면 잘못된 삶에 막대한 에너지를 쏟아부었지만 결국 빈손으로 돌아오고 만 외르크에 대한 경악의 반작용일까? 무엇이든 상관없었다. 중요한 건 글을 써야겠다는 확신이 들었다는 사실이다.

하지만 얀의 이야기를 어떻게 이어가서 어떻게 끝맺어야 할지는 확실치 않았다. 우선 얀의 이야기로 독일 테러리즘의 유명한 이야기를 쓸 수는 있었다. 그러려면 조사가 필요했다. 반면에 조사 없이 상상만으로 쓸 수 있는 것도 있었다. 지금까지 밝혀지지 않은 살인과 체포되지 않은 테러리스트에 대한 이야기가 그것이었다. 그리 쓰든 저리 쓰든, 이야기는 어떻게 끝내야 할까? 얀이 체포되는 걸로? 총에 맞아 죽는 걸로? 폭탄을 제조하던 중에 폭발 사고로 죽는 걸로? 체포된다면 그 이후엔 어떤 일이 일어날까? 얌전히 복역하는 걸로 끝날까? 아니면 남은 동료들이 인질극을 벌여 석방되는 걸로? 탈옥하는 걸로? 아니, 그건 예전 이야기로 다시 돌아가는 것일 뿐이었다. 그는 감옥에 갇혀야 했다. 그렇다면 거기서는 어떤 심정일까? 자신이 수행한 전쟁의 포로로 잡힌 기분일까? 자신을 희생자로 여길까? 저항할까? 후회할까?

우리는 테러리스트들이 어떤 모습이길 바랄까? 일제는 테러리스트가 자신의 과거를 어떤 시선으로 바라볼지 결정해야 했다. 사람들이 바라는 것은 그녀도 이해할 수 있었다. 테러리스트가 자신의 소행을 소상히 밝히고 반성하는 것은 사회적 요구나 다름없었다. 희생자 가족들은 무슨 일이 일어났는지 자세히 알고 싶어 하고, 사회는 테러리스트가 다시 사회계약을 준수하겠다는 신호를 주길 원한다. 그럼에도 일제는 당당하고 반항적인 자세로 사면을 신청한 외르크에게 감동을 받았다.

그게 아닐까? 그녀가 감동받은 건 사면을 신청한 지금의 외르크가 아니라 그녀의 기억 속에 남아 있는 그 당당하고 반항적인 청년의 모습이 아닐까? 처녀 시절에 그녀가 사랑에 빠진 그 남자 말이다. 그렇다면 사랑에 대한 기억이 그녀를 감동시킨 것이었을까?

일제는 금요일부터 외르크에 대한 자신의 사랑을 한 번도 생각하지 않은 것이 이상했다. 사랑의 감정은 말할 것도 없었다. 그는 이제 호기심의 대상으로 변해 있었다. 그녀가 차가운 눈으로 관찰하고, 가끔은 놀라기도 하고 가끔은 낯설게 느끼기도 하면서 줄곧 흥미롭게 생각하는 그런 대상. 그녀는 자신의 생각을 실험해보고 있었다. 문득 오래전에 외르크가 대강의실로 들어오던 날 아침이 떠올랐다. 그녀는 여느 때처럼 다섯째 줄에 앉아 있었다. 강의에 집중하기도 좋고 교수에게 호명될 가능성도 적은 적당한 거리의 자리였다. 미국 역사에 대한 강의가 막 시작되었다. 외르크는 첫 출현부터 일반 학생들과는 완연히 달랐다. 그는 문을 닫고 잠시 선 채로 교수와 학생들을 유심히 살펴보더니 이윽고 천천히 앞으로 걸어가 맨 앞줄에 앉았다. 그 행동 하나하나가 일제의 소심한 면모에 비해 몇 광년은 떨어져 있을 정도로 당당하고 자신감에 차 있었다. 거기다 얼굴은 쾌활하면서도 반항적이었고, 청바지에 흰 티셔츠, 파란색 재킷을 걸친 몸은 날씬했다. 그녀는 바로 사랑에 빠져버렸다. 외르크가 일어나 미국의 제국주의와 식민주의에 대한 토론을 요구했을 때도 평소 같았으면 속으로 화를 냈겠지만 그때는 용감하고 생동감 넘치는 행동으로 보였다. 수업이 끝나자 그녀는 몇몇 다른 학생들과 함께 그를 쫓아갔고, 이후 외르크의 동아리와 정치에 대해 알게 되었다. 일제는 외르크에 대한 감정이 얼마나 자신을 압도했는지, 자신이 그 감정에 얼마나 속수무책이었는지, 그리고 자신이 어떤 일을 할 수 있을지 따질 겨를도 없이, 또 그를 자기 사람으로 만들 희망도 없이 얼마나 집요하게 그를 쫓아다녔는지 정확히 기억하고 있었다. 그랬다. 당당하고 반항적인 자세로 사면을 신청한 외르크의 모습에서 마음이 움직였던 것은 당시의 그 여학생이었다. 달리 말하면 당시 대학생이었던 외르크가 그녀의 마음을 움직였다고 할 수도 있었다. 쾌활함이 사라지고 반항심만 남은 지금의 외르크가 아니라. 외르크에 대한 사랑은 그의 쾌활함을 알아보면서 시작되었기 때문이다.

그녀가 처음엔 상상 속에서, 나중엔 현실 속에서 차가워진 것이 글쓰기 때문일까? 혹은 차가워졌기 때문에 글을 쓸 수 있게 되었을까? 사랑을 포기했기 때문에? 사랑하는 법을 잊었기 때문에? 그녀가 기억을 통해 자신을 보는 것처럼 고양이를 통해 자신을 비추어볼 수 있기 때문에 고양이들이 그녀의 반려가 된 것일까?

일제는 마음이 편치 않았다. 자신이 차가워진 이유를 찾아야 했다. 자신이 무엇에 감동을 받을 수 있는지, 자신이 사랑하는 법을 잊어버린 것은 아닌지도 알아내야 했다. 그건 이래도 그만 저래도 그만인 문제가 아니었다. 그런데도 지금껏 그래왔다. 그 질문들에 답을 찾아야 했다. 하지만 당장은 아니었다. 지금은 이야기가 몰려오고 있었다. 이 이야기부터 끝내야 했다. 어떻게 마무리 지어야 할까?

당당하고 반항적인 자세로 사면을 신청한 외르크에게 감동받은 것이 아니라면 감옥에서 기꺼이 교화를 받아들일 자세로 자신의 과오를 뉘우치고 회개하는 얀의 모습에 반감이 이는 것은 무슨 이유일까? 그럴 수가 없었기 때문이다. 아내와 자식에다 번듯한 직업까지 있고 사회적 인정까지 받던 사람이 과감히 기존의 사회적 실존을 버리고 테러리스트가 되었는데, 그런 사람이 감옥에 몇 년 갇혀 있었다고 해서 다시 일상적 삶의 가치를 동경하고 그 속으로 돌아가는 것이 어떻게 가능하겠는가? 물론 감옥에 있을 때건 감옥을 나와서건 외로이 혁명적 프로젝트에 계속 매달리는 것도 가능한 일 같지는 않았다. 그렇다면 감옥을 나온 뒤에 남는 것은 무엇일까?

문득 일제는 외르크의 분열 상태가 이해되었다. 하지만 얀을 그런 분열 상태에 빠진 사람으로 그리고 싶지는 않았다. 그러려면 얀은 붙잡히지 말아야 했다. 붙잡혀서 복역

하고 다시 석방되는 모습으로 그릴 수는 없었다.

일제는 창밖으로 내리는 비를 바라보았다. 어떤 테러리스트의 행로가 경찰과 법정, 감옥에 의해 제지되지 않는다면 그의 삶은 어떻게 끝날까? 테러리스트에게도 은퇴라는 것이 있을까? 은퇴해서 말년을 즐길까? 미국 여권과 스위스 비밀 계좌를 갖고서? 혹은 한적한 시골에서 조용히 살까? 아니면 호텔에서 묵으며 여행이나 다닐까? 아내와 함께? 혼자서? 일제는 이제껏 장거리 여행과 머나먼 나라를 동경해본 적이 없었다. 오덴발트 숲이나 보덴제 호수, 혹은 프리슬란트 제도로 휴가를 가는 것만으로 충분했다. 그런데 이제는 세상에 대해 더 많은 것을 알고 싶었고, 안을 머나먼 곳으로 떠나보내 혁명적 테러에 동참했다가 죽음을 맞게 하고 싶었다. 너무나 어리석고 끔찍하고 부질없는 테러이자, 그가 지금껏 살았던 삶의 진실이 비로소 오롯이 드러나는 그런 테러였다.

옆방에서 나무 바닥이 삐걱거리는 소리가 들렸다. 일제는 시계를 보았다. 여섯 시였다. 밖은 환하지 않았다. 하늘은 앞으로 얼마든지 비를 더 뿌릴 수 있을 것처럼 어두웠다. 이따금 빗방울이 후드득 집을 때리더니 유리창을 타고 굴러 내려갔다. 새로 끼운 창문틀과 벽 사이로 빗물이 새어 들어 창턱에 고였다. 일제는 탁자를 옆으로 치워놓고 잠옷을 벗었다. 그러고는 창문을 열고 얼굴과 가슴, 팔로 비를 맞았다. 기분 같아서는 알몸으로 방을 뛰쳐나가 공원으로 달려가고 싶었다. 젖은 풀이 발바닥에 닿고 젖은 관목 이파리가 몸에 스치는 감촉을 느끼고 싶었고, 개울에 뛰어들어 몸을 담그고 싶었다. 그러나 용기가 나지 않았다. 밤새 내린 비로 미친 듯이 질주하는 급류로 변해버렸을 개울에 뛰어들었다가는 자칫 물살에 휩쓸려갈 수도 있다는 상상이 들자 두려워졌다.

그녀는 창문을 닫고 옷을 입은 뒤 탁자를 원래 자리로 옮겨놓았다. 그러고는 공책을 펼쳐 글을 쓰기 시작했다.

2

지배인이 얀을 안으로 들였다. 그러나 테이블 자리를 주는 게 아니라 바bar로 안내했다. "바넷 씨가 도착하면 모시러 오겠습니다." 얀은 가방을 물품보관소에 맡기고 자리에 앉았다.

얀의 자리에서도 창문으로 도시가 보였다. 고층 빌딩 숲과 거리들, 강과 다리, 그 뒤로 넓은 카펫처럼 펼쳐진 작은 집들, 저 멀리 대관람차와 공항 타워까지 또렷했다. 지평선에서는 바다가 햇빛 속에 반짝거렸고, 하늘은 시리도록 푸르렀다.

가방을 물품보관실에 맡기는 것으로 얀의 임무는 끝났다. 그게 전부였다. 레바논 동료에게 받은 부탁이었는데, 그전에 얀의 부탁을 몇 번 들어준 친구였다. "아침에 '윈도우즈 온 더 월드'*에 들어가려면 클럽 회원이어야 하는데, 나보다는

*뉴욕 세계무역센터 북쪽 타워 꼭대기 층에 있던 레스토랑.

당신이 더 나을 것 같소."레바논 동료는 이렇게 말하며 싱긋 웃었다. 얀은 손으로 가방 무게를 가늠해보았다. 무거웠다. 레바논 동료가 다시 싱긋 웃었다. "폭탄은 아닙니다." "물품 보관증은 어떡하죠?" "전화를 하겠소."

얀은 커피를 마셨다. 임무를 마쳤으니 이제 계산하고 나갈 수도 있었다. 그러나 자신이 나가는 것이 남의 눈에 띄어서는 곤란했다. 누군가 쫓아와 가방을 두고 갔다며 가방을 갖다줄 수도 있었다. 그런 일은 피해야 했다.

그의 시선은 줄곧 창문 너머에 고정되어 있었다. 저 수많은 집들, 저 수많은 사람들, 저 수많은 인생들……. 사람들은 이리저리 차를 타고 다니며 일을 하고 건물을 짓는다. 또한 땅을 소유하고 무언가를 만들고 이웃과 관계하며 살아간다. 문득 얀은 그 에너지가 놀랍게 여겨진다. 사람들은 가끔 빌딩 꼭대기를 사원처럼 짓기도 하고, 다리를 하프 모양으로 만들기도 하고, 죽은 자를 강가의 푸른 정원에 묻기도 한다. 놀라웠다. 모든 것이 올바르게 흘러가는 듯했다. 그러나 그는 그게 올바르다고 느끼지 못할 정도로 그 세계에서 너무 멀리 떨어져 나왔다. 문득 '거인들의 장난감'에 관한 동화가 떠올랐다. 동화책에는 거인족의 딸이 길을 가다가 밭을 매는 농부를 발견하고, 말과 쟁기, 농부를 장난감처럼 한꺼번에 들어 올리는 그림이 그려져 있었다.

얀은 커피와 물을 한 잔씩 더 주문했다. 낮에는 이 도시에 머물다가 저녁에 비행기를 타고 이튿날 아침 독일에 내릴 예정이었다. 그는 독일에 도착할 때마다 아내가 사는 집을 찾아가 몰래 숨어서 아들들을 보고 싶은 유혹을 느꼈다. 지금은 대학 학기가 끝나 아들들도 집에 와 있을 것 같았다. 그러나 그는 매번 이러한 유혹을 떨쳐냈다. 주소와 전화번호는 알고 있었지만, 더 이상의 접촉은 스스로 허락할 수 없었다.

테이블에 주문한 음식들이 도착하고 손님들이 막 아침 식사를 먹으려고 할 때였다. 갑자기 무슨 소리가 들린다. 무언가를 으깨고 빨아들이는 것 같은 둔탁한 소리다. 마치 거대한 분쇄기가 건물을 통째로 빨아들여 잘게 부수는 소리 같다. 갑자기 창문으로 도시가 비스듬히 기울어진다. 테이블과 의자가 미끄러지고 그릇이 바닥에 떨어져 깨진다. 사람들은 비명을 지르며 서둘러 벽과 가구를 잡거나 서로를 붙잡는다. 안도 스탠드를 꽉 움켜쥔다. 벽이 삐걱거리며 신음을 낸다. 창 너머 도시가 똑바로 서는가 싶더니 이내 다시 측면으로 기운다. 왼쪽, 오른쪽, 다시 왼쪽으로. 타워 빌딩이 이리저리 몇 번 흔들린다. 그런 다음 움직이지 않고 멈추어 선다.

한순간 레스토랑 안에 완벽한 정적이 흐른다. 안도 움직이지 않는다. 어디선가 정적을 뚫고 핸드폰 소리가 울리는 순간에야 안은 잠시 숨을 멈추고, 이어 다른 사람들과 함께 와르르 웃음을 터뜨린다. 이유를 알 수 없는 광란의 소동이 거짓말처럼 끝난 것 같았기 때문이다. 타워는 서 있고, 전화는 되고, 도시는 무사하고, 햇빛은 여전하다. 그러나 안도감은 오래가지 않는다. 테이블과 의자를 다시 정리하려고 몰려나온 남녀 웨이터와 옷에 흘린 커피와 주스를 닦으려고 냅킨을 집어 들던 손님들이 창문에서 피어오르는 연기를 보고 그 자리에 화석처럼 굳어버린다.

이번에는 몸의 경직 상태가 폭소로 풀리는 일은 생기지 않는다. 그럴 수가 없는 상황이다. 손님들은 창가로, 문으로, 복도로, 엘리베이터로 뛰어간다. 의자가 넘어지고 깨진 그릇이 빠지직 밟힌다. 지배인이 귀에 전화기를 댄 채 손님들에게 소방대를 부르겠다고 소리친다. 얀은 물품보관소로 달려가 자신이 맡긴 가방을 확인한다. 혹시 가방에 폭탄이 든 건 아닐까? 가방 안에 또 다른 가방이 있는 건 아닐까? 그런데 가방 안에는 무선수신기뿐이다. 그때였다. 비행기가 타워에 부딪혔다고 누군가 소리친다. 순간 얀은 이 무선수신기가 비행기를 유도한 게 아닐까 의문을 품는다. 엘리베이터는 여전히 올 생각을 하지 않는다. 벌써부터 엘리베이터는 더 이상 기대하지 않고 다른 출구를 찾는 사람들이 나온다. 누군가 계단이 어디 있는지 묻는다. 그러나 106층에 이르는 계단을 어떻게 걸어 내려가려는 것일까? 누군가 부엌에서 정육용 도끼칼을 가져와 엘리베이터 문 사이에 억지로 끼워 넣어 틈을 만들자 다른 사람들이 그 틈새로 손을 집어넣어 문을 옆으로 민다. 그런데 아득한 수직 갱도 같은 곳에서 보이는 것이라고는 연기와 화염, 흔들리는 전선줄뿐이다. 사람들은 즉시 두 번째, 세 번째 엘리베이터로 달려가보지만 결과는 똑같다.

벌써 계단으로 내려가는 사람들이 보인다. 레스토랑 손님들 외에 회의 참석자와 종업원들까지 계단에 합류한다. 한 층씩 내려갈 때마다 더 많은 사람들이 몰려든다. 그런데도 누구하나 밀치는 사람이 없다. 모두들 최대한 빨리 몸을 움직여 내려가고, 빨리 내려가지 못하는 사람을 도와주기도 한다. 계단에서 들리는 건 발소리뿐이다. 쓸데없는 말을 하고픈 사람은 아무도 없다. 사실 이런 상황에서 무슨 말이 필요하겠는가? 선두에 선 사람들이 갑자기 기침을 하고 걸음을 멈춘다. 그로써 길이 막힌다. 맨 앞쪽 무리에 있던 얀도 기침을 하면서 걸음을 멈춘다. 옆에 있던 남자가 손수건으로 입을 가린채 연기와 열기 속으로 내려가자 얀도 그를 따라 한다. 그러나 얼마 가지 못한다. 반 층도 못 내려가서 벌써 숨이 막힌다. "우리 얼마나 내려왔소?" "칠팔 층쯤 내려온 것 같은데, 정확히는 모르겠소." 둘이 다시 돌아간다. 그것을 본 다른 사람들도 등을 돌려 다시 위쪽으로 향한다. 올라가는 길도 곧 막힌다. 다른 계단으로도 더 이상 내려갈 수 없다는 소리가 위에서 들려온다. "옥상으로 갑시다! 거기서 헬리콥터를 기다립시다."

  얀은 뒤처진다. 속이 좋지 않아 계단에 주저앉는다. 뛰어올라가는 사람들의 발소리가 차츰 잦아든다. 반면에 열기와 연기는 점점 강해진다. 얀은 일어나 계단과 연결된 문을 연다. 홀이 나타난다. 홀에 딸린 문들은 죄다 열려 있다. 그는 문과 사무실을 하나씩 차례로 돌아다닌다. 자신이 왜 여기서 이러고 있는지 모른다. 분명한 건 옥상으로 올라가야 한다는 것이고, 곧 뛰어 올라갈 것이다. 그러나 그는 그러지 않는다. 대신 한 사무실 안으로 들어가더니 칸막이와 책상들 사이를 지나 창가로 간다. 다른 타워 빌딩도 불길에 휩싸여 있다. 얀이 고개를 끄덕인다. 아랍 친구들이 이렇게까지 하리라고는 예상치 못했다.

어디선가 문을 두드리며 사람을 부르는 소리가 나직이 들린다. 얀이 그 소리를 따라가 한 문 앞에 선다. 문을 열려고 해보지만 문이 문틀에 끼여 열리지 않는다. 그는 손잡이를 누르고 어깨로 힘껏 문을 민다. 덜컹 문이 열린다. 창문 하나 없는 복사실에 한 젊은 여자가 어리둥절한 표정으로 눈을 끔벅이고 있다. 무슨 일이 일어났는지 전혀 알지 못하는 눈치다. 무언가 큰 소리가 들리고 진동을 느꼈을 뿐인데, 그 이후 불이 나가고 타워가 흔들리더니 더 이상 문이 열리지 않는다. 여자는 드디어 자신이 구조되었다고 생각한다. 얀이 여자의 손을 잡아끌면서 뛰기 시작한다. 가장 가까운 계단으로 나가는 문을 여는 순간 즉시 문을 닫을 수밖에 없을 정도로 강한 열기와 짙은 연기가 훅 솟구쳐온다. 그는 다른 문들로 뛰어간다. 여자는 손을 잡힌 채 쫓아가며 절망적으로 묻는다. 무슨 일이냐고, 왜 불이 났느냐고, 당신은 누구냐고. 다른 계단들도 이미 연기와 열기로 가득 차 있다.

얀은 여자를 창가로 데려가 건너편 타워에 무슨 일이 일어났는지 보여준다. 여자가 묻는다. "여기서 어떻게 나가죠?" 얀은 무슨 대답을 해야 할지 모른다. "우리가 여기 있는 걸

구조대가 알아요? 전화했어요?"그녀는 얀의 난감해하는 얼굴을 본다. "아직 전화를 안 했군요!"여자가 주머니를 뒤져 핸드폰을 꺼내더니 구급대에 전화를 걸어 건물의 층과 사무실 이름, 그리고 계단에 연기와 열기가 가득 차 있다고 이야기한다. "자, 이제 어떻게 하죠?"그녀가 말한다. 그는 발밑으로 바닥이 따뜻해지는 것을 느낀다. 그사이 사무실 안의 공기도 연기와 화학 성분 때문에 숨을 쉬기 어려울 정도로 매캐하다. 얀은 금속 쓰레기통을 집어 들고 창문을 힘껏 후려친다. 처음에는 쓰레기통 바닥으로, 나중에는 모서리로. 유리가 폭발하듯이 산산조각 난다. 그는 창문에 붙은 유리 조각까지 모두 쓰레기통으로 쳐낸다.

"바닥이 따뜻해져와요."여자가 한쪽 발을 들고, 다음에는 그 발을 내리고 다른 발을 들면서 어색하게 웃는다. 그가 고개를 끄덕인다. "책상을 창가로 밉시다." 책상을 밀고 가는 사이 바닥이 너무 뜨거워져 둘은 발을 번갈아 한쪽씩 들어 올려가며 서둘러 책상을 옮긴다. 곁으로 보면 무척 우스꽝스러운 모습이다.

여자도 열기가 곧 그들이 서 있는 책상 위까지 올라오리라는 것을 안다. "이젠 어떡하죠?"

"뛰어내립시다."

여자는 얀을 바라보며 진심으로 하는 말인지, 농으로 하는 말인지 몰라 헷갈리는 표정을 짓는다. 하지만 진담이라는 것을 이내 알아차린다. "하지만……."

256

"구조대가 저 밑에 거대한 안전그물을 쳐놓았어요. 머리로만 떨어지지 않도록 주의하면 됩니다."

여자가 창문으로 몸을 내밀고 아래를 내려다본다. "아무것도 안 보이는데요."

"그럴 겁니다. 요즘 나오는 안전그물은 투명한 특수 합성 물질로 만들어서 그래요."

얀을 쳐다보는 여자의 눈길에 불신이 가득하다. 여자가 갑자기 울기 시작한다. "거짓말인지 다 알아요. 우린 죽을 거예요. 다 안다고요."

"같이 날아갑시다. 손을 잡고 아침 속으로 나는 겁니다."

이런 말도 소용이 없다. 여자는 울음을 그치지 않는다. 얀이 여자의 팔을 잡고 진정시키려 하지만, 여자는 몸을 흔들어 얀의 손을 떼어내며 집에 가고 싶다고, 엄마한테 돌아가고 싶다고 말한다. 그러고는 다시 핸드폰을 꺼내 전화를 건다. 그러나 돌아오는 건 자동응답기의 대답뿐이다. 여자는 응답기에 엄마를 사랑한다는 말을 남긴다. 여자의 행동을 지켜보던 얀도 아내와 아이들에게 작별 인사를 해야 하지 않을까 고민한다. 첫 통화이자 마지막 통화로. 그러나 고민은 곧 끝난다. 죽음 직전에 감상적인 모습을 보이고 싶지는 않다. 다만 이 여자를 돕고 싶다. 타이타닉 호의 오케스트라처럼.

콘크리트 바닥이 물렁해지면서 책상이 내려앉기 시작한다. 네 다리가 동시에 똑같은 깊이로 내려앉지는 않고 한쪽으로 기울며 삐딱하게 선다. 중심을 잃은 여자가 비명을 지르며 무언가를 잡으려고 한다. 그러나 허우적거리는 두 팔은 얀뿐 아니라 칸막이와 창틀까지 놓치고 허공을 가른다. 결국 여자는 창문 밖으로 떨어진다. 팔을 휘젓고 발을 버둥거리면서. 비명 소리가 아득하다. 얀은 간신히 균형을 잡고 선다.

이젠 그도 뛰어내려야 한다. 열기가 벌써 책상 위까지 느껴진다. 책상은 곧 뜨거워지고 불이 붙을 것이다. 바닥 여러 곳에서 불꽃이 날름거린다. 얀은 자신이 떨어지면서 비명을 지르지도, 팔다리를 허우적거리지도 않으리라는 것을 안다. 근육을 긴장시키고 이를 악물고 싶지도 않다. 그저 자연스럽게 날고 싶다. 가파르게 다가올 고통 없는 최후의 비행을 두려움 없이 즐기고 싶다. 그는 항상 자유로워지고 싶었고, 그래서 모든 속박을 떨쳐냈다. 그러나 자유의 빛 속에서 살면서도 늘 자유의 공포 역시 함께했다. 이제 하늘을 날 수만 있다면 그가 지금껏 했던 일은 모두 옳은 일이 될 것이다.

얀은 두 팔을 벌리고 허공으로 뛰어내린다.

3

카린은 정각 아홉 시에 종을 쳤다. 애초에 많은 사람이 오
리라고는 기대하지 않았다. 아니, 속으로는 아무도 오지
않아 예배가 무산되기를 바랐다. 카린은 인간을 자유롭게
한다는 진실에 관한 성경 구절*을 미리 읽으며 진실한 삶
과 자기기만에 관한 몇 가지 생각을 연결시키고자 했다.
그러나 여러 번 잠을 깨운 꿈들로 인해 당혹스러움을 감
추지 못했다. 젊을 때 낙태한 아이 꿈, 벤치에 앉아 머리
를 갸웃거리며 웃고만 있을 뿐 그녀를 알아보지 못하는 남
편 꿈, 그리고 스텝포드 와이프**처럼 다루기 쉬운 인조

---

*"진리가 너희를 자유롭게 하리라."(요한복음 8:32) 독일어 'Wahrheit'에는 '진
리'와 '진실'이라는 뜻이 공존한다. 종교적 의미에서는 '진리'라 옮기는 것이 타
당하겠지만, 이 소설의 맥락에서는 '진실'이라 옮기는 것이 적합할 듯하다.
**소설을 원작으로 만들어진 영화 〈스텝포드 와이프〉에 나오는 완벽하게 순종
적인 아내들을 가리킨다. 그런데 사실 이 아내들은 모두 로봇이다.

인간 같던 옛 교구 신도들의 꿈이었다. 이 꿈들은 그녀에게 진실한 삶에 대해 자신을 속이지 말라고 경고하는 듯했다. 왜 그럴까? 그녀는 진실의 삶을 살아야 한다고 요구할 생각이 없었고, 자기기만의 삶에 유죄 판결을 내릴 생각도 없었다. 하지만 지금껏 남편에게 낙태 이야기를 한 번도 꺼내지 않은 것은 사실이었다.

아마 남편이 물었더라면 이야기를 했을 것이다. 그러나 남편은 묻지 않았다. 그녀가 아이를 가질 수 없고, 그것이 그녀 쪽에 책임이 있다는 것이 밝혀졌을 때도 묻지 않았다. 가끔 그녀는 남편이 낙태 사실을 어렴풋이 눈치채고 있다는 느낌이 들었다. 그녀가 그를 만나기 전에 거친 세월을 살았고, 그 세월 동안 일어난 많은 일들에 대해 그녀 자신이 행복해하지 않는다는 것을 잘 알고 있는 남편이었다. 그런데도 남편이 묻지 않은 것은 아마 사랑 때문이었을 것이다. 그렇다면 사랑에서 유래한 이 침묵의 가치를 청하지 않은 고백으로 무화시킬 이유가 있을까?

카린은 큰 방으로 들어가 문들을 활짝 열어놓고 환기를 시키며 문틀에 서서 비 내리는 공원을 바라보았다. 그러면서 서늘하고 축축한 공기를 한껏 들이마셨다. 한순간 예배에 대한 걱정을 모두 잊었다. 그녀는 자신이 아름답고 강하다고 느꼈고, 그런 강함을 즐겼다. 카린은 책임감이 강하고 자기관리가 철저한 사람이었다. 남들이 힘에 부치는 요구로 괴로워하거나 흥분하면 적절한 조치로 안정과 질서를 불어넣었고, 계획을 세우고 결정을 내릴 때는 힘들이지 않으면서도 확고한 면을 보였다. 카린은 자신의 직책을 훌륭하게 수행했다. 종교 세금과 신도가 점점 줄어드는 상황에서 교단을 알뜰하게 꾸려가는 법을 가르쳤고, 대중 앞에서 시대의 문제에 대해 발언할 때는 현실과 유리되지 않도록 이야기할 줄 알았으며, 조언을 구하는 사람들에게는 관심과 연민 어린 눈길을 보냈다. 간혹 자신이 이 일을 더 이상 가슴으로 하지 못하고 그저 자신이 잘하는 일이기에 하고 있는 건 아닌가 하는 의문을 가지기도 하지만, 그렇다고 이 직업을 그만두어야겠다고 생각한 적은 없다. 그녀는 자신이 아름다운 여자라는 것도 즐겼다. 그녀는 날씬했고, 커다란 갈색 눈은 매력적이었으며, 얼굴은 팽팽했고, 짧은 회색 머리는 유행에 맞게 세련되었다. 게다가 눈썹을 찡그릴 때는 나이보다 한결 젊어 보였다. 혼자만의 생각과 몽상에 빠져 있거나, 바이올린이나 피아노 연주에 집중할 때면 그녀의 눈은 어린아이 같지만 유치하지 않은 광채로 빛났다. 남편이 자주 이야기해주어서 이젠 그녀도 그것을 알고 있었다. 물론 거울 속에서는 발견할 수 없는 것이었지만. 이따금 그녀는 의도적으로 그런 표정을 짓기도 했다.

카린은 의자 다섯 개를 느슨한 형태로 둥글게 배치했다. 다섯 명보다 적게 오더라도 휑한 느낌이 덜하고, 그보다 더 오면 의자를 추가하면 되었다. 계단을 내려오는 발소리가 들렸다. 가장 먼저 온 카린의 남편이 그녀에게 입을 맞추고 조용히 자리에 앉아 눈을 감았다. 재미있어하는 표정으로 지켜보던 안드레아스도 말없이 앉아 눈을 감았다. 외르크는 둥글게 배치한 좌석에 들어가지 않고 벽 쪽의 한 의자에 앉더니 두 팔을 무릎에 괴고 바닥을 내려다보았다. 그의 아들과 도를레도 원형의 빈자리를 피하고, 다른 의자 두 개를 갖고 와 두 번째 줄을 만들더니 기대에 찬 얼굴로 카린을 바라보았다. 울리히와 그의 아내는 원형의 빈자리에 앉았다. "찬송가책도 있나?" 울리히의 물음에 카린이 고개를 흔들자 그가 다시 말했다. "그럼 인도자가 선창하면 우리가 따라 부르는 건가?" 마르코는 외르크 옆의 벽에 기대선 채 팔짱을 끼었다. 일제와 크리스티아네는 의자를 가져와 두 번째 줄에 앉았다. 마지막으로 도착한 마르가레테와 헤너는 무리와 약간 떨어져 앉았다. 자리가 한 사람씩 늘어날 때마다 카린의 가슴은 점점 무거워졌다.

카린이 황금빛 태양에 관한 찬송가를 3절까지 불렀다. 가사를 아는 에버하르트와 일제가 따라 불렀고, 나머지 몇 사람은 멜로디를 흥얼거렸다. 이어 카린이 미리 골라놓은 그 성경 구절을 낭송했다. "프라이부르크 대학의 모토군." 울리히가 아는 척했다. "CIA의 모토이기도 하죠." 마르코가 비아냥거리듯 끼어들었다. "이건 모든 인생의 모토이기도 합니다." 카린은 이렇게 말하고 나서 '아는 것'에 대해 설명했다. 우리 자신이 누구인지 안다면 우리에겐 자신을 뛰어넘을 기회가 생긴다. 반면에 알지 못한다면 늘 그 상태에 머물러 있을 수밖에 없다. 하지만 그렇다고 해서 타인에게 진실을 강요해서는 안 된다. 진실이 너무 고통스럽고 우리가 그 진실을 감당할 수 없을 때 자기기만이 생겨난다. 그래서 타인 속에서 자기기만이 드러내는 고통의 진실을 알아보고 존중해주는 것이 필요하다. 그런데 자기기만은 고통을 드러내기만 하는 것이 아니라 고통을 만들어내기도 한다. 또한 자기기만은 우리가 스스로를 보는 것을 가로막을 뿐 아니라 우리가 타인을 보고 타인이 우리를 보는 것까지 가로막을 수 있다. 그래서 자신의 진실이든 타인의 진실이든, 그것을 향한 치열한 노력이 없으면 안 된다.

"그게 강요 아닌가요?" 안드레아스가 이의를 제기했다.

"아닙니다. 나는 동등한 관계에서의 노력을 이야기했지, 권력과 강제에 대해 말한 게 아니에요."

안드레아스는 굽히지 않았다. "그럼 부모와 자식, 남편과 경제적으로 종속된 아내, 여자와 사랑에 빠진 남자는 어떻습니까? 그게 동등한 관계입니까, 아니면 권력과 강제의 관계입니까?"

카린은 고개를 저었다. "당신은 둘 중 하나만 얻을 뿐이에요. 당신이 동등한 관계로 타인을 만나지 않으면 권력은 얻을 수 있을지 모르지만, 진실은 얻지 못할 겁니다."

"그게 맞다면 타인에게 진실을 강요할 수는 없죠. 근데 당신은 왜 우리가 할 수도 없는 일을 두고, 해서는 안 된다고 말하는 거죠?"

카린은 설명했다. 타인에게는 진실을 강요할 수 없을 뿐
아니라 그런 시도조차 해선 안 된다는 걸 말하려고 했을 뿐
이라고.

"하지만 타인에게 왜 진실을 강요할 수 없다는 거죠? 역
사에선 항상 올바른 진실이든 잘못된 진실이든 강제로 주
입해서 성공한 사례가 숱하게 있어요."

카린은 실타래가 엉킨 느낌을 받았다. 그 성경 구절은 오
직 진실을 신의 말씀인 진리로 이해할 경우에만 해석이 가
능한 것일까? 설사 그렇다고 하더라도 친구들에게는 그렇
게 말하고 싶지 않았다. 그렇다면 어떤 말을 더 해줄 수 있
을까? 지금까지 그녀는 이 구절을 늘 사람의 마음을 치유
하고 분석하는 세속적 지혜와 일치하는 말씀으로 여겨왔
고, 또 그렇게 여기고 싶었다. 이제 결론을 내리고 싶었다.
그래서 강요된 진실에는 어떤 축복도 내리지 않는다는 말
로 논쟁을 끝내려고 했다. 그러나 안드레아스가 1945년 독
일의 패망을 강요된 진실의 성공한 사례로 언급하자 그 생
각을 접고 말았다. 다만 미소를 지으며 이렇게 말했다. "더
이상은 나도 모르겠네요. 난 그저 이 구절을 좋아하고, 이
구절에서 용기를 얻을 뿐이에요. 어쩌면 내가 이 구절을
제대로 이해하지 못하는 것일 수도 있고, 어쩌면 이 구절
자체가 맞지 않을 수도 있어요. 그래서 혹자는 이 구절을
거꾸로 읽기도 하지요. 진실이 우리를 자유롭게 하는 것이
아니라 자유가 우리를 진실하게 한다고. 진실도 자유롭게

사는 인생의 수만큼 다양하겠지요. 물론 이런 생각을 하면 나는 속으로 깜짝 놀랍니다. 난 이 세상에 오직 하나의 진실만 존재하기를 바라는 사람이니까요. 하지만 내 소망이 뭐가 대수겠습니까! 아무리 간이 예배라지만 예배 꼴이 말이 아니네요. 어쨌든 이렇게 오셔서 끝까지 들어주신 것에 감사드리며, 다 함께 주기도문을 바치겠습니다."

주기도문이 끝나자 크리스티아네는 아침 식사 준비하는 일을 사람들에게 나누어 맡겼다. 브뢰첸을 사 오고, 커피를 갈아 뜨거운 물을 붓고, 쟁반과 작은 나무 도마에 베이컨과 치즈를 담고, 계란을 삶고, 식탁을 차리는 일이었다. 울리히는 외르크와 함께 빵을 사러 갔고, 도를레는 페르디난트와 함께 커피를 맡았다. 카린과 에버하르트, 일제는 식탁을 차리며 찬송가를 불렀다. 안드레아스는 계란을 삶아 냅킨으로 정성스레 쌌다. 마르가레테와 헤너는 다락방과 지하실을 점검하러 갔다. 다들 무언가 할 일이 있고 말을 하지 않아도 된다는 사실이 기쁜 듯했다.

4

하지만 그들이 어떻게 말에서 벗어날 수 있겠는가? 더할 나위 없이 행복한 사람 혹은 희망 없이 좌절한 사람이나 말에서 벗어날 수 있는 법이다. 외르크는 모두가 식탁에 앉자마자 자리에서 일어나 말을 하기 시작했다.

"나도 우리가 길을 잘못 들었고, 우리가 저지른 행동이 잘못이었다는 것을 알고 있습니다. 우리는 승리할 수 없는 싸움을 시작했습니다. 애초에 시작하지 말았어야 할 싸움이었죠. 차라리 그 싸움이 아니라 다른 싸움을 시작했어야 했습니다. 하지만 분명한 건 싸워야 한다는 것이었습니다. 우리의 부모 세대는 순응했고 저항을 회피했습니다. 우리는 그걸 반복하지 말아야 했습니다. 그것은 시대의 요청이었죠. 우리는 베트남 아이들이 네이팜탄으로 불타 죽고, 아프리카 아이들이 굶어 죽고, 독일 아이들이 치료감호소에서 삶의 희망을 잃는 것을 지켜볼 수가 없었습니다. 베노가 총에 맞아 죽고, 루디가 암살당하고, 루디와 닮은 기자가 린치에 가깝게 폭행을 당하는 것도 두고 볼 수 없었습니다. 국가가 권력의 뻔뻔한 낯짝을 그대로 드러낸 채 자신과 생각이 다른 사람들, 자신에게 불편한 사람들, 자신에게 쓸모가 없는 사람들을 점점 강하게 탄압하는 것도, 또 우리 동지들이 선고를 받기 전에, 아니 법정에 서기도 전에 격리 감금되어 초주검이 되도록 폭행당하고 합법적 진술권을 박탈당하는 것도 더 이상 가만히 두고 볼 수가 없었습니다. 나는 우리가 폭력을 쓴 것이 잘못이라는 것을 알고 있습니다. 하지만 폭력의 시스템에 저항하는 길은 폭력 외에는 없다고 믿습니다."

외르크는 차분하게 이야기했다. 처음엔 강의를 하는 것처럼 조심스럽게 말을 풀어나가더니 점차 확신과 열정에 차서 연설을 하듯이 말했다. 듣는 사람들은 대부분 당황한 표정을 지었다. 외르크가 요즘 사람들이 말하는 방식이 아니라 30년 전의 방식과 내용으로 말했기 때문이다. 그의 말은 누구보다 자신의 아들을 겨냥한 듯했지만, 정작 페르디난트는 듣는 내내 지루하고 가소로운 표정을 지으려고 애쓰며, 외르크를 보지 않고 주로 벽이나 창밖으로 눈길을 돌렸다. 마르코만 눈을 크게 뜨고 외르크의 말을 가슴으로 받아들였다. 외르크에게 기다렸던 것이 바로 이 모습이었기 때문이다.

"나는 내가 미군 병영을 폭파시킨 것을 두고도 비난을 받았고, 당연히 처벌을 받았습니다. 그런 남들의 비난이 야 그렇다고 쳐도 여러분과 같은 사람들도 나를 비난했습니다. 그러나 우리로서는 어쩔 수가 없었습니다. 미국인들이 범죄를 저지르는 현장에 폭탄을 터뜨릴 수 없다면 그들이 범죄를 준비하고 범죄 후 휴식을 취하는 곳에 폭탄을 설치할 수밖에 없었습니다. 만일 아우슈비츠의 나치친위대에 폭탄을 던질 수 없다면 그들이 유대인 학살을 준비하는 베를린이나, 나치친위대가 학살 후 휴식을 취하는 알고이 같은 곳을 폭파시키는 것이 당연하지 않을까요? 대통령과 관련해서 말하자면, 우리 변호사들은 우리가 전쟁포로로 대우받을 수 있도록 싸웠습니다. 물론 성공을 거두진 못했죠. 하지만 대통령도 알고 있습니다. 자신이 우리와 전쟁을 벌였다는 것을. 그 자신뿐 아니라 우리도 전사였다는 것을."

카린은 외르크의 말이 위험한 방향으로 나아가고 있다고 생각했다. "이제 그만 식사들……."

"한 가지만 더 이야기하겠습니다. 나는 우리가 길을 잘 못 들었고, 우리가 저지른 행동이 잘못이었다는 것을 알고 있다고 했습니다. 나는 여러분이 내 행동을 인정해주기를 기대하지도 않고, 또 국가와 사회가 우리를 좀 더 공정하게 다루었어야 했다고 생각해주기를 바라지도 않습니다. 다만 내가 바라는 건 존중입니다. 위대하고 선한 일을 위해 모든 것을 쏟아부었고, 그 과정에서 저지른 잘못과 실수들에 대해 대가를 치른 사람에게 마땅히 주어져야 할 그런 존중 말입니다. 나는 매수당하지도 않았고, 어떤 것도 요구하지 않았으며, 스스로에게는 가혹할 정도로 엄격했습니다. 더구나 저쪽과 거래를 한 적도 없고, 수형 기간 중에는 특권을 거부했으며, 시혜도 청하지 않았습니다. 수형자의 일반적인 권리인 사면 신청서만 제출했을 뿐입니다. 어제 한 이야기이지만, 나는 더 이상 모든 걸 기억하지 못하고, 많은 걸 잊어버렸습니다. 하지만 이미 모든 대가를 치렀습니다." 외르크가 좌중을 둘러보았다. "이게 내가 여러분에게 하고 싶었던 말입니다. 끝까지 들어주셔서 감사합니다."

"모든 걸 그런 식으로 본다면 대체 무슨 길을 잘못 들었고, 뭘 잘못했다는 거죠?" 그의 아들이 차분하면서도 차갑게 물었다.

"희생자들. 승리하지 못한 투쟁은 희생자들을 정당화하지 못하니까."

"그렇다면 독일이나 유럽에서 혁명에 성공했거나 세계 혁명을 불러일으켰다면 희생자들을 정당화할 수 있다는 겁니까?"

"물론이지. 혁명을 통해 더 정의롭고 더 나은 세계를 만들었다면 그에 따른 희생은 정당화될 수 있어."

"무고한 사람들이 희생돼도요?"

"우리가 사는 이 나쁘고 정의롭지 못한 세상도 무고한 사람들을 희생시켜."

아들이 아버지를 빤히 바라보았다. 그러나 더 이상 말을 하지 않았다. 마치 아무런 공통점이라고는 찾아볼 수 없는 괴물을 보고 있는 듯한 눈빛이었다.

"게다가 무고한 사람들의 희생을 무작정 비난할 수만은 없어. 만일 무고한 사람들의 희생을 통해서만 히틀러를 죽일 수 있었다면……."

"그건 예외죠. 당신들은 예외를 규칙으로 삼았어요." 페르디난트는 옆자리에 있던 에버하르트에게 얼굴을 돌리며 말했다. "브뢰첸 좀 주시겠어요?" 페르디난트는 브뢰첸을 반으로 가르더니 반숙한 계란의 윗부분을 살짝 깼다.

외르크는 고개를 저었지만 더 이상 입을 열지는 않았다. 에버하르트는 브뢰첸을 계속 전달했고, 크리스티아네는 베이컨을 담은 쟁반을 돌렸으며, 마르가레테는 치즈를 올린 나무판을 옆 사람에게 넘겼다. 도를레가 일어나 커피 주전자를 들고 돌아가며 커피를 따르자 페르디난트도 다른 커피 주전자를 들고 테이블을 돌았다. 자유롭게 대화가 시작되었다. 어제부터 내린 비에 대해, 언제 출발할 것인지에 대해, 집으로 돌아가는 길에 대해, 사람을 자유롭게 만드는 진실과 사람을 진실하게 만드는 자유에 대해, 그리고 시대가 변한 것에 대해. 시대 변화에 관한 이야기는 에버하르트가 꺼냈는데, 직접적으로 말은 안 했지만 모두들 그게 시대에 어울리지 않게 말했던 외르크를 겨냥한 이야기라고 짐작했다. "한 시대에 유행했던 테마와 문제, 테제는 굳이 잘못된 것으로 증명되지 않아도 언젠가 그냥 끝나버리기 마련인 것 같아요. 그때부터는 마치 케케묵었거나 틀린 것처럼 들리죠. 그런데도 여전히 그걸 대변하면 주변과 고립되고, 열정적으로 대변하면 웃음거리가 되죠. 일례로 내가 대학에 들어갔을 때만 해도 오직 실존주의 하나밖에 없었어요. 그러던 게 대학을 마칠 때쯤 되니까 다들 분석철학에 열광하더라고요. 20년 전에는 칸트와 헤겔이 다시 등장했고요. 실존주의적 문제든 분석철학적 문제든 해결된 건 아무것도 없어요. 그저 그런 것들에 물려서 사람들이 관심을 돌린 거겠죠."

유심히 듣고 있던 마르코가 입을 열었다. "예전의 것이 다시 나타나는 것은 예전의 문제들이 해결되지 않았기 때문입니다. 그런 의미에서 적군파도 다시 나타날 겁니다. 옛날과는 다른 방식으로요. 자본주의가 전지구적으로 확산된 지금 적군파도 전지구적으로 자본주의에 맞서 싸울 것입니다. 옛날보다 더 결연하고 꿋꿋하게요. 오늘날 억압이니 소외니 권리 박탈이니 하는 말이 시대에 맞지 않는 것처럼 들린다고 해서 결코 그런 문제가 없어졌다는 뜻은 아닙니다. 현재 아시아의 청년 무슬림들은 자신들이 무엇에 맞서 싸워야 하는지 알고 있고, 프랑스의 변두리 청년들도 그것을 알고 있습니다. 아직 구동독의 저지대에 사는 청년들은 그것을 깨닫지 못하고 있지만, 감정적으로는 느끼고 있습니다. 한마디로 부글부글 끓고 있는 거죠. 그래서 우리 모두가 단결하는 순간……."

"우리 테러리스트들은 스스로를 우리 사회의 일부로 이해했어. 그런 면에서 우리 사회는 그들의 사회이기도 했지. 그 사람들은 사회를 바꾸려고 했어. 물론 폭력으로만 가능하다고 생각했지만. 하지만 무슬림들은 우리 사회를 바꾸려는 게 아니라 파괴하려고 해. 그런데도 거창하게 무슬림과 국제적인 연대를 하겠다? 그런 계획은 잊어줬으면 좋겠군." 이어 안드레아스가 비꼬듯이 물었다. "아니면 당신들의 새로운 적군파는 우리가 사는 이곳에 '신의 국가'라고 세우겠다는 건가?"

헤너는 어머니를 생각하고 있었다. 어머니는 가끔 온갖 요구와 비난, 한탄과 불평, 그리고 아들을 겨냥한 비수 같은 말로 아들에게 테러나 다름없는 공포를 불러일으켰다. 어머니는 남이 자신에게 친절하게 대해주기 위해 자신이 먼저 남에게 친절하게 대하는 사회적 놀이에 동참하지 않았다. 내일이면 당장 죽을지도 모를 사람인데, 남이 내일 자신에게 친절하게 대해줄 것을 기대하며 오늘 자신이 남에게 친절해야 할 이유가 어디 있느냐는 것이 어머니의 생각이었다. 테러리스트들도 이와 비슷한 생각을 갖고 있지 않을까? 규칙에 따라 게임을 하는 것이 아무 의미가 없다고 생각하기 때문에 게임 규칙을 포기한 것이 아닐까? 예를 들어 가난한 사람은 게임 규칙을 지켜서는 성공의 기회가 없기 때문에, 부자는 이 게임을 부패하고 공허한 눈속임으로 인식하기 때문에 게임 규칙을 포기하고 테러리스트가 된 것이 아닐까? 그가 이 점에 대해 마르가레테에게 물었다.

"여자들은 그걸 알죠. 게임 규칙에 따라 움직이면서도 아무런 힘을 발휘하지 못하는 것이 여자들이니까요. 이유는 분명해요. 이 게임 자체가 남자들의 게임이기 때문이죠. 그래서 일부에서는 더 이상 게임 규칙을 지킬 의무가 없다고 생각하는 여자들도 있어요. 반면에 게임 규칙을 아주 잘 지키면 언젠가는 남자들과 동등한 자격으로 게임을 할 수 있을 거라고 기대하는 여자들도 있고요."

"당신은 어느 쪽이오?"

"나요? 난 혼자 게임할 수 있는 구석을 찾아가는 쪽이에요. 하지만 게임 규칙을 따를 의무가 없다고 느끼는 여자들을 이해해요. 테러리스트 중에 그런 여자들이 많다는 것도 이해하고요."

"그럼 당신도……."

"혼자만의 공간을 갖지 못했다면 나도 테러리스트가 됐을 것 같으냐고요?" 그녀가 웃으면서 헤너의 손을 잡았다. "아마 다른 구석을 찾았겠죠!"

마르가레테는 잡은 손에 힘을 주며 헤너에게 슬며시 외르크를 보라고 눈짓을 했다. 외르크는 그들 맞은편에 앉아 있었다. 아까 자신의 생각을 토로한 뒤로는 더 이상 입을 열지 않았다. 식사를 하거나 커피를 마시지도 않고 그저 앞만 바라보고 있었다. 외르크는 마치 해야 할 일을 끝낸 사람 같았다. 그 일에 대한 효과가 당장 나타나지는 않더라도 분명 효과가 있을 거라고 확신하는 듯했고, 쉽지는 않았지만 이제야 자신과 하나가 된 사람 같았다. 행복까지는 아니더라도 만족스러워 보였다. 이것 역시 좀 전에 그의 말이 시대에 맞지 않았던 것처럼 여기 앉아 있는 다른 사람들의 반응과 별로 맞지 않았다. 마르가레테는 처음으로 외르크에게 아릿한 동정심을 느꼈다. 그는 자기만의 지각과 상상에 갇혀 있었다. 자기 안의 감방이었다. 추측건대 그 감방은 그가 감옥에 갇히기 오래전부터 이미 그의 내면에 있던 것 같았다. 그녀 생각에 외르크는 그 감방에서 빠져나오는 것이 난망해 보였다. 마르가레테는 브뢰첸을 반으로 잘라 한쪽에는 베이컨을, 다른 쪽에는 치즈를 올린 다음 외르크의 접시에 올려놓았다. "들어요, 외르크!"

테이블로 시선을 돌린 외르크가 접시에 놓인 빵을 보더니 미소를 지었다. "고마워요."

"커피가 식었어요. 따뜻한 걸 가져올게요."

"아, 그럴 것 없어요. 식은 커피도 맛이 괜찮아요. 그거 몰라요? 감옥에선 식은 커피도 자주 마십니다."

"여긴 감옥이 아니에요. 이제 거기서 있었던 일은 잊어요."

그가 다시 엷게 웃었다. 고마운 뜻을 담은 느긋하고 살가운 미소였다. 마치 그녀가 어린아이같이 그의 비위를 맞추어주기라도 한 것처럼. "그러죠, 고마워요."

마르가레테가 일어나 그의 잔을 들고 부엌으로 가서 개수대에 식은 커피를 버리고는 끓인 물을 필터에 부은 뒤 커피가 내려오기를 기다렸다. 테라스에서 떠들썩한 웃음소리와 말소리가 들려왔다. 간간이 주말농장이니 혁명적 공중제비니 자두 케이크니 언론 성명서니 하는 말들이 띄엄띄엄 그녀의 귀에까지 또렷이 들렸다. 무슨 이야기를 하고 있는 것일까? 그러나 그것에 대한 궁금증보다는 손님들이 떠난 뒤에 찾아올 고요함이 더 기다려졌다. 헤너는 언제 떠날까? 맨 먼저 떠나는 사람들과 함께, 혹은 맨 마지막에 떠나는 사람들과 함께? 아니면 저녁까지 여기 남을까? 두 사람은 아무 약속을 하지 않았다. 여기 시골에서 다시 보자는 말도, 베를린에서 만나자는 말도 오가지 않았다. 그들은 하룻밤 동안 서로를 따뜻하게 껴안았고, 등과 등을 맞대고 누워 상대방의 숨소리를 들었다. 서로의 이야기에 귀를 기울였지만 서로에게 물어본 것은 거의 없었다. 두 사람 사이엔 별일이 없었으면서도 동시에 많은 일이 있었다. 두 사람의 미래와 관련해서 마르가레테가 모든 것을 상상할 수 있을 정도로. 그녀는 마음이 고요해지는 것을 느꼈다.

5

그녀가 외르크 앞에 커피를 내려놓았을 때 그는 다른 대화에 빠져 있었다. "그럴 필요가 있을까?" 외르크가 거부감을 드러내며 울리히에게 말했다.

그러나 울리히는 고집을 꺾지 않았다. 크리스티아네의 라디오를 가져와 오 분 후에 있을 대통령 연설을 들어야 한다는 것이었다. "다들 기억 안 나? 송년회 때면 항상 '디너 포 원'을 보고 난 다음에 대통령 연설을 들었잖아. 그때마다 아주 짜릿했지."

안드레아스도 동조했다. "연설 중에 외르크 자네에 관한 얘기도 분명 나올 텐데, 그럼 무슨 말을 하는지 알아두는 게 좋을 것 같군."

이렇게 해서 결국 크리스티아네가 라디오를 가져와 틀었다. 아나운서가 대통령 연설과 관련해서 전반적인 설명부터 했다. 대통령이 올해는 베를린 대성당에서 연설을 하기로 예고했지만 연설 테마에 대한 부분은 구체적으로 밝히지 않았다. 하지만 요즘 세간의 관심이 집중되는 문제들을 연설에 담을 것은 분명해 보인다. 오늘 아침 《쥐트도이치》 신문에서 보도한 것처럼 대통령이 지난 금요일에 한 테러리스트를 사면했고, 그 테러리스트가 선전포고로 답했다는 사실은 모두 알고 있다. 지난 몇 개월간 대통령이 테러리스트의 사면을 두고 많은 고심을 했다는 점은 이미 잘 알려져 있다. 그래서 그와 관련된 내용이 연설에 담기리라는 것은 충분히 예상할 수 있다. 어쨌든 연설 테마를 미정으로 남겨둔 것은 그것이 대통령의 아이디어였건 홍보실의 아이디어였던 상당히 효과가 있었던 것으로 보인다. 그로 인해 세간의 이목이 베를린 대성당으로 쏠리고 있고, 그를 반영하듯 지금 대성당 안에는 빈자리 하나 보이지 않는다.

외르크가 당혹스러운 표정으로 마르코를 바라보았다. "어제 나한테 보여준 성명서를 벌써 언론에 보냈나? 내가 좀 더 생각해본다고 했을 텐데."

"알고 있습니다. 하지만 성명서는 이미 법률적 검토를 끝냈으니까 선생님한테는 해가 없을 겁니다. 우리의 혁명은 성명서가 선생님의 기분에 맞게 작성되었는지, 선생님의 미적 취향에 흡족한지, 혹은 선생님 누님의 마음에 드는지 하는 것에는 신경 쓸 여력이 없습니다. 이제 우리의 혁명편에 서주십시오. 아니면 남은 것은 단 하나뿐입니다. 선생님이 지금껏 쌓아오신 모든 것을 잃고 시대의 웃음거리가 되는 것이죠." 마르코는 농반진반으로 주먹을 높이 쳐들었다. "성명서에는 오늘 아침 선생님이 여기서 말씀하셨던 것과 다른 내용이 담겨 있지 않습니다."

외르크는 피곤하게 고개만 끄덕거렸다. 그러면서도 마르코의 말이 어쩌면 맞을지도 모르겠다는 생각을 했다. 성명서는 자신이 아침에 했던 말의 일관성을 위해서도 필요했다. 그렇다면 자기 몰래 성명서를 보낸 것을 탓할 수는 없었다. 하지만 아무리 옳고 필수적인 일도 사람을 짓밟을 수 있었다. 그가 감옥에서 나온 이후 모든 것이 그를 짓밟았던 것처럼.

마지막 찬송이 끝나자 주교가 대통령에게 환영 인사를 했고, 곧 대통령의 연설이 이어졌다.

대통령은 1970년대부터 90년대에 이르는 독일 테러리즘에 대해, 테러범과 희생자들에 대해, 자유 법치국가의 수호와 도전에 대해, 그리고 인간 존엄을 존중하고 지킬 의무에 대해 이야기했다. 국가는 이 의무를 다하기 위해 국가와 시민을 공격한 자들에게 강력히 대응했다. 그와 함께 이제는 사회 질서를 수호함에 있어 자제력을 발휘해도 될 만큼, 그리고 더 이상 실질적인 위험이 존재하지 않는다면 이 싸움을 끝내도 될 만큼 충분히 강해졌다. 국가의 궁극적 목표는 항상 평화와 화해다. 지금까지 세 테러리스트가 감옥에 수감되어 있었다. 대통령은 이 셋을 모두 사면했다. 그로써 독일 테러리즘과 그로 인해 발생한 불필요한 사회적 긴장과 분열이 끝났음을 선언하고 싶었다. 우리 앞에는 또 다른 테러리즘을 비롯해서 새로운 위협이 존재하지만 우리는 그것들에도 평화와 화해의 손길을 내밀고자 한다.

"저는 세 테러리스트를 두고 깊은 고민에 빠졌습니다. 이미 언론에서 보도된 바와 같이 그들을 직접 만나기도 했습니다. 세 사람은 모두 자신의 과거와 단절했습니다. 물론 누군가의 삶이 테러로 얼룩진 청춘과 수감 생활로만 이루어져 있다면 그 과거와 단절하는 것은 쉽지 않을 것입니다. 그건 세 사람도 마찬가지입니다. 어제 그중 한 사람이 성명서를 발표했고, 우리는 오늘 그것을 모두 읽었습니다. 저는 그 속에서 과거와 단절하고자 하는 동시에 그 과거를 자신의 삶에 간직하고자 하는 시도를 보았습니다. 그런 점에서 성명서는 심히 유감입니다. 그러나 저는 자신의 삶에 새로운 의미를 부여할 시간이 많이 남지 않은 사람이 그렇게 절망적이면서 모순적인 시도를 하는 것을 이해합니다. 사면을 받기 전에도 감옥에서 나가고 싶다는 소망과 그런 자신의 약한 모습에 대한 거부감 사이에서 갈등했던 사람이죠."

대통령은 여기서 잠시 말을 멈추었다. 청중석 여기저기서 수군거리고 들썩거리는 소리가 들렸다. 자리에서 일어나 나가는 사람들도 있었다. 대통령이 말을 이어갔다. 이번에는 희생자 가족들을 향했다. 완벽한 진상 조사를 요구하고 가해자들에게 일말의 반성과 참회를 원하는 피해자 가족들의 심정은 충분히 공감하고, 그 때문에라도 외르크의 성명서는 유감일 수밖에 없다고 했다. 이것을 끝으로 대통령은 이런 연설을 이곳 대성당에서 할 수 있게 된 것에 교회 측에 감사를 전했다. 평화와 화해를 말하기에는 여기만큼 적당한 곳이 없다는 것이다.

아나운서는 올해 베를린 대성당에서 실시된 대통령의 연설이 끝났고, 대통령이 마지막으로 감옥에 남은 테러리스트들을 사면했다는 소식을 전했다. 그와 함께 대통령 연설에 대한 시사 토론회를 예고했다. 방송 시간이 언급되었고, 토론 참석자는 희생자의 딸과 자수해서 오래전에 석방된 전직 테러리스트, 평생 동안 독일 테러리즘을 추적 보도해온 기자, 그리고 법무부장관이었다. 이어 아나운서는 윔블던 테니스장으로 마이크를 넘겼다.

6

울리히는 라디오를 껐다. 아무도 말이 없었다. 대통령이
연설을 하는 동안 외르크는 테이블에서 의자를 멀찌감치
뒤로 뺀 채 처음에는 다리를 꼬고 앉았다가 나중에는 다리
를 풀고 무릎 위에 팔을 괴고는 양손으로 머리를 감싸 쥐었
다. 연설이 끝난 지금은 그 자세 그대로 있을 수가 없었다.
그는 의자를 테이블로 밀어놓고 커피를 따르려고 했다. 그
러나 손이 떨려 커피를 따를 수가 없었다. 크리스티아네가
일어나 잔에다 커피를 따라주며 그의 어깨에 다른 한 손을
올렸다. "대통령한테 그 이야기만큼은 하지 말아달라고 부
탁했는데……." 외르크가 중얼거리듯이 말했다. 금방이라
도 울음이 터져 나올 것 같았다.

안드레아스가 말했다. "대통령으로서도 어쩔 수가 없었
겠지. 그런 핑계라도 대지 않으면 자신이 사면한 테러리스

트가 첫 일성으로 국가에 전쟁을 선포한 것을 국민들에게 어떻게 설명할 수 있겠나? 그런데 대통령이 말한 게 사실인가?"

"당연히 아니죠." 마르코가 나섰다. "대통령은 선생님의 성명서를 폄하하려고만 했습니다. 저들은 선생님이 두렵기 때문에 선생님을 모순적이고 별 볼일 없는 인간으로 깎아내린 겁니다. 우리 동지들은 저들의 장난질을 벌써 꿰뚫고 있었고, 그런 치졸한 장난질은……."

"그따위 말 같지도 않은 소리 좀 집어치워. 외르크, 그 말이 사실인가?"

"난……."

"그따위 바보 같은 심문 좀 집어치워요. 역시 내 생각이 맞았어. 당신은 내 동생의 친구가 아니에요. 당신은 그냥 동생의 변호사일 뿐이야. 그리고……."

"그만해, 누나. 그래, 난 대통령 말처럼 시간이 많이 남지 않았어. 암이지. 너무 늦게 발견됐어. 수술도 잘 안 됐고, 방사선 치료도 별 효과가 없었어. 사실 그렇게 늦게 발견된 상태에서는 다른 걸 기대하기 어렵겠지. 그사이 전이까지 됐고."

"어떻게 내가 그걸 모를 수가 있지?"

외르크가 자조적으로 웃었다. "전립선암이라고 하더군. 더 이상 발기가 안 되고, 오줌도 참지 못해. 이런 이야기를 여자한테 할 수 있을까? 누나는 물론 내 피붙이니까 예외라고 하더라도……." 그가 인상을 찌푸리더니 고개를 흔들었다. "이제 알겠어, 도를레? 넌 남자를 잘못 골랐어. 최악의 선택이었지. 하지만 난 그걸 너한테 말하고 싶지 않았어.. 이제 다들 궁금증이 풀렸나? 아님, 궁금한 게 더 남았나? 그래, 대통령이 이런 말도 했지. 감옥에서 나가고 싶다는 소망과 그런 자신의 약한 모습에 대한 거부감 사이에서 갈피를 잡지 못한 모순적인 인간이라고. 맞아. 실제로 그랬어. 난 남은 인생에서 새로 겪을 일들이 많지 않더라도 암세포가 내 육신을 갉아먹기 전에 다시 한 번 살아보고 싶었어. 숲 냄새를 맡고 싶었고, 며칠 무더위 끝에 비가 내린 도시의 젖은 먼지 냄새를 맡고 싶었고, 선루프와 차창을 죄다 열어놓고 프랑스의 시골길을 달리고 싶었고, 영화관에도 가고 싶었고, 친구들과 파스타를 먹고 와인도 마시고 싶었어." 그가 좌중을 향해 체념 섞인 미소를 지었다. "그런 걸 상상하는 건 어렵지 않았어. 그것 말고 내 속에 숨어 있던 다른 욕구를 일깨운 건 마르코였어. 내가 다시 한 번 어떤 역할을 맡을 수 있고 감옥 안에서건 밖에서건 내가 했던 모든 일이 그저 헛된 것이 아니었다는 생각은 무척 달콤한 유혹이었지. 마르코, 자네를 비난할 생각은 추호도 없어. 자네가 내 머릿속에 그런 생각을 심어준 것이 아니라 이미 내 속에 그런 생각이 있었으니까. 사면 청원을 할 때만 해도 나는 평정심을 유지하고 있었어. 그런데 대통령과 면담할 때…… 그러니까 암세포가 전이되었다는 소식을 막 들었을 때였지. 대통령이 그러더군. 이건 우리 둘만 아는 걸로 하자고. 곧이어 나는 비참한 심경에 나도 모르게 이런 말을 토해냈어. 차라리 25년 전의 총격전에서 총에 맞아 죽는 게 더 나았을 거라고."

크리스티아네는 여전히 동생 어깨에 한 손을 올린 채로 말했다. "그런 일이 일어나지 않도록 하기 위해 내가 그때 널 밀고했어. 네가 죽지나 않을까 하는 걱정으로 미칠 지경이었거든. 난 네가 경찰 총에 맞아 죽으라고 널 키운 것이 아니라고 생각했어. 그리고 언젠가는 너도 네가 아직 살아 있다는 걸 기뻐하리라 믿었어. 만약 네 심정이 지금 그게 아니라면 미안해. 모든 게 다 미안해. 내가 널 배신한 것도 미안하고, 지금 그때로 돌아가도 또 그때와 똑같이 할 것 같은 마음도 미안하고, 네가 암에 걸린 것도 미안하고, 네가 더 이상 살고 싶은 생각이 들지 않는 것도 미안하고, 주말에 이런 자리를 마련해서 너를 더 힘들게 한 것도 미안해." 그녀가 울었다.

카린이 일어나려고 했지만, 그녀의 남편이 말렸다. 방 안에 정적이 흘렀다. 밖에선 비가 내렸다. 외르크가 누나에게로 고개를 돌렸다. 그녀의 얼굴을 타고 내린 눈물이 턱에서 방울져 떨어졌다. 그녀가 어깨를 으쓱했다. 모든 것이 막막했고 해결책이 보이지 않았다. 동생이 누나의 손에 머리를 기댔다.

얼마 뒤 외르크가 다시 고개를 들고 울리히에게 물었다.

"그 제안 아직 유효한가? 자네 덴탈랩에 나를 받아주겠다고 한 말?"

"자네가 원하기만 한다면."

"덴탈랩은 어디 있지?"

"함부르크, 베를린, 쾰른, 칼스루에, 하이델베르크. 우리가 대학 다닐 때 카드놀이 하던 술집 기억나? 자네가 운동권으로 빠지면서 그런 부르주아 놀이에 손을 끊기 전까지였지만 지금 그 술집이 내 덴탈랩 중 하나로 바뀌었어."

"생각해보니, 내가 예전에 도펠코프를 쳤다는 것도 잊어버렸군. 하지만 모든 것이 시작되었던 곳으로 다시 돌아가는 것은 마음에 들어. 누나, 이제 난 더 이상 누나 품에 있을 수가 없어. 그건 나한테도 안 좋고, 누나한테도 안 좋아. 물론 서로를 방문하거나 휴가 때 만나는 건 상관없어. 하지만 한집에 살면서 아침이면 같은 식탁에서 밥 먹고, 저녁이면 한 소파에 앉아 텔레비전을 보고, 욕실에서 내 기저귀를 갈고, 그런 건 더 이상 안 돼."

크리스티아네는 고개를 끄덕였다. 뭐라 반박하고 싶은 기분이 들지 않을 정도로 마음이 홀가분했다. 그녀는 콧물을 훌쩍이더니 눈물을 닦고, 식탁에 놓인 빈 그릇과 포크 세트를 챙기기 시작했다.

"앉아봐." 마르가레테가 크리스티아네의 팔을 잡으며 말했다. 크리스티아네가 자리에 앉자 다시 입을 열었다. "지하실에 물이 차서 퍼내야 해요. 여러분이 도와주면 고맙겠어요. 짐작들 하시겠지만, 소방대는 학교와 병원, 관청에서 해야 할 일이 태산 같을 거예요. 한 시간쯤 뒤에 비가 그칠 것 같으니까, 그때 다시 만나기로 해요. 어때요?"

하늘은 여전히 음산했고, 빗줄기는 아침과 지난밤처럼 고르게 내리고 있었다. 궁금한 건 참지 못하는 울리히가 이번에도 나섰다. "돕는 거야 당연한 일지만, 어째서 한 시간 뒤에 비가 그칠 거라고 생각하는 거요?"

"저기 새소리 안 들려요? 비가 곧 그칠 것 같으면 새들이 지저귀기 시작해요. 이유는 모르지만, 어쨌든 그래요."

그들은 바깥으로 귀를 기울였다. 빗소리 사이로 새들이 노래하고 재잘대고 지저귀는 소리가 들려왔다.

7

설거지가 끝나고 그릇과 포크 세트까지 모두 정리하고 나자 외르크는 아들을 찾아 나섰다. 집 안에서는 보이지 않았다. 외르크는 마르가레테에게 정원에 비를 피할 만한 장소가 있는지 물었다. 그녀는 온실로 가는 길을 가르쳐주었다. 곳곳이 헐어서 다 망가진 곳이었지만 한쪽에 유리 지붕 일부가 성한 곳이 있었다. 그녀는 가끔 비가 오면 그곳으로 가 뒤집어놓은 욕조에 앉아 있다가 온다고 했다.

마르가레테의 말이 맞았다. 빗줄기는 점점 약해졌다. 하지만 외르크는 그녀가 가르쳐준 길을 그녀의 말이 끝나자마자 바로 잊어버렸다. 그래서 무작정 정원을 찾아 헤매다가 마침내 온실에 있는 아들을 발견했을 때는 몸이 흠뻑 젖어 있었다. 그는 말없이 아들 옆에 앉았다. 아들이 자리에서 일어나 나가지 않은 것을 보고 일단 마음이 놓였다. 몸이 비에 젖어 추웠기 때문에 두 팔로 가슴과 옆구리를 따뜻하게 감싸고 싶었지만, 혹시 잘못해서 아들의 몸을 건드리기라도 하면 아들이 그것을 기화로 당장 일어나 나가버릴지도 몰라 추운 것을 꾹 참고 가만히 앉아 점점 가늘어지는 빗줄기만 바라보았다. 얼마 후 그가 말했다. "너한테 편지를 많이 쓴 건 사실이다."

페르디난트의 입이 열리기까지는 다소 시간이 걸렸다. "알았어요. 할아버지한테 물어보죠." 아들은 대수롭지 않은 일이라는 듯이 말했다.

외르크는 다음 말을 찾을 때까지 다시 긴 시간이 걸렸다. "내가 네 엄마와 너한테 고통을 줬다는 건 나도 안다." 그는 반응을 기다렸다. 반응이 없자 말을 이어갔다. "많은 아픔을 주고도 몇 마디 말로 용서를 구하는 게 말도 안 되는 짓이라는 걸 알아. 하지만 난 이제 그때 일을 일일이 기억하지 못해. 용서를 빌 용기가 안 나는 것도 그 때문이고."

페르디난트는 시험이라도 하듯 아버지를 바라보더니 곧 차갑게 쏘아붙였다. "어제 저녁과 오늘 아침에 한 말도 벌써 잊어버렸나보네요. 아버지는 당신이 죽인 희생자들보다 내 어머니한테 더 미안해할 이유가 없어요. 나한테는 더더욱 그렇고. 어쨌든 난 살아 있으니까요."

너무 냉정한 말이어서 외르크는 아들이 당장 일어나 가버리지나 않을까 다시 불안에 떨어야 했다. 그는 조심스레 다음 말을 찾았다.

하지만 아들이 더 빨랐다. "아버지가 암에 걸렸고, 기저
귀를 차야 한다고 해서 내가 아버지에게 연민을 느낀다고
생각하지는 마세요. 그런 건 나하고 아무 상관이 없는 일
이니까."

우리가 다시 만날 수 있을까, 외르크는 묻고 싶었다. 하
지만 차마 입이 떨어지지 않았다. "내가 편지를 써도 될
까? 주소를 가르쳐줄 수 있겠니? 고모는 네 할아버지 집
주소밖에 없다고 해서."

페르디난트가 거부감을 드러내며 되물었다. "나한테 뭘
원하는 거죠?"

외르크는 앞으로의 모든 것이 이 물음에 대한 대답에 달
려 있다는 느낌이 들었다. 뭐라고 답해야 할까? 왜 아까 감
옥 밖에 나가서 할 일들을 언급하면서 아들에 대한 이야기
는 하지 않았을까? 아들에 관한 생각이 떠오르지 않았던
것이다. 감옥에서는 아들을 생각하지 않는 것에 길들여져
있었다. "너를 다시 생각할 수 있었으면 좋겠어."

"감옥에서 그럴 시간이 없었다면 분명 나와서도 그럴 시
간이 없을 거예요." 이 말과 함께 페르디난트는 일어나 가
버렸다.

"난……." 외르크는 아들의 등 뒤에다 대고, 시간이 문
제가 아니라고 외치고 싶었지만 그 말을 잇지 못했다. 페
르디난트가 실제로 그런 뜻으로 한 말이 아니라는 걸 알고
있었기 때문이다. 외르크는 아들의 뒷모습을 찬찬히 바라

보았다. 움직이는 모습에서 고집과 반항이 여실히 느껴졌다. 그 자신이 움직이거나, 남의 시선이 자신에게 향하는 것을 인지하거나, 아니면 스스로를 관찰할 때 느끼는 것과 똑같았다. 아들의 거부감과 날카로움, 차가움은 그 자신의 것이었다. 이런 생각이 들자 마음이 누그러지면서도 무거워졌다. 그랬다. 저 청년은 바로 그의 아들이었다. 아버지와 마찬가지로 자기 자신을 위험에 빠뜨릴 아이였다. 심지어 어머니 없이 자란 것까지 아버지에게 물려받았다.

비가 그쳤다. 외르크는 시계를 보았다. 지하실에 고인 물을 퍼내기 전까지 아직 짐을 꾸릴 시간이 있었다. 그는 아무 차나 얻어 타고 베를린으로 갈 것이다. 거기서 다시 기차를 타고, 내일은 방을 구하고, 화요일엔 울리히의 덴탈랩에서 새로 시작할 것이다. 어쩌면 이 일을 좋아할 수도 있을 것 같았다. 그가 일을 무난히 소화하면 사람들도 그를 조용히 내버려두고 동료로 받아줄 것 같았고 그러면 그 사람들까지 좋아할 수도 있을 것 같았다.

집으로 돌아오는 길에 그는 마르가레테와 헤너를 만났다. "봐요." 마르가레테가 하늘을 보고 두 팔을 벌리며 말했다. "그래요, 보고 있어요. 보고 있다고요." 외르크가 웃었다.

"외르크가 이번에는 진짜로 웃었어요." 마르가레테가 외르크와 헤어진 뒤 계속 걸어가면서 헤너에게 말했다.

"사람을 죽이는 테러리스트가 되려면 상당히 강인한 인

간이어야 할 겁니다."

"당신도 강인한 인간이에요?"

"기자로서 사람들이 서로를 죽이는 것을 보도하려면 분
명…… 모르겠어요, 마르가레테. 기자가 어떤 타입이어야
하는지 모르겠어요. 내가 기자로서 계속 살아가야 할지도
모르겠고, 어머니와 어떻게 관계해야 할지도 모르겠어요.
여자들과 어떻게 해나가야 할지도. 오늘 아침에는 모르는
것이 많네요."

"아, 벤치가 젖었네. 손수건을 가져왔어야 했는데."

헤너가 젖은 벤치에 그냥 앉았다. "내 무릎에 앉아요!"

마르가레테의 얼굴이 빨개졌다. "왜 그래요? 미쳤어요?"

"아뇨." 그가 생글생글 웃었다. "미친 게 아니라 당신을
품에 안고 싶어서 그래요."

"하지만 벤치가……."

그가 어서 자기 다리에 앉으라고 손짓을 했다. 그녀는 조
심스레 그의 다리에 앉았다. "잘했어요." 그가 두 팔로 그
녀를 감싸 안았다. 또다시 나무나 바위를 안는 것 같은 느
낌이 들었다. 더 이상 어떤 바람에도 날려가지 않을 것 같
았다. 그녀의 무게가 그를 단단히 잡아주었고, 그를 앉은
자리에 그대로 뿌리내리게 했다. 마르가레테는 서서히 몸
에 힘을 빼고 그의 품에 몸을 밀착시킨 채 얼굴까지 그의
목에 기대고 나서 물었다. "괜찮아요? 많이 무거울 텐데."
헤너가 고개를 흔들었다.

그녀는 그렇게 잠이 들었고 얼마 뒤 그의 품에서 깨어났다. "이제 가야 하지 않아요?"

"몇 분밖에 자지 않았어요. 아직 시간 있어요. 저……부탁이 하나 있는데, 혹시……." 이번엔 헤너의 얼굴이 붉어졌다.

"뭔데 그래요?"

"당신이 나를 무릎에 앉히고 안아줄 수 있겠어요?"

그녀가 웃으면서 일어났다. "뭐 그런 걸 가지고!" 그녀가 벤치에 앉더니 그를 자기 무릎 위로 잡아끌었다. 헤너는 원하는 만큼 충분히 그녀의 품에 안길 수가 없었다. 그가 너무 크지는 않을까? 너무 무겁지는 않을까? 무릎에 앉혀달라는 그의 유치한 욕구를 그녀가 경멸스럽게 생각하지는 않을까? 이런 걱정이 들자 그는 절로 한숨이 새어 나왔다.

그녀가 그의 귀에다 속삭였다. "아무렇지도 않으니까 걱정 말아요."

그 말에 헤너는 용기를 내어 몸에 힘을 빼고 그녀의 품에 자신을 맡겼다. 그는 컸지만 너무 크지는 않았고, 무겁지만 너무 무겁지는 않았다. 품에 안아달라는 그의 욕구도 그녀는 세상에서 가장 자연스러운 욕구로 보았다. 잘못된 것은 정말 아무것도 없었다.

"시간이 얼마나 남았을까요?"

"이제 일어나야 해요. 우리 다시 만날 수 있겠소?"

"그럼요."

"좋아요." 이 말과 함께 헤너는 벌떡 일어나더니 손을 내밀어 그녀를 일으켜 세웠다.

8

모두들 제시간에 모였다. 두 부부는 함께 왔다. 차에 짐을
실으러 갔다가 주차장에서 만난 것이다. 잘츠부르크나 바
이로이트에서 한번 보자는 이야기가 오갔다. 안드레아스
와 마르코는 선 채로 여전히 싸우고 있었다. 외르크가 둘
사이에 끼어들어, 자신은 마르코가 독단으로 낸 언론 성명
서를 탓할 생각이 없다고 말하고 나서야 싸움이 끝났다.
이미 지난 일이고 끝난 일이라는 것이다. 일제는 크리스티
아네에게 다음 방학 때 이리로 내려와 글을 쓰고 싶은데,
방을 빌려줄 수 있는지 물었다. 도를레는 페르디난트 옆에
서서 그의 귀에다 대고 뭐라고 속삭였고, 그의 팔과 등을
쓰다듬었으며, 그의 뺨까지 부드럽게 어루만졌다. 그는 그
느낌이 좋았지만, 동시에 불편하기도 했다. 아버지 앞에
서는 여전히 차갑고 굳은 모습을 보여주고 싶었던 것이다.

떠날 준비는 모두 끝났다.

마르가레테가 한 사람씩 차례로 눈길을 주었다. "물이 장딴지까지 찼어요. 다들 신발과 양말을 벗고 바지를 무릎까지 걷으세요. 물이 튀면 옷이 더러워지니까, 다른 편한 옷을 가져왔으면 그걸로 갈아입으세요. 도를레, 여벌 옷 안 가져왔어? 분홍색 티셔츠에 더러운 물이 튀면 잘 안 지워져."

그러나 모두들 신발을 벗고 바지를 걷는 것으로 충분하다고 생각하는 듯했다. 그들은 양말을 신발 속에 쑤셔 넣고는 신발들을 마치 오페라극장 앞에 주차된 자동차처럼 줄을 맞추어 세워놓았다. 마르가레테가 사람들을 지하실에서부터 계단, 정원, 다시 지하실 창문까지 한 줄로 세웠다. "지루해지는 걸 막기 위해 십 분마다 조금씩 앞으로 줄을 당길 겁니다. 양동이가 모두 일곱 개니까 숨 돌릴 틈은 있을 거예요."

마르코가 양동이로 물을 퍼서 계단 발치에 서 있는 안드레아스에게 건넸다. 양동이는 다시 일제와 외르크, 잉게보르크를 거쳐 계단 위로 날라졌고, 페르디난트의 손을 지나 마르가레테, 울리히에게 계속 전달되었다. 맨 끝에 서 있던 카린이 울리히에게 양동이를 넘겨받아 마르가레테의 정원 별채 옆 풀밭에 쏟고는 헤너에게 건넸고, 헤너는 그것을 다시 도를레에게 던졌다. 크리스티아네는 도를레에게 양동이를 받아 지하실 창문으로 에버하르트에게 떨어뜨렸고, 그는 그것을 다시 마르코에게 건넸다.

마르코는 크게 원을 그리듯 힘차게 양동이를 건네는 바람에 매번 양동이의 물이 넘쳐 안드레아스의 옷을 적셨다. 외르크는 일제에게서 양동이를 받을 때 필요 이상으로 몸을 숙이고, 잉게보르크에게 올려줄 때는 필요 이상으로 팔을 뻗어 곧 몸이 땀으로 범벅이 되었다. 페르디난트와 마르가레테, 울리히는 구름에 반쯤 가려진 햇빛을 받으며 밖에서 일했는데, 헤너, 도를레, 크리스티아네와 농담을 주고받으며 즐거워했다. 자기들 셋은 물이 가득 담긴 양동이를 나르는 진정한 노동 용사들인 데 반해 헤너를 비롯한 세 사람은 빈 양동이만 나르는 놀고먹는 족속이라고, 즉 한쪽은 속이 찬 족속이고 다른 쪽은 빈 깡통 족속이라면서 깔깔거렸다. 카린은 마치 축복을 내리듯 동작을 크게 해가며 양동이의 물을 버렸다. 처음으로 줄을 조금 앞으로 당겼을 때는 마르코가 안드레아스에게 양동이를 전달하는 과정에서 둘이 부딪치는 바람에 마르코가 물에 빠지고 말았다. 열두 번째로 줄을 앞으로 당겼을 때는 상황이 역전되었다. 서로 역할을 바꾸어 마르코가 지하실 창문 아래에 서고 안드레아스가 물을 퍼내게 되자 마르코는 똑같은 시도로 안드레아스를 물에 빠뜨리려고 했다. 그러나 이미 그것을 예상하고 있던 안드레아스가 당할 리 없었다. 이런 소동 속에서도 지하실의 수위는 갈수록 낮아졌고, 이젠 물을 퍼도 양동이가 다 차지 않았다. 마르가레테는 크리스티아네와 에버하르트에게 빗자루를 들려 아래로 내려보냈다. 지하실 안쪽에서부터 바깥쪽으로 물을 쓸어 오게 하기 위해서였다.

　모두들 양동이나 빗자루로 열심히 일하는 데에만 전념했다. 발은 물에 불었고, 옷도 젖었다. 다들 옆이나 맞은편에 있는 사람과 자기 자신에게만 집중했다. 그런 친구들을 유심히 지켜보는 사람은 일제뿐이었다. 마르코와 안드레아스는 여전히 신경전을 벌이고 있었고, 도를레와 페르디난트는 사랑에 빠질지 망설였고, 마르가레테와 헤너는 이미 사랑에 빠질 준비를 하고 있었고, 두 부부는 한 배를 탔다는 포근한 감정에 휩싸여 있었고, 크리스티아네는 폭탄의 뇌관이 제거된 것에, 아니 큰 피해 없이 폭탄이 터진 것에 안도했고, 외르크는 다른 문제를 모두 잊고 오직 양동이와 물에만 집중할 수 있는 것이 행복한 듯했다. 일제는 한 사람 한 사람을 바라보면서 그들이 만들어내는 전체에 감명을 받았다. 서로 협력하는 모습, 몸과 손이 만들어내는 조합, 애정과 혐오로 얽힌 개체들이 공통된 과제 속에서 하나로 녹아든 장면은 감동 그 자체였다. 그렇다면 글 속의 얀도 이런 경험을 하게 해야 하지 않을까? 질적으로만 따진다면, 테러범들이 함께 일을 도모하고 실행하는 것 역시 결국 이와 비슷하지 않을까? 아니면 테러의 경우는, 서로 의존하지 않고 독자적으로 수행하는 작업들의 조화가 중요할까?

일제는 문득 이런 생각이 들었다. 친구들은 하나로 합쳐질 때와 마찬가지로 전체에서 분리될 때도 손쉽게 흩어질 것이라고. 전체에 그대로 남아 있는 것은 아무것도 없다는 생각이 그녀를 우울하게 했다. 그러나 곧 그녀의 입가에 웃음이 피어올랐다. 어느새 지하실이 말끔해진 것이다!

마지막으로 그들은 테라스에 다시 모여 앉았다. 다들 지친 모습이지만 유쾌해 보였다. 물론 몸만 여기 있을 뿐 마음은 집으로 돌아가고 있거나, 벌써 집에 가 있었다. 울리히는 종이를 한 장 돌려 거기다 각자의 전화번호와 이메일을 쓰게 하면 어떨까 하는 생각이 떠올랐다. 그렇게 적은 것은 나중에 자신이 개별적으로 보내주면 되었다. 그러나 그는 곧 그 생각을 접었다. 카린도 먼 길 떠나기 전에 축복 기도를 하지 않았고, 크리스티아네는 주인으로서 작별의 인사말을 하지 않았으며, 외르크 역시 자유의 몸이 된 자신을 환영해준 것에 특별히 감사의 인사를 전하지 않았다. 그들은 물을 마셨고, 말도 많이 하지 않았다. 다들 공원을 바라보았다. 세찬 바람이 불어와 하늘의 구름을 걷어냈다. 하늘은 푸르게 빛났고, 수풀과 집은 비 온 뒤의 대기만큼이나 상쾌하게 반짝거렸다. 친구들은 모두 동시에 출발했다. 외르크는 일제와 함께 카린의 차로 베를린까지 가기로 했고, 페르디난트는 아버지를 피해 마르코의 차에 올랐다. 하지만 떠나기 전에 자신의 주소와 전화번호를 적은 쪽지를 고모에게 슬며시 건넸다. 고모가 원하면 아버지에게 가

르쳐줘도 괜찮다는 말과 함께. 크리스티아네와 마르가레
테는 문 앞에 서서 차들이 보이지 않을 때까지 손을 흔들
었다.

자신이 원했던 삶을 사는 사람이 있을까? 자신이 간절히 꿈꾸고 소망하는 것을 이루며 사는 사람이 있을까? 그렇다고 자신 있게 대답하는 사람도 드물게 존재하겠지만, 대부분의 사람은 그렇지 못하다. 아니, 그럴 수 없다. 뜻한 대로 풀리지 않는 게 인생이라는 것은 만고의 경험칙이기도 하지만, 자신이 진정으로 원하는 삶이 무엇인지 아는 사람은 드물고 그마저도 뒤늦게야 깨닫는 경우가 허다하기 때문이다. 이렇듯 자신이 꿈꾸던 삶이 다시 돌아가고 픈 고향과 같은 것이라면 우리는 모두 그곳을 떠나 살아가는 망명객이고, 지금 우리가 살아가는 이곳은 망명지나 다름없다. 어쩌면 우리가 현재의 삶에 만족하지 못하는 것도 그 때문일지 모른다.

이런 '내적 망명'의 삶은 23년의 수감 생활 끝에 풀려난 독일의 마지막 테러리스트도 비켜가지 못한다. 학생운동을 시작으로 제국주의와 자본주의에 맞서 치열하게 전쟁을 벌였던 테러리스트 외르크는 결국 붙잡혀 감옥에 들어가고, 감옥에서도 신념을 굽히지 않고 저항을 멈추지 않지만, 기나긴 수감 생활에서 그를 강렬하게 붙잡은 것은 어딘가에 자신의 다른 삶이 흘러가고 있다는 느낌이었다. 일상은 그것을 잃었을 때 그 가치가 극명하게 드러난다고 했던가? 외르크가 감옥에서 간절히 원한 것은 평범한 일상이었다. 산과 들로 소풍을 가고, 차창을 열고 드라이브를 즐기고, 친구들과 파스타를 먹고……. 그렇다면 젊은 시절 그가 가족과 미래, 사랑을 버리면서까지 꿈꾼 혁명가의 삶은 어떻게 되었을까? 그는 감옥에서 나온 뒤에도 자기 삶의 실존적 근거가 되는 과거를 떨치지 못하고 여전히 혁명가로서의 신념과 세계 혁명에 대한 소신을 버리지 않지만, 그런 혁명적 이데올로그로서의 위상은 뒤늦게 발견된 전립선암으로 기저귀를 차야 하고, 아리따운 젊은 아가씨 앞에서 발기도 되지 않는 초라한 현실 앞에서 허망하게 무너지고 만다. 이제 그에게 남은 것은 지금껏 한 번도 제대로 살아보지 못한 현실 삶의 망명지에서 사람들과 관계 맺고, 정상적인 직업을 갖고, 자기 손으로 돈을 벌고, 자식처럼 돌봐주던 누님의 그늘에서 벗어나 혼자 살아가는 것이다. 아무리 몸부림쳐도 벗어날 수 없는 것이 망명지의 현실이고, 발을 딛고 살아야 할 곳도 이곳이기 때문이다.

늘 역사와의 대면 속에서 사랑과 윤리, 정의의 문제를 미스터리한 형식으로 흥미롭게 풀어가는 데 일가견이 있는 베른하르트 슐링크가 이번에는 이 시대 마지막 테러리스트라는 생소한 소재로 이데올로기와 삶, 9.11 테러 같은 문제를 독자들에게 나긋나긋 속삭이는 느낌이다. 좋은 의미로 어깨에 힘을 뺀 듯한 느낌이 한결 반갑고 친숙하게 다가온다.

2013년 봄
박종대

옮긴이 박종대

성균관대학교에서 독어독문학과와 대학원을 졸업하고 독일 쾰른에서 문학과 철학을 공부했
다. 사람이건 사건이건 늘 표층보다 이면에 관심이 많고, 어떻게 사는 것이 진정 자기를 위하
는 길인지 고민하는 '제대로 된' 이기주의자가 꿈이다. 간혹 네이버캐스트 〈인물과 역사〉 코너
에 글을 올리고 있고, 지금껏 《위대한 패배자》 《만들어진 승리자들》 《미의 기원》 《바르톨로메
는 개가 아니다》 《유랑극단》 《목매달린 여우의 숲》 등 80여 권의 책을 번역했다.

주말

2013년 3월 25일 초판 1쇄 발행
2013년 7월 15일 초판 2쇄 발행

지은이 | 베른하르트 슐링크
옮긴이 | 박종대
발행인 | 전재국

발행처 | (주)시공사
출판등록 | 1989년 5월 10일(제3-248호)

주소 | 서울 서초구 사임당로 82(우편번호 137-879)
전화 | 편집 (02)2046-2869 · 영업 (02)2046-2800
팩스 | 편집 (02)585-1755 · 영업 (02)585-1755
홈페이지 | www.sigongsa.com

ISBN 978-89-527-6857-5(04850)
        978-89-527-6855-1(set)